내 친구의 스캔들

내 친구의 스캔들

1판 1쇄 찍음 2017년 11월 29일
1판 1쇄 펴냄 2017년 12월 6일

지은이 | 한송연
펴낸이 | 고운숙
펴낸곳 | 봄 미디어

기획·편집 | 김민지, 김자우, 홍주희, 김현주
표지 디자인 | 김수지

출판등록 | 2014년 08월 25일 (제387-2014-000040호)
주소 | 경기도 부천시 원미구 길주로 64, 1303(굿모닝 오피스텔)
영업부 | 070-5015-0818 편집부 | 070-5015-0817 팩스 | 032-712-2815
E-mail | bommedia@naver.com
소식창 | http://blog.naver.com/bommedia

값 7,000원

ISBN 979-11-5810-413-9 03810

My Friend's Scandal

내 친구의 스캔들

한송연 중편소설

CONTENTS

프롤로그 ·········· 7

1. 내 친구의 스캔들 ·········· 14

2. 웰컴 투 메리 월드 ·········· 33

3. 동거의 시작 ·········· 50

4. 죄스러운 마음 ·········· 70

5. 지구와 별 사이의 거리 ·········· 86

6. 나만의 비밀 친구 ·········· 98

7. 수상한 파파라치 ·········· 110

8. 불순한 생각 ·········· 122

9. 꼬리 치지 마 ·········· 132

10. 들어줄래? 내 소원 ·········· 143

11. 감추고 싶지 않아 ·········· 156

12. 네가 밉다 ……… 167

13. 한 번만 안아 보자 ……… 178

14. 쓰라린 처음 ……… 199

15. 곁에 있을게 ……… 210

16. 엄마가 둘? ……… 234

17. 걱정 좀 시키지 마 ……… 249

18. 2막도 너와 함께 ……… 263

19. 남자를 몰라 ……… 279

20. 미래는 지금부터 ……… 297

에필로그 ……… 310

작가 후기 ……… 318

프롤로그

"너 지금 뭐라고 했어?"

당장이라도 튀어나올 듯 커다랗게 눈을 치켜뜬 그녀가 차준을 무섭게 쏘아보았다. 필요 이상으로 흰자위가 많이 드러나 번뜩이는 선아의 눈동자를 보자면 누구라도 무섭다고 느꼈을 것이다.

엄밀히 말하자면 쏘아본 건 아니었다. 방금 마주 앉은 녀석에게 들은 소리는 이제껏 그녀가 살아오며 들어본 말들 중 가장 어처구니없는 말이었으니, 표정 관리가 안 되는 게 당연했다.

차준은 선아의 놀란 표정이 재밌는지 히죽거렸다. 그녀의 물음에 대수롭지 않다는 듯 방금 뱉었던 말을 다시 또박또박, 한 글자씩 강조해 말했다.

"나랑 결혼하자고."

"미친놈."

선아의 입에서 반사적으로 욕지거리가 튀어나왔다. 지금 눈앞에 앉은 이 자식에게 붙일 어떤 적합한 단어도 떠오르지 않았다.

저건 미친놈이다.

"너무하네. 친구한테 미친놈이라니."

"그 소리가 안 나오게 생겼어? 스캔들 때문에 충격 받아서 머리가 어떻게 되기라도 했어? 아님 툭하면 나한테 장난치고 놀리는 낙으로 살던 중딩 때 버릇이 다시 나온 거야?"

"진심이야."

차준은 입가에 히죽이던 미소를 거두고 이내 진지한 표정을 지었다. 방금의 어처구니없는 말보다 더한 말을 듣고 말았다.

선아의 머리에 급격히 피가 쏠리더니 눈앞에 번쩍거리는 점들이 찍혔다. 10년 전 체력장 오래달리기 테스트 중에 쓰러지기 직전에나 보았던 별이었다. 앞에 놓인 물을 벌컥벌컥 들이켰지만, 바짝 말라오는 목과 입술은 축여지지 않았다.

"너 뭐야? 느닷없이 결혼을 하자니. 말이 안 되잖아. 결혼은 좋아하는…… 아니, 사랑하는 사람끼리 하는 거야. 강차준, 네가 날 좋아하는 건 분명 아닐 테고."

"왜 아닐 거라 생각해?"

"그야 오랜 시간 동안 우린 어떤 케미도 없었고. 나도 널

남자로 본 적 없고, 넌 더욱이나 날 여자로 안 봤잖아. 여자
로 못 보는 사람이잖아."

"여자로 못 보는 사람이라고?"

"꼭 내 입으로 이 말을 하게 만들어야 하니. 너…… 넌 게
이잖아!"

선아는 눈을 질끈 감고 두 팔로 방어 자세를 취했다. 분명
뭐라도 날아올 거라 생각했다. 어쩌면 물세례를 받을지도 몰
랐다.

차준이 먼저 고백하기 전까지 절대 입 밖으로 꺼내지 말아
야겠다고 다짐했던 말을 해 버리다니. 하지만 이런 거지 같은
상황에서 언제까지 참고 있을 수도 없는 노릇이었다.

한참을 지나도 물건이나 물세례는 날아오지 않았다. 선아
는 팔을 내리고 슬쩍 눈을 떠 차준을 살폈다. 그는 태연하게
커피를 마시고 있었다.

"미안, 네가 말하기 전에는 먼저 꺼내선 안 되는데. 갑자기
결혼하자느니 진심이라느니, 이상한 소릴 하니까……."

"진짜 내가 게이라고 생각해?"

차준은 여전히 태연하게 물었다.

"아! 너 혹시 그런 거니? 인터넷에서 본 적 있어. 성 소수
자들이 간혹 위장 결혼을 하는 경우가 있다던데. 혹시 이번
일로 실추된 네 명예나, 뭐 이런 것 때문에 결혼을 해 달라는
거라면…… 친구로서 생각은 해 볼게. 진짜 결혼을 하겠다는
게 아니라 생각만."

“흠, 위장 결혼이라……. 네 입에서 그런 말이 나오다니 흥미로운걸.”

차준은 다리를 꼬며 선아를 똑바로 응시했다. 안 그래도 날카로운 그의 눈매가 반짝이며 빛을 냈다.

선아는 의식적으로 눈을 돌렸다. 가끔씩 차준이 이렇게 뚫어지게 바라볼 때면 어찌할 바 몰라 시선을 피해 버리게 된다.

그에게는 사람을 순식간에 압도하는 카리스마가 있었다. 특히 경기 중에 유독 돋보이는 차준의 맹수 같은 눈빛과 카리스마는 그를 링 밖에서도 환호받는 스타로 만들었을 것이다.

선아는 차준의 눈을 피한 채 목을 가다듬고, 황급히 말을 돌렸다.

“같이 사진 찍힌 그 남자, 너희 체육관에서 본 적 있어. 그분 입장도 이해해. 아직 데뷔도 안 한 신인 선수에게도 너에게도 이 스캔들은 치명적인 거 알아. 하지만 결혼은 나에겐 중요한 일이야. 요즘 같이 이혼을 많이 하는 시대에 뭐가 중요하냐고 할 수도 있지만, 그렇다고 쉽게 결정지을 문제가 아니잖아.”

선아의 목소리는 긴장으로 떨리고 있었다.

“너, 정말 내가 게이라고 생각해?”

어느새 가까이 다가온 차준이 허리를 굽혀 얼굴을 선아의 코앞까지 얼굴을 들이댔다.

“왜 이래, 징그럽게 얼굴을 들이밀고. 그럼 아니야?”

"만약 그렇다면 결혼해 줄래? 솔직하게 말할게. 스캔들을 무마시키려면 네가 필요해. 네 인생이 중요하지 않다는 게 아니야. 그 부분은 충분히 보상해 줄 테니까."

선아는 가까이 다가온 차준의 얼굴을 밀어내고 자신의 머리카락을 움켜쥐었다. 그녀가 스트레스를 받을 때면 습관적으로 하는 행동이었다.

"보상이라니? 네 인생을 구하고 이혼녀 딱지를 달게 되는 건 나잖아. 이건 위장이라도 쉽게 결정 내릴 문제가 아니야. 언젠가 정말 사랑하는 사람을 만났을 때, 그 사람에게 떳떳하고 싶기도 하고."

"널 정말 사랑할 남자라면 이혼했다는 이유로 떠나진 않아. 우리가 애를 가질 것도 아니고."

"그건 그렇지만…… 아, 머리 아프다. 지금은 어떤 판단도 내릴 수가 없어. 일단 집에 가서 생각 좀 해 보고 나중에 다시 얘기해."

"내가 결정 내리기 좀 더 쉽게 만들어 줄까?"

고민에 빠진 선아를 물끄러미 바라보던 차준은 다시 제자리로 돌아가 그녀의 맞은편에 앉아 다리를 꼬았다. 평소의 자신만만한 모습으로 돌아온 그가 말했다.

"너희 어머니 부동산 사업 망해서 진 빚 다 갚아 줄게."

"뭐라고……? 이게 진짜 보자 보자 하니까 못 하는 말이 없네. 그따위 소리는 결정이 아니라 거절을 쉽게 만들어 주고 있는 거야! 돈으로 날 사겠다 이거야? 잘나가는 스타로 사시더니 머리가 어떻게 됐니? 엄마 빚은 내가 갚을 거야."

화가 난 선아가 씩씩거리며 자리를 박차고 일어나 현관문을 향해 걸어갔다. 차준은 앉은 채로 그녀의 뒤통수를 향해 소리쳤다.

"2억 5천이나 되는 빚을 학생인 네가 무슨 수로 갚을 건데. 졸업한 뒤 금방 취직한다고 해도 평범한 회사원들에겐 감당하기엔 부담스러운 금액 아닌가?"

선아는 움찔했다. 전부 다 맞는 말이었기에 그의 말은 칼처럼 그녀의 가슴팍에 콕콕 박혔다.

"우리 집 빚이 얼마인지 어떻게 알았어? 자세하게 얘기한 적 없었는데."

"나한테 실력 있는 변호사가 많다는 거, 몰랐어?"

"저질."

"날 뭐라고 불러도 좋아. 지금 나가도 좋고. 하지만 집에 돌아가서 내 제안에 대해 진지하게 생각해 줬으면 해. 평생 살자는 건 아니야. 이 일이 잠잠해지고 내가 제자리를 찾을 동안만 방패가 되어 줘. 부탁해."

이제껏 본 적 없는 진지한 얼굴이었다. 선아는 화가 나서 잔뜩 인상을 구긴 채 그의 이야기를 듣고 있었다.

"그리고 네가 걱정하는 이혼녀 딱지, 굳이 안 달아도 돼. 식만 올리자. 혼인 신고는 하지 말고. 해 봤자 우리 둘에게 좋을 일 없으니까. 계약서는 이미 준비되어 있어. 계약서에 네가 사인한 뒤 선금 1억. 계약이 끝난 뒤 1억 5천."

선아는 차준의 말에 한마디 톡 쏘아붙이고 싶었지만, 입술이 찰싹 붙어 떨어지지 않았다.

젠장. 그의 제안은 너무나 유혹적이었다.

1. 내 친구의 스캔들

아침에 일어나 부스스한 몰골로 컴퓨터 앞에 앉아 인터넷을 뒤적이던 선아는 까무러치기 일보 직전이었다.

검색어 1위에 올라 있는 친구의 이름을 언제나처럼 무심코 눌러 보았을 뿐이었다. 어젯밤 TV를 돌리던 중 인기 예능 프로그램에 출연한 차준의 모습을 보았던 터였기에, '이번 방송에서 꽤나 활약을 했나 보군' 하며 대수롭지 않게 생각했다. 본방송을 끝까지 시청하지 못한 채 잠들어 버린 걸 후회하려던 찰나, 클릭과 동시에 눈앞에 펼쳐진 수많은 자극적인 기사들에 그녀는 숨이 턱 막혀 왔다.

UFC 미들급 세계 챔피언 강차준 야밤에 밀회 현장. 상대는 남자?

"이게 다 무슨 소리야?"

선아는 서둘러 눈에 띄는 기사 제목을 클릭해 보았다. 스타들의 사생활을 파헤치기로 악명이 높은 한 언론사에서 발간된 기사에는 멀리서 찍은 파파라치 사진들이 첨부되어 있었다.

어두운 새벽녘에 찍힌 사진은 흐릿하고 초점도 흔들린 채였다. 하지만 검은 마스크 위로 보이는 짙은 눈매며 높은 콧날, 큰 키와 긴 다리, 몸을 가린 후드티 밖으로도 선연히 보이는 날렵한 근육질 몸매. 얼핏 보아도 대한민국 국민이라면 누구라도 저 남자가 강차준임을 알아볼 수 있을 것이다.

문제는 그와 함께 찍힌 다른 남자였다. 클럽의 뒷골목으로 보이는 지저분한 골목 어귀에서 술에 취해 몸을 못 가누는 듯한 남자가 차준의 가슴에 한쪽 몸을 밀착한 채 기대고 있었다. 얼핏 보기에도 차준보다 체구가 작은 남자는 한쪽 손으로 그의 허리를 감싸 안고 귓가와 볼 가까이에 입술을 가져가기도 했다.

차준 역시 그와 거리를 두거나 밀쳐 내는 모습이 아니라 순순히 받아들이는 것처럼 보였다. 상대가 남자임을 제외한다면 누가 보더라도 연인 간의 다정한 밀담, 혹은 애정 행각을 나누는 장면으로밖엔 보이지 않았다.

말도 안 돼. 내가 10년 가까이 알아 왔던 차준이가 그럴 리가.

하지만 만에 하나……?

그럼 그동안 사귀었던 여자들은 뭐지. 전부 자신의 정체성을 숨기기 위한 위장 전술이라도 했다는 거야?

뭐에 홀리기라도 한 듯 '게이'라는 단어를 검색하던 선아는 평생을 살아도 사람 속은 모른다고 입버릇처럼 얘기하던 엄마의 말을 떠올렸다.

책상에 앉아 골똘히 생각에 잠겨 있던 그녀는 곧장 침대로 몸을 날려 베개 밑에 놓아두었던 휴대폰을 꺼내 들었다.

한창 회의가 진행 중인 진지한 분위기 속에서 울린 진동 소리에 차준은 소스라치게 놀랐다. 평소 중요하지 않은 전화라면 바로 거절 버튼을 누르는 그였지만, 발신인을 내려다보곤 휴대폰을 귀에 갖다 댔다.

"어."

―너 지금 어디야?

"이 시간에 집이지 어디야."

―지금 일어났어? 혹시 아직 안 본 거야? 차준아 잠깐, 잠깐만 일단 컴퓨터 켜지 말고 있어 봐.

선아의 호들갑에 차준은 이마를 찌푸렸다. 녀석이 이렇게 호들갑을 떠는 이유는 뻔했다. 지난 새벽에 터진 스캔들 기사를 오늘 아침에서야 확인한 모양이다. 역시나 뒷북을 잘 치는 선아다웠다.

"왜 그러는데."

―그게 그러니까…….

차준은 적당히 그녀의 장단에 대꾸해 주며 얼버무릴 생각이었다. 지금 우거지상을 하고 방 안을 돌아다니고 있는 매니저와 임 대표를 상대하려면, 녀석에게 뭔갈 설명한다는 건 어차피 무리였다.

"그러니까?"

차준은 난감한 표정을 지으며 침을 꿀꺽 삼키고 있을 선아의 얼굴을 떠올렸다. 이런, 이 심각한 상황에서 웃음이 나오려 하다니.

차준은 괜스레 목을 몇 번 가다듬으며 헛기침을 하고 매니저 형의 눈치를 흘깃 살폈다. 그리고 휴대폰에 입술을 가까이 대고 속삭였다.

"오늘 강의 몇 시에 끝나?"

―어? 아, 오늘은 오후 강의까지 들어야 하니까 5시쯤이면 끝날걸?

"끝나고 연락해."

―잠깐, 차준아. 하……. 알겠어. 어차피 알게 될 거니까. 그리고 얼굴 보기 전에 미리 말해 둘 게 있어. 난 널 믿어. 만에 하나 네가 너 자신에 대해 솔직해지고 싶다면, 그러니까 어떤 고백 같은 거 말이야. 네가 어떤 사람이든지 난 네 편이고 친구야. 앞으로도 쭉 그럴 거야. 미리 알아 뒀으면 해. 알겠지? 그럼 이따 보자.

선아의 진지함에 결국 풉, 웃음이 터져 버린 차준이 급히 통화 종료 버튼을 누르고 입가를 가렸다.

"인마, 지금 웃음이 나와?"

"아, 아니. 웃는 거 아니야. 갑자기 기침이 나와서. 콜록."

잔뜩 신경이 곤두서 있는 매니저가 쌍심지를 켜자 차준은 어설픈 연기력으로 기침하는 척 콜록거리면서 고개를 숙였다.

"네 곳이야. 방금 온 전화까지. 이번 타이틀 방어전 스폰을 약속했던 회사 중에서 대기업들이 전부 발을 빼고 있어. 이게 무슨 마른하늘에 날벼락이야, 날벼락이!"

넥타이를 풀어헤친 임 대표가 양손에 휴대폰을 쥐고 바닥에 주저앉아 허공을 향해 절망적으로 소리쳤다.

집 밖에 몰려든 기자들 탓에 차준은 한 발짝도 나갈 수 없는 상태였다. 덕분에 스캔들이 터진 새벽부터 그의 집에서 열린 대책 회의는 끝날 줄 모르고 계속되고 있었다.

한국인 최초로 UFC 미들급 챔피언 벨트를 따내고 세 번의 방어전까지 성공적으로 마친 터였다.

실력과 더불어 훤칠한 키와 조각 같은 몸매, 잘생긴 얼굴까지 흠잡을 곳 없었던 그는 데뷔 직후부터 엄청난 팬심을 사로잡으며 인기 선수로 자리매김해 왔다. 챔피언 벨트를 손에 쥔 이후에는 세계적인 스포츠 스타 반열에 올랐던 차준이었다.

승승장구하던 그에게 이 스캔들은 너무도 치명적이었다. 배우나 가수 등의 엔터테이너라면 몰라도, 강한 남성미를 뿜어내야 하는 스포츠 스타에게 동성 스캔들은 사망 선고나 마찬가지였다.

그를 선망하는 수많은 팬을 실망시킨 것은 물론이고 빠른 시일 내에 확실한 대책을 내지 않으면 천문학적인 돈과 선수로서의 커리어도 잃게 될 위기에 처할 것이다.

제일 대표적인 선례로, 이전엔 커밍아웃을 한 미식축구 선수가 배신감을 느낀 남성 팬들에게 살해를 당한 사건도 있었다. 차준에게 이 스캔들은 자칫 목숨까지 위협받을 수 있을 만큼 심각한 사건이었다.

"기자 회견이라도 할까? 내가 진지하게 말한다면 팬들은 이해해 줄 거야. 그 터무니없는 스캔들 자체부터 사실이 아닌데."

차준의 말에 박 변호사가 고개를 저었다.

"사실인지 아닌지는 중요하지 않아요. 어떻게 보이느냐가 문제죠. 무엇보다 국민들에게 기자 회견장에서 무슨 수로 강차준 씨의 성 정체성을 납득시킬 겁니까. 속된 말로 카메라 앞에서 여성과 성관계를 가질 것도 아닌데 말이죠. 과격하게 말씀드려 죄송합니다만, 그만큼 이런 종류의 스캔들은 사실 여부를 증명하기도 까다롭고, 방법도 없다는 뜻이죠."

박 변호사는 어느 상황에서건 당황하거나 이성을 잃는 법이 없다. 이번에도 그는 냉정한 지적으로 차준을 비롯하여 방 안의 사람들이 판단력을 흐리지 않게 잡아 주고 있었다.

"아, 돌아 버리겠네. 이대로 선수 인생 종치는 건가."

"방법이 아예 없는 것도 아니죠."

절망적인 한숨을 내쉬고 있는 차준에게 박 변호사가 안경 너머 강렬한 시선을 보냈다.

"어떤 방법이지?"

"아주 까다롭긴 하지만……."

"뜸 들이지 말고 빨리 말해. 지금 물불 가릴 때가 아니야."

"결혼."

"결혼?"

손톱을 질겅거리던 임 대표와 멍하니 창밖만 바라보던 매니저, 그리고 차준까지. 방 안에 있던 모든 사람들의 시선이 일제히 박 변호사에게 향했다.

일순 주목을 받자 박 변호사의 날카로운 눈매가 더욱 반짝였다.

"네, 결혼. 참한 아가씨를 하나 구해서 시끄러운 스캔들이 조금 잠잠해질 때 즈음 결혼 발표를 하는 겁니다."

"아니, 박 변. 결혼이라니 너무 나갔잖아. 그건 내 인생이 걸린 문제라고."

"지금 상황은 인생이 걸린 문제가 아니고요?"

"그것도 맞긴 하지만, 애초에 애인도 없는데 무슨 결혼을 해. 결혼할 여자가 하늘에서 떨어지는 것도 아니고."

차준이 실소를 터트렸다. 냉철한 지략가인 박 변의 머리가 어떻게 되기라도 한 것 같았다. 저런 애들 장난 같은 소리를 방법이라고 떠들어 댈 줄이야.

하지만 박 변호사의 태도는 처음과 다름없이 진지했다. 차준의 실소에도 그는 표정 한번 바꾸지 않고 말을 이어 나갔다.

"물론 쉬운 일은 아닙니다. 결혼은 인륜지대사니까요. 허나 잘 생각해 보세요. 지금 강차준 씨는 이제껏 쌓아 온 인생이 송두리째 날아갈 운명의 기로에 서 있어요. 시합을 후원해 줄 스폰서들까지 떨어져 나간 상태에서 운동을 지속할 수 있을까요? 등 돌린 팬들이 적이 돼서 무슨 짓을 당할지도 모릅니다. 이 바닥에서 동성 스캔들이 얼마나 위험한지는 외국 선수들의 선례를 통해서도 알려졌으니 강 선수가 심각성을 모르진 않을 겁니다."

박 변호사의 말에 차준의 얼굴에 더욱 그늘이 덮였다. 그가 말을 이어 나갔다.

"요즘 세상에 결혼하고 살다가 안 맞으면 이혼쯤 일도 아니잖아요? 일단 커리어를 되찾고 나면 그 정도 흠이야 흠도 아닙니다. 차준 씨 정도의 재력이라면 이 쇼에 동참해 줄 사람 구하는 건 그리 어렵지도 않죠."

"그래. 박 변 말도 일리는 있는데, 가장 큰 문제가 있잖아. 박 변이 말한 참한 여자를 어디서 구하냐고. 내 주변에 있는 애들 알잖아. 어떤 타입들인지."

"강차준 씨가 그동안 만나온 로드걸이나 레이싱걸, 모델, 연예인들은 절대로 안 됩니다. 물론 적은 액수로도 제안에 응할 여자는 당장이라도 줄 서겠지만, 국민들에게 반감만 살 뿐

21

이거든요."

그럴 듯한 논리에 세 사람은 이어지는 박 변의 말을 가만히 듣고 있었다.

"평범한 여자, 세계적인 스타인 강차준의 아내 될 여자가 의외로 수수하고 평범한 여자라면 국민들은 친근감과 신뢰감을 동시에 느끼게 될 겁니다."

"그런 여자가 내 주변에 없다니까?"

차준이 얼굴을 찡그리며 손바닥으로 이마를 감싸 쥐었다. 아무리 떠올려도 대중들의 반감을 사지 않고 스캔들까지 잠재울 만큼의 좋은 이미지를 가진 신붓감은 그의 주변에 없었다.

"가까운 곳에 적당한 아가씨가 있을 텐데요. 회사에도 자주 들렀던 차준 씨 동창분. 키가 좀 작고 귀엽게 생긴…… 이름이 뭐라고 했더라."

"류선아?"

"아, 네. 그분은 어떠세요? 사실 전 미리부터 그분을 염두에 두고 생각해 낸 해결책이라서요."

"내가 결혼하잖고 걔가 잘도 덥석 하겠다."

박 변호사의 입가에 의미심장한 미소가 떠올랐다. 차준의 진열장에서 반쯤 남은 위스키 한 병을 꺼내 두 개의 빈 잔에 따른 박 변이 한 잔을 그에게 건넸다.

"시도도 안 해 보고 포기하는 건 강차준 선수의 방법이 아닐 텐데요."

박 변호사의 도발에 차준의 미간이 깊게 파였다.

승부욕 강한 차준의 다음 행동은 이미 정해진 것이나 마찬가지였다. 계획이 정해지면 실천한다. 원하는 것은 얻고 마는 그의 사전에 포기란 없었다.

위스키 한 잔을 마시고 잠시 생각해 보겠다며 혼자 방으로 올라간 차준은 마음속 저편에 잠겨 있던 기억들을 꺼내 놓았다. 인생이란 어찌 보면 참 재미있다는 생각이 들었다.

중학교 입학식 날 처음 보았던 귀여운 여자아이.

그 아이와 같은 반이 된 걸 알았을 때 설레었던 마음은 그녀와 친구로 지내기로 결심했던 그때부터 깊숙이 묻어 두었다.

차준은 자신을 편하게 대하는 선아의 모습이 더 좋았다. 숫기 없고 소심했던 중학교 1학년 소년은 거절당할까 두려워 차라리 소녀의 친구가 되는 쪽을 택했다.

"첫사랑과의 결혼이라……."

침대에 팔을 괴고 누워 천장을 물끄러미 올려다보던 차준이 작은 목소리로 읊조렸다.

✦　　✦　　✦

차준의 제안은 확실히 달콤했다.

동시에 두려웠다. 자신의 삶을 송두리째 변화시킬 만한 결정을 그녀는 지금 내리려 한다.

"엄마, 허리는 좀 괜찮아? 집에 있을 땐 좀 쉬라니까."

"괜찮아, 금방 끝나. 아무리 힘들어도 청소는 하고 살아야지."

선아는 밤늦게까지 식당일을 마치고 돌아와 거실 바닥을 닦고 있는 엄마에게 다가가 걸레를 빼앗아 들었다.

"내가 할게. 엄만 소파에 앉아 있어."

억지로 엄마를 소파에 앉힌 선아는 대신 바닥 청소를 마치고 엄마의 옆에 슬그머니 다가가 앉아 어깨를 주물렀다.

"얘가 오늘따라 왜 이래? 너 엄마한테 뭐 부탁할 거 있니?"

"아니, 그냥……."

무심하게 말하면서도 내심 기분이 좋은지 엄마는 옅게 미소를 지었다.

고된 일로 딱딱하게 뭉친 어깨를 선아는 손이 뻐근해지도록 주무르고, 또 주물렀다. 거칠어진 엄마의 살결과 딱딱한 어깨가 그녀의 가슴속을 아프게 짓눌렀다.

선아가 고등학교 때 빚을 내 시작했던 부동산 사업이 망한 뒤 엄마는 지금껏 본인을 죄인이다 말씀하시며 살아오셨다. 아빠의 월급만으로는 갑작스레 얻게 된 큰 빚을 갚을 수 없었기에 몇 년간 안 해 본 일없이 모질게 몸을 혹사시켰다.

고3인 남동생과 대학 졸업반의 취업 준비생인 선아. 운 좋게 금방 취업을 하더라도 선아는 가족의 빚은커녕 지금껏 받아 온 학자금 대출을 갚는 일만으로도 벅찬 상황이었다.

한참을 말없이 어깨를 주무르던 선아가 살며시 말을 건넸다.

　"있잖아, 엄마……. 나 결혼할까?"

　"뭐!?"

　"아! 귀 아파. 무슨 소리를 그렇게 크게 질러."

　"무슨 소리야? 겨, 결혼? 너 남자 있었니?"

　"엄마! 일단 목소리 좀 낮춰요. 우리 집 방음도 잘 안 되는데 옆집까지 다 들리겠어."

　엄마는 어깨에 올려진 선아의 손을 내리고 아예 몸을 돌려 앉아 따져 물었다.

　"너 결혼할 남자가 있었어? 근데 왜 여태껏 엄마한테 한마디도 안 했니!"

　"하겠다는 게 아니라 만약에 내가 결혼하면 어떨 것 같냐고 물어본 거예요. 엄마도 오바는."

　"얘 거짓말하는 것 좀 봐. 내가 내 자식 거짓말하는 거도 모르겠어? 누구야. 어떤 놈이야? 나이는 몇 살이고, 걔가 너 보고 결혼하자고 하디? 설마 학생은 아니지?"

　"아, 엄마 잠깐만!"

　엄마의 속사포 질문 공세에 선아는 눈을 한껏 찡그리고 귀를 틀어막았다.

　"류선아, 너 빨리 말 안 해?"

　선아가 귀를 막자 엄마가 그녀의 팔을 냅다 꼬집었다.

　"악, 아파! 강차준! 강차준이야!"

"어머, 얘. 차준이라면 어릴 때 너 쫄래쫄래 따라다니던 꼬맹이 아니니? 그 뭐 요즘 TV에서 싸움 잘하는 거로 유명한 애."

"엄마…… 싸움 잘하는 거로 유명한 애가 아니라, 격투기 선수예요."

엄마가 다시 속사포 질문을 쏟아 내려는데 난데없이 부엌 쪽에서 큭큭거리는 웃음소리가 들려왔다.

"내 이럴 줄 알았지."

냉장고를 뒤지고 있던 동생 선우가 다 늘어난 트레이닝복 차림으로 아이스크림을 입에 문 채 웃고 있었다.

"류선우, 넌 빠져. 참견 말고 들어가서 공부나 해라."

"내가 그 형이랑 친구라면서 붙어 다닐 때부터 알아봤다. 남녀상열지사라고 했거늘. 역시 조상님들 말씀은 틀린 게 없어. 암."

선아는 가볍게 선우의 말을 무시했지만, 선우는 어슬렁거리며 걸어와 아예 소파에 자리를 잡았다.

"근데 그 형 얼마 전에 이상한 스캔들 떴던데, 그거 구라지? 역시 누나랑 사귄 게 맞네. 딱 봐도 난 아닐 거라고 생각했어. 찌라시 같은 건 원래 믿을 게 못 된다니깐."

"으, 으응."

사실 여부는 그녀도 모르는 일이었기에 적당히 얼버무릴 수밖에 없었다.

동생 놈은 입을 찢어 놓기 전엔 조용히 하지 않을 게 분명

하니, 일단 자리를 피해야겠다고 판단한 선아는 어색하게 웃으며 소파에서 몸을 반쯤 일으켰다.

"근데 형이나 누나나 아직 결혼하긴 이르지 않나. 헐, 설마…… 누나 임신했어?"

"저, 저놈 새끼가 정말! 입을 진짜 확 찢어?"

"어머. 너 임신했니?"

"엄마까지 왜 그래. 아니야, 임신 아냐. 절대 아니야."

울고 싶은 심정이었다. 아직 마음을 정하지도 않은 상태에서 괜히 결혼이란 말을 들먹인 게 죄라면 죄였다. 설상가상 회식을 마치고 돌아온 아버지까지 합류하면서, 선아는 그날 새벽까지 가족들에게 시달려야 했다.

기분이 좋다며 술을 한잔 더 하시겠다는 아버지와 부자 매형 생겼다고 신이 난 동생에, 끝없이 차준에 관한 질문 공세를 퍼붓는 엄마. 동이 틀 때까지 홀로 고민에 빠진 선아의 다크서클만 턱 끝까지 자라났다.

이젠 자포자기 심정이 되어 버렸다. 어차피 빠져나갈 구멍도 보이질 않았다.

✦　　　✦　　　✦

다음 날 아침. 선아가 박 변호사의 사무실로 찾아갔을 때, 언제부터 와 있었는지 차준은 그곳에서 그녀를 기다리고 있었다.

눈이 마주치자 그는 마치 그녀가 내릴 답을 알고 있기라도 하다는 듯 환하게 웃어 보였다.

선아는 곧장 박 변호사에게 다가가 손을 내밀었다. 이왕 결심한 마당에 뜸을 들이고 싶지 않았다.

"계약서를 보여 주세요. 우선 사인하기 전에 차준이랑 저랑 계약 내용에 대해 얘기할 시간을 잠시 가질게요."

"네. 물론이죠. 천천히 검토해 보세요."

박 변호사는 단정히 넘겨 올린 희끗한 머리를 살짝 쓸어 올리며 선아를 향해 어울리지도 않는 무척이나 다정한 톤으로 말했다.

깔끔하게 파일 처리된 용지를 받아 든 선아는 차준의 맞은편 소파에 앉아 천천히 계약서를 읽어 나갔다.

첫째. 갑과 을은 약 2년간 결혼 생활을 지속한다.

둘째. 을은 결혼 생활 중 갑의 이미지 쇄신을 위한 대외 활동에 적극적으로 참여한다(각종 방송과 라디오 외 부부 동반 행사 시 갑과 대동).

셋째. 을은 갑과의 결혼이 계약이라는 사실을 가족을 포함한 누구에게도 발설하지 않는다. 결혼 생활이 끝난 후에도 비밀을 지킨다.

넷째. 갑은 을이 결혼 계약을 잘 이행했을 시 을의 남은 부채를 모두 갚는다. 을의 계약 위반 시 을은 이혼 후 받을 예정이었던 금액을 지급받지 못한다.

다섯째. 갑과 을은 계약 중 결혼 생활에 영향을 줄 불미스러운 사건을 일으키지 않는다.

이 계약은 갑과 을의 사인 직후 효력을 가진다.

계약서를 한참 동안 살펴보던 선아는 마지막 다섯째 항목을 손가락으로 가리켰다.

"이 불미스러운 사건이란 어떤 걸 말하는 거야?"

"뻔한 거 아니냐?"

차준의 대답에 그녀는 이해할 수 없다는 듯 커다란 눈을 껌뻑였다.

"하여간 둔팅이. 결혼 생활에 영향을 줄 불미스러운 사건이라고 쓰여 있잖아. 나랑 결혼해 있는 동안 다른 남자 만나지 말라고."

"그런 거였어?"

"당연하지. 이건 말도 안 되는 구설수에서 벗어나 이미지를 회복하기 위해 맺는 계약 결혼이야. 대중들은 우리를 어릴 때부터 사랑을 키워 나가다 동화처럼 결혼에 골인한 커플로 알게 될 거고, 그런 상황에서 다른 이성을 만난다면 그건 불륜이지. 기자들이나 사람들 눈에 띄어서 소문이라도 나면 모든 노력이 물거품이 된다고. 너무 억울해하지 마. 나도 지킬 거니까."

차준의 눈빛은 정말로 진지했다. 시합 전날 체육관에서나 보일 법한 이글거리는 눈으로 열변을 토하는 그를 보면서, 선아도 새삼 비장해졌다.

"좋아."

차준의 말에 설득당한 선아가 고개를 끄덕였다.

"다른 질문 없지?"

그는 한 손으로 볼펜을 돌리며 선아를 바라보았다. 어서 사인을 하란 무언의 압박이었다.

선아는 마음을 진정시키려 크게 숨을 들이켰다. 하지만 오래된 책들 탓인지, 박 변호사 머리에 바른 포마드 탓인지 모를, 사무실 안의 쿰쿰한 냄새 탓에 상쾌한 기분은 조금도 들지 않았다.

사인을 하기 전 잠시 머뭇거리던 선아가 차준을 바라보았다.

"저기, 나도 조건이 있어. 굳이 계약서에는 적지 않아도 상관없지만 지켜 줬으면 해."

"뭔데?"

"결혼하더라도 우리 사이는 변함없었으면 좋겠어. 밖에서 사람들이 어떻게 생각하든 우린 친구잖아. 솔직히 엄마 빚이 아니었으면 거절했을지도 몰라. 하지만 모든 게 돈 때문인 것만은 아니야. 널 위한 일이기도 해. 그러니까 우리, 계약이 끝난 뒤에도 좋은 친구로 남았으면 좋겠어."

"얼마든지."

"근데 우리……. 결혼하고 나면 같이 살아야 하는 거야?"

"너희 부모님은 떨어져 살아?"

"갑자기 무슨 소리야. 당연히 아니지."

"그런데 왜 당연한 질문을 하냐. 결혼하고 나랑 떨어져 살려고 했어?"

"아, 맞다. 그렇겠구나. 방금 질문은 못 들은 거로 해 줘."

"바보."

선아는 차준을 한번 찌릿, 노려보고는 계약서에 사인을 했다. 두 사람의 지장까지 찍고 나서야 둘의 계약은 완료됐다. 저지르고 나니 차라리 마음이 후련했다.

"고맙다, 류선아. 역시 너밖에 없어."

차준은 빙그레 웃으며 선아의 머리카락을 부스스 흩트렸다. 정전기 때문에 잔뜩 위로 일어난 그녀의 머리카락들이 제멋대로 춤을 추었다.

"야, 이거 하지 말라고 했지. 정전기 오르면 정리하기 힘들단 말이야."

그녀는 붕 뜬 머리를 진정시키려 매만졌지만, 그럴 때마다 손가락에 머리카락들이 더 붙어 올라 헝클어졌다. 차준은 넘실거리는 선아의 머리카락들을 가리키며 말했다.

"메두사."

"초딩."

선아도 지지 않고 무표정하게 받아치고는 마무리된 계약서를 집어 들었다.

"유치한 짓거리는 그만하고 변호사 아저씨나 불러."

"그 전에 악수나 한번 하자."

"악수는 왜?"

"잘해 보자는 의미로."

"뭐, 좋아."

선아는 자신의 앞에 내밀어진 차준의 커다란 손을 쿨하게 맞잡았다.

그를 알게 된 이후 지금껏 손을 잡아 본 일은 없었다. 억센 손에 일부러 힘을 주지 않아 손가락 사이들이 크게 벌어져 있었다.

처음으로 잡아 본 그의 손은 거칠고 단단한 나무토막 같았다.

두 번 잡고 싶은 손은 아니라고, 선아는 생각했다.

2. 웰컴 투 메리 월드

3개월 뒤 차준의 공식 결혼 발표가 이어졌다.

예상대로 그의 결혼 소식은 많은 이들의 관심을 불러 모았다. 벌써 이틀째 인터넷 실시간 검색어는 강차준, 강차준 결혼, 강차준 아내 순으로 줄 세워져 있었다. 하위권에는 일반인인 선아의 이름도 오르내렸으며, 그렇게 집중된 관심은 식을 줄 몰랐다.

차준이 인터뷰에서 공개한 선아와의 가상 러브 스토리에 사람들은 금방 감화되었다. 좋지 않던 여론도 '역시 강차준이 그럴 리가 없었어', '너무 예쁜 사랑이에요. 두 분 축하드립니다', '그동안 게이 루머로 얼마나 힘들었을까' 등 대다수가 동정과 지지로 변했다.

파장은 그뿐만이 아니었다. 오랜 친구였던 여자를 짝사랑한 남자가 마침내 사랑을 이루고 결혼에 성공했다는 러브 스토리는 차준의 대외적인 이미지에 지고지순함, 남자다움 등 긍정적인 키워드를 추가시켰다.

결혼 발표로 인해 그간의 루머를 종식시켰고, 새로운 팬들을 대거 얻게 됐음은 물론, 그의 골수팬들에게 신뢰를 회복하게 된 것이야말로 가장 큰 성과였다.

게이 루머 당시 떨어져 나갔던 스폰서들도 결혼 축하를 전하며 앞다투어 돌아왔다. 공인으로서 이미지라는 것이 얼마나 중요한지 뼈저리게 느끼게 된 순간이었다.

임 대표는 흐뭇한 얼굴로 마주 앉은 한 쌍의 젊은 예비부부를 바라보았다.

"예상보다 여론이 좋아서 요즘 내가 일할 맛이 난다. 자, 그럼 웨딩 사진은 언제 찍을래?"

"웨딩 사진도 찍어야 해요?"

선아가 찡그리며 묻자 임 대표의 온화한 미소가 순식간에 사라졌다.

"웨딩 사진이 있어야 정식 결혼 기사에 혼을 불어넣을 것 아냐. 잊지 마. 너희는 진짜 커플이야. 아침 방송 촬영 스케줄도 벌써 잡아 놨는데, 닭살 신혼 티 내는 데는 거실 한복판에 걸린 웨딩 사진만 한 게 없지."

"난 상관없어. 어차피 스캔들 이후에 취소된 광고만 여섯 개라 집에서 강제 휴식 중이니까."

"오케이. 선아 씨, 내일 스타일리스트 한 명 보낼 테니까 드레스 예쁜 거로 골라요."

"네……."

지난 계약서 작성 이후 차준을 만난 건 처음이었다. 이번 만남은 임 대표의 사무실에서였다.

차준이 유명인이 된 이후로도 연락은 꽤 자주 주고받았지만 어차피 만나는 일은 적었던 사이였다. 결혼을 약속한 이후에도 달라진 건 없었다. 더군다나 남편이 아닌 스타일리스트와 함께 고르는 웨딩드레스라니.

이 결혼은 정말 비즈니스일 뿐이라는 것이 새삼 피부로 와 닿았다.

✦　　　✦　　　✦

다음 날, 선아는 학교 앞으로 마중 나온 스타일리스트의 차에 올라 드레스숍으로 향했다.

"축하드려요. 정말 떨리시겠어요."

"아, 네."

부러움이 가득한 눈으로 축하 인사를 건네는 스타일리스트에게 선아는 머쓱하게 답했다.

"강차준 씨가 신경을 많이 써 주시나 보더라고요. 어제 직접 당부 전화까지 주셨어요."

"차준이가요?"

"네. 너무 파이거나 짧은 드레스는 피하도록 해, 하고는 끊으시던걸요. 아무래도 여러 사람에게 보일 웨딩 사진이다 보니 신부님 몸이 많이 노출되는 게 싫으셨나 봐요. 부러워요, 정말!"

"……."

선아는 심드렁한 눈으로 그녀를 한 번 바라보고는 창가로 눈을 돌렸다. 그게 다 이미지 세탁을 위한 전술인 줄도 모르고 부러워하는 그녀에게 딱히 해 줄 말이 없었기 때문이다. 얼마나 성스러운 결혼으로 보이고 싶어 남에 옷까지 간섭하는지 모르겠다.

흥. 어차피 야한 드레스 따위 입어 봤자 어울리지도 않는 몸뚱어리인걸.

속으로 한참 툴툴거리던 선아는 크게 하품을 했다. 어제도 리포트를 끝낸 뒤 새벽 2시까지 토익 시험 준비에 열을 올리다 쪽잠을 잤었다.

잔뜩 피로에 절어 있던 그녀는 스타일리스트의 재잘거림을 뒤로한 채, 멍하니 창밖의 회색 풍경을 내다보다 스르륵 잠에 빠져들었다.

화장까지 모두 마치고 거울 앞에 선 선아는 몹시 착잡했다. 고운 메이크업은 다른 사람이라 해도 될 정도로 그녀를 탈바꿈시켰지만 얇은 레이스로 목 끝과 손등이 꽁꽁 싸매진 이 드레스는, 아무리 패션 감각이 떨어지는 선아가 보아도 촌스럽기 그지없었다.

어릴 때부터 꿈꿔 왔던 웨딩드레스와는 달라도 한참 달랐다. 심지어 허리를 꽉 조이는 코르셋 때문에 제대로 숨을 쉬기조차 힘들 지경이었다.

"신부 준비됐으면 나오세요."

촬영 준비가 끝났는지 포토그래퍼의 독촉이 이어졌다. 난생처음 입어 본 드레스가 어색해 잔뜩 긴장한 얼굴로 나가자 스튜디오 한복판에는 턱시도를 갖춰 입은 차준이 서 있었다.

세트 중앙에서 조명을 받고 있는 남자와 그의 턱시도 차림은 완벽했다. 그야말로 슈트를 입기 위해 태어난 몸이라 해도 과언이 아닐 정도였으니, 스튜디오 안의 여자들 눈이 전부 하트가 되어 있는 것도 당연했다.

선아는 주눅이 들었다. 저 옆에 선다면 모두에게 웃음거리가 되어 버릴 것만 같았다.

"빨리 안 오고 뭐 해."

소품으로 놓인 고풍스러운 소파에 앉아 있던 차준이 자리에서 일어나 선아에게 손을 내밀었다. 그에게 주목하고 있던 모든 스태프들의 시선이 그녀에게 향했다.

"어, 지금 가고 있어."

주목에 놀란 선아가 빠른 속도로 스튜디오 안을 가로질렀다. 그녀가 가까이 오자 차준은 그녀의 손목을 덥석 움켜쥐고 한쪽 손으로 허리를 끌어당겼다.

"뭐야, 너. 당장 손 안 떼?"

선아가 차준에게 잡힌 허리를 비틀며 빠져나가려 했지만

그는 꼼짝도 하지 않았다. 오히려 그녀의 말은 들리지도 않는다는 듯 태연하게 포토그래퍼를 향해 말했다.

"바로 시작하죠?"

"네. 찍습니다. 지금 포즈 아주 좋아요!"

찰칵.

"신부 수줍은 듯이 턱을 좀 내리고 눈은 아래로! 아니 아니, 상체는 신랑한테 확 밀착해 주세요."

정말 죽을 맛이었다. 과도하게 열정적인 포토그래퍼는 손수 포즈를 잡아 가면서 목소리를 높였다.

요청대로 선아는 상체를 차준에게 가까이 붙였지만, 그의 가슴과는 주먹 하나가 들어갈 정도의 공간을 남겨 두었다.

그때였다. 그가 억센 손으로 그녀의 등을 와락 눌렀다. 덕분에 가슴과 가슴 사이, 차준과 떨어져 있던 공간이 빈틈없이 밀착되었다.

어라?

선아가 포토그래퍼에겐 보이지 않게 한쪽 미간을 살짝 찡그리며 차준의 허리춤을 쿡 찔렀다.

차준은 그녀의 등을 누른 손을 치울 생각도 없다는 듯 미동 없이 카메라를 주시했다.

"신부님? 찡그리시면 안 되죠. 어디 불편하세요?"

"아, 아니요. 괜찮아요."

"자, 눈은 아래로 내리깔고 미소를 머금으세요. 스마일."

그래요, 스마일……

힘센 걸로는 둘째가라면 서러울 녀석의 손아귀에서 벗어날 수도 없었기에, 그녀는 하는 수 없이 시종일관 스마일을 연발했다.

세 시간 넘게 이어진 촬영에 입 주변에 감각조차 사라질 상태에 이르렀을 때, 올 것이 오고야 말았다.

"이제 마지막 컷 남았습니다. 선아 씨는 창틀에 걸터앉고 차준 씨와 손을 맞잡으세요. 그리고 키스!"

"네에?"

그녀가 눈이 동그래져 괴성을 지르자 깜짝 놀란 포토그래퍼가 사진기를 내리고 멋쩍게 웃었다.

"에이, 신부님 키스가 창피하시면 살짝 뽀뽀라도 좀 부탁드려요. 이 컷은 꼭 들어가야 해서 그래요."

선아가 다급하게 차준의 허리춤을 쿡쿡 찔렀다. 그제야 그는 허리를 살짝 숙여 선아의 입가에 귀를 갖다 댔다.

"이번 거 못 한다고 해."

"왜."

"왜라니, 미쳤어? 아무리 계약이라도 사람들 다 보는 데서, 그것도 너랑 키스, 아니 뽀뽀를 하라니! 난 못 해."

선아의 태도는 강경했다. 이 상태로 더 진행시키는 건 무리라 판단한 차준은 촬영을 잠시 끊고 선아와 대기실에 들어가 마주 앉았다.

"설마 너, 그동안 키스도 한 번 안 해 본 거냐?"

"지금 그게 중요한 게 아니잖아! 기가 막혀. 그리고 나 해

봤거든?"

"누구랑."

"아, 진짜! 그건 또 왜 물어. 너는 모르는 사람 있어. 아무튼 마지막 촬영은 파투 내. 못해."

"키스 말고 뽀뽀라잖아. 유난스럽긴. 뽀뽀 한 번 한다고 입술이 닳아 없어지나."

선아는 시종일관 대수롭지 않다는 식으로 대응하는 차준에게 머리끝까지 화가 났다.

"너란 애는 정말! 이기적으로 생각하는 버릇은 평생 못 고치겠구나. 어쨌든 넌 남자잖아. 아무리 친구라도 내 입술은 내가 좋아하는 사람한테 줄 거야! 네 말대로 닳지 않는다는 이유로 아무 남자에게나 입 맞추고 싶지 않아."

"아무 남자?"

무표정했던 차준의 얼굴이 무섭게 일그러졌다. 뭐라도 잘못 말했나 싶어 뜨끔했지만 선아도 생각을 굽힐 마음은 없었기에 찌릿한 그의 시선을 의도적으로 피했다.

스태프가 타 온 커피만 홀짝이며 어색한 정적의 시간이 흘렀다.

"남자가 아니면."

정적을 깬 건 차준이었다.

"무슨 소리야. 알아듣게 말해."

"네가 아무 남자한테나 입 맞추지 않겠다며."

"맞아. 그건 양보할 생각 없어."

"남자가 아니라 게이라면 상관없는 거 아냐?"

차준의 말에 선아의 머리가 크게 얻어맞은 것처럼 댕 하고 울렸다.

"마지막 촬영은 어떡할래. 포토그래퍼 말대로 갈 건지 취소할 건지 정해. 이번은 네 결정에 따를게."

선아는 차준이 나간 대기실에 홀로 남아 생각에 잠겼다.

잠시 뒤, 그녀는 차갑게 식어 버린 커피 한 모금을 넘기고 대기실 문을 열어젖혔다.

"촬영할게요."

선아의 우렁찬 목소리에 포토그래퍼는 손가락으로 동그라미를 그리며 웃어 보였고, 차준은 여느 때처럼 무표정한 얼굴로 창가에 등을 기댄 채 서 있었다.

선아도 천천히 다가가 그가 서 있는 창틀에 올라앉았다. 무릎 위에 올려놓은 손에 차준의 손이 포개어졌다. 다신 잡고 싶지 않다고 생각했던 거친 손이다.

"신랑은 신부님 가까이 다가가시고, 살짝 입을 맞추세요."

선아는 눈을 질끈 감았다.

강차준은 동성 친구다. 적어도 같은 성을 좋아하는 사이니까 동성 친구 정도의 범주에 둘 수 있는 거다. 마음속으로 되풀이했다.

이윽고 입가에 따뜻한 기운이 돌더니 그의 입술이 닿았다. 거친 손과 달리 차준의 입술은 도톰하고 촉촉했다.

아주 잠시였다. 입술이 닿은 건.

선아가 감았던 눈을 떴을 땐, 차준은 컷 소리와 함께 그녀에게서 멀어져 스태프들과 본인의 대기실 안으로 사라져 버린 뒤였다.

"흐음. 별거 아니네."

선아는 창틀에서 내려와 탁탁 손을 털며 중얼거렸다. 이제 이 고문 같은 드레스를 시원하게 벗어 던지고 집에 가서 발 뻗고 꿀잠을 잘 생각에 벌써 스트레스가 풀리는 기분이었다.

✤　　　✤　　　✤

결혼식은 작은 성당에서 양가의 가족만 참석한 채 조촐하게 치러졌다. 성당 밖에는 취재진이 줄지어 서 있었고 차준의 팬들도 몰려와 신랑 신부의 모습을 한 번이라도 보기 위해 애를 태웠다.

최소한의 하객들로 식을 올린 것 역시, 소박함과 진정성을 내세우기 위해 임 대표와 박 변호사가 기획한 고도의 전략이었다.

결혼식을 마치고 신랑, 신부를 태운 리무진은 공항이 아닌 차준의 아파트 앞에 도착했다. 형식적인 이 결혼에 신혼여행은 포함되어 있지 않았다.

갑갑한 턱시도 카라를 풀어헤친 차준이 먼저 집으로 들어갔고, 선아는 트렁크에서 짐을 꺼내 뒤따랐다.

짐이라곤 그녀가 가진 옷 몇 벌과 학교 서적, 화장품 몇 개가 전부였다. 애초에 많은 짐을 챙겨 올 생각도 없었다. 정말로 떠날 것도 아닌걸. 잠시만 다른 곳에서 살다 오는 것일 뿐이라며 자신을 다독였지만, 난생처음 부모님과 동생 곁을 떠난다는 서운함 탓인지 선아는 짐을 챙기는 내내 몇 번이나 울컥했었다.

차준을 따라 아파트 최상층에 도착해 집 안으로 들어갔다. TV로만 보았던 그의 200평 펜트하우스에 직접 발을 디디고 보니, 그녀는 입이 떡 벌어졌다. 화면에서 보았을 때와는 와닿는 느낌이 완전히 달랐다.

웬만한 초등학생 열댓 명쯤은 뛰어놀아도 거뜬할 만큼 넓은 거실엔 옅은 갈색의 대리석 바닥이 깔려 있었고, 가죽 소파와 커다란 앙고라 카펫이 중앙을 차지하고 있었다. 소파의 맞은편 벽에 걸린 100인치 TV는 영화관의 스크린을 방불케 했다.

거실에 들어선 차준이 벽에 설치된 작은 모니터를 누르자 블라인드가 서서히 걷히며 서울 도심의 전경이 펼쳐졌다.

"우와, 집 진짜 죽인다."

저절로 감탄사가 흘러나왔다. 선아는 발아래 펼쳐지는 광경에 몰입하느라 들고 있던 짐이 쿵 소리를 내며 대리석 바닥에 떨어져 나뒹구는 것도 몰랐다.

창문에 가까이 다가가 해 질 녘 도심의 풍경을 넋 놓고 바라보고 있는데, 차준의 목소리가 바로 귓가에서 나지막이 들려왔다.

"이제 좀 실감이 나?"

"앗, 깜짝이야. 너 언제부터 거기 서 있었어?"

갑작스러운 말소리에 놀란 선아가 가슴을 쓸어내리며 뒤에 선 차준을 피해 한 발 뒤로 물러났다.

"일부러 몰래 다가간 거 아니다. 네가 바보같이 멍 때리고 있느라 못 들은 거지."

"아무튼, 진짜 집 끝내준다! TV로 볼 때보다 몇 배는 끝내줘. 자식, 진짜 성공했구나! 새삼 다시 보이네."

선아가 차준을 향해 양손으로 엄지를 추켜올려 보였다.

차준은 바지춤에 손을 넣고 방금 전 그녀가 서 있던 자리에서 도심을 내려다보고 있었다.

주홍빛 노을이 그를 비추고 있던 탓이었을까. 새삼 그의 모습이 무척이나 달라 보였다. 차준이 저렇게 잘생겼었나. 오늘따라 그의 옆모습은 너무 낯설었다.

날카로운 콧대와 선명한 턱 선, 풀어헤친 셔츠 사이로 살짝 드러난 쇄골과 노을빛 조명이 닿아 반짝이는 매끄러운 피부. 어쩌면 인간이 아닌 그리스 옛 남신의 모습을 본뜬 조각상 같기도 했다.

"뭘 그렇게 뚫어지게 쳐다봐. 내가 그렇게 잘생겼어?"

"어? 무, 무슨 소리야!"

찔린 선아는 흠칫 놀라 되레 버럭 했다. 차준은 그 자세 그대로 선아에게 살짝 고개만 돌린 채 피식 한쪽 입꼬리를 올렸다.

"이제 네가 어떤 남자를 차지한 건지 실감이 좀 드냐."

거만한 녀석. 자기 잘난 건 잘도 알고 있나 보다. 재수 없긴.

"내 방이나 가르쳐 줘."

샐쭉해진 선아가 바닥에 뒹굴고 있는 캐리어를 집어 들며 말했다. 차준은 턱짓으로 거실 옆 왼쪽의 작은방을 가리켰다.

"저쪽 방이야. 피곤할 텐데 짐 내려놓고 쉬어라. 노트북은 선물이니까 알아서 쓰고, 방은 대충 필요한 것들로 채워 놨어. 쓰는 데 지장은 없을 거야."

"그래. 고마워."

방은 그리 넓지 않았다. 원래 집에서 지냈던 선아의 방보다는 확실히 넓긴 했지만 한동안 사람의 손길이 닿지 않았는지 온기가 느껴지지 않았다. 패턴조차 없는 흰색 벽지로 도배된 탓인지 방이라기보단 사무실 느낌을 풍겼다.

하지만 싱글 침대와 책상, 노트북과 옷장 등 기본적인 가구들로 채워져 있었기에 당장 생활에는 지장은 없을 듯했다. 분위기가 심하게 무미건조하긴 했지만 온기야 채워 나가면 될 것이고, 그 외 특이점은 없었다.

2층 계단에서 발소리가 들리는 걸 보니 차준의 방은 바로 위층인 듯했다.

대충 짐 정리를 마친 선아는 차준이 선물해 준 노트북을 들고 방을 나서 거실 맞은편의 커다란 계단을 조심스레 올랐다.

1층 못지않은 2층의 거실은 커다란 유리 진열장들이 줄지어 있었다.

은은한 조명까지 설치된 진열장의 양옆엔 위스키와 와인이, 중앙에는 마블 캐릭터 피규어들이 자리해 있었다. 정 가운데 가장 멋진 조명을 받고 있는 배트맨 피규어를 보니 역시 녀석답다는 생각이 들었다.

돈 있는 녀석들은 장난감을 좋아해도 폼이 나는군.

빈부격차의 서러움을 몸소 느끼며 2층을 탐방하던 선아는 굳게 닫힌 한 방문 앞에 섰다. 작게 음악 소리가 들려오는 걸 보니 그는 이 방에 있는 듯했다.

똑똑.

"강차준. 잠깐만 나와 봐."

"무슨 일이야?"

방문을 열고 나온 그에게 선아는 받은 노트북을 내밀었다.

"이거. 난 쓰던 게 있으니까 다시 돌려줄게."

"그냥 써. 어차피 네가 쓰던 건 오래됐을 거 아니야. 결혼 선물인 셈 쳐."

"오래되긴 했지만 작업하던 프로그램이랑 영상도 있고, 그냥 내 걸로 쓸게."

"작업이라니, 무슨 작업?"

최근에는 서로 대화도 뜸했으니, 그녀가 요즘 한창 몰두해 있는 일에 대해 차준은 알 턱이 없었다.

"음. 어디서부터 말해야 하나. 영상 편집 쪽에 관심이 있어서 공부 중이야. 그래서 내가 원래 쓰던 노트북이 더 편한 거고."

"아, 그래. 그런 것도 하는 줄은 몰랐네."

"나에게도 이루고 싶은 꿈이란 게 있거든. 아무튼 마음은 고맙게 받을게."

"응…… 그래."

차준은 선아에게서 건네받은 새 노트북을 받아 들고 방 안 소파에 아무렇게나 던져 놓았다. 그녀에게 주려고 산 물건, 어차피 그에겐 쓸모 따위 없었다. 선아가 그런 공부를 하고 있는 줄 알았으면 좀 더 그에 걸맞은 물건을 준비해 두었을 텐데.

차준은 어쩐지 짜증이 밀려왔다. 선아에 관해서라면 뭐든지 알고 있다고 자신했었는데 보기 좋게 한 방 먹은 기분이었다.

노트북을 차준에게 돌려준 뒤 선아는 인기 유튜버의 동영상을 편집하는 일에 열중해 있었다. 몇 달 전부터 시작한 꽤 짭짤한 부업이었다.

"제수씨. 안녕하세요?"

방문 틈 사이로 들려온 굵직한 목소리에 깜짝 놀라 시계를 올려다보니 벌써 세 시간이나 지나 있었다.

"누구세요?"

문 앞에는 지난번 보았던 차준의 매니저가 서 있었다. 그는 바짝 깎은 스포츠머리에 체구가 큰 30대 후반의 남자였다. 틀림없이 운동선수 출신이거나 적어도 체육을 전공했을 법한 외모였다.

"저번에 한 번 뵀죠? 오전에 결혼식 때도 있었는데."

"네. 안녕하세요."

"차준이 스케줄 때문에 데리러 왔어요. 앞으로 제가 집 안에 들어와 있어도 너무 놀라지 마시라고 미리 인사드리러 왔습니다."

"네. 그럼요."

"선아 씨 덕에 우리 차준이 큰 도움 받았습니다."

"아, 아니에요."

매니저는 깍듯이 고개를 숙여 그녀에게 인사를 했다. 당황한 선아는 그보다 더 고개를 숙여 인사를 받았다.

그가 올라가고 한동안 위층과 거실에서는 남자들의 웅성이는 소리와 분주한 발걸음 소리가 들려왔다.

집 안의 소음은 현관문이 닫히는 소리를 마지막으로 쥐 죽은 듯 사라졌다.

저녁 무렵이었던 밖은 이제 완전한 어둠이 깔려 있었다. 집중력이 한번 흩어지고 나니 좀처럼 일이 손에 잡히지 않았다.

이 큰 집에 홀로 남겨져 있다고 생각하자 울적해졌다. 지금 선우와 엄마는 뭘 하고 있을까 궁금했다. 하지만 결혼 직후 신혼여행을 떠난 줄로만 생각하는 가족과 친구들에게 연락을 할 순 없었다.

그날 밤, 차준은 돌아오지 않았다.

낯선 방에서 밤새 뒤척이던 선아는 날이 밝아 오고 나서야
잠시 선잠에 빠져들었다.

3. 동거의 시작

"애들아, 사모님 행차하신다!"

학교 앞 호프집에 들어서자마자 선아의 오랜 친구이자 대학 동기인 경혜가 문을 열어젖히고 학생들을 향해 소리쳤다. 그러자 전체 테이블의 반 이상을 차지하고 있던 동기 몇 명이 일어나 휘파람을 불고 손뼉을 치며 웃었다.

부담스러운 환대에 선아는 안면 근육을 씰룩거리며 문에서 가장 가까운 테이블에 앉았다. 그녀가 앉자 한껏 오버를 하던 학생들도 금세 조용해졌다.

"신방과 대 스타님께서 어인 일로 조촐한 과 회식에 참여를 다 하셨나이까?"

"정경혜, 그만해라……."

경혜는 선아의 눈 흘김에도 개의치 않고 미리 주문해 놓은 맥주잔을 그녀 앞에 턱 하니 올려놓았다.

"자, 자. 알았으니까 한잔해."

"하여간 못 당하겠다니까."

4학년이 되고 선아는 학과 모임에는 참석하지 않았다. 영상 편집 부업을 하며 번 돈으로는 취업 준비를 위한 학원비를 내기에도 빠듯했다. 때문에 지출은 최소화해야 하는 상황이었고, 교통비와 식비 등을 제외하면 이런 모임에서 지불해야 하는 1, 2만 원도 그녀에겐 큰돈이었다.

"그나저나 웬일이야. 네가 모임엘 다 나오고? 요즘 한창 신혼 재미로 깨 볶을 때 아니니?"

돈도 돈이지만, 나름의 큰 지출을 감행하며 자리에 참석한 그녀의 진심은 따로 있었다.

"오랜만에 너희들이랑 술 한잔하고 싶어서."

실은 선아는 집에 돌아가고 싶지 않았다. 곧 있을 타이틀 방어전 대비로 바쁜 차준은 거의 매일 집을 비우다시피 했고, 결혼 후 한 달 동안 그녀는 늘 200평이 넘는 큰 집에서 홀로 지내야 했다. 가족이 북적대던 집에서 자란 선아에겐 견디기 힘든 외로움이었다.

선아는 앞에 놓인 맥주잔을 벌컥벌컥 들이켰다.

"너희들 지환이 형 기억해? 왜, 지난번 축제 때 우리 과 주점에서 이틀 연속 쏴 줬던 쏘쿨한 형."

"아, 그 의대생 오빠?"

"어! 그 선배 전문의 합격했더라. 엊그제 공대 수업 가다가

의과대 앞에 크게 현수막 걸린 거 봤어. 우리 그 형 불러서 축하주 핑계로 한번 얻어먹을까?"

"야아! 쉿!"

맞은편에 앉은 한 동기의 주사 겸 진담에, 경혜가 입가에 검지를 가까이 대고 잔뜩 인상을 찡그렸다.

"왜. 어차피 둘이 금방 헤어졌잖아. 거기다 쟤는 온 나라가 아는 유부녀인데. 아님 형한테 선아 없다고 하면 되잖아."

"너 취했으면 곱게 취해. 아무리 그래도 그건 아니지. 선아야, 쟤 말 신경 쓰지 마. 술이나 마시자."

"나 괜찮아, 경혜야. 어차피 다 지난 일이잖아."

선아는 자신의 눈치를 보는 친구들을 향해 괜찮다는 듯이 빙그레 웃어 보였다. 덕분에 잠시 굳어졌던 분위기는 풀려 갔다.

평소 주량을 넘을 만큼 술을 마신 건 아니었다. 생맥주 두 잔과 소주 서너 잔을 받아 마셨을 뿐인데, 빈속 때문이었는지 급격히 어지럼증을 느낀 선아는 잠시 바람을 쐬러 밖으로 나왔다.

이 시간 대학가의 뒷골목은 언제나 북적거렸다. 술에 취한 학생들의 웅성거림과 건물마다 위치한 주점에서 흘러나오는 노랫소리가 엉켜 만들어 내는 소음에 머리가 지끈거렸다.

어느 장소를 가도 불편하다면 차라리 조용하고 불편한 곳을 택하겠다 마음먹은 선아는 가방을 챙기기 위해 술자리로 돌아갔다.

대부분의 학생들이 빠져나간 지금, 남아 있는 건 학교 내에서도 알아주는 주당들이었다.

"나 먼저 들어가 볼게. 다음 수업 때 보자."

"으, 응. 피곤할 텐데 얼른 들어가."

평소의 경혜라면 지금쯤 한껏 흥에 겨워 가지 말라고 팔을 끌어당기고도 남았을 텐데. 어쩐지 이상한 반응에 경혜를 쳐다보았다. 그리고 그녀의 시선이 향해 있는 맞은편으로 자연스레 선아의 시선도 향했다.

"오랜만이다."

시선이 닿은 자리, 자신을 향해 눈웃음을 짓고 있는 낯익은 남자. 선아는 너무 놀라 몸이 굳어 버린 듯했다.

정작 일을 친 동기는 마냥 신나서 그의 옆자리에 앉아 주저리주저리 떠들어 댔다. 이럴 줄 알았으면 빨리 자리를 떴어야 했거늘.

선아는 가방에서 지갑을 꺼내 회비를 경혜의 손에 쥐여 주고 황급히 걸어 나갔다. 남자에게 대답은커녕 일부러 눈길 한 번 주지 않으려 애썼다.

뒤도 보지 않고 취객들로 가득한 거리를 무작정 헤쳐 나가는데 누군가 그녀의 팔을 잡아 세웠다. 팔에 전해진 느낌만으로도 누군지 알 수 있었다. 가늘고 따뜻한, 그리고 부드러운 손.

"잠깐만, 선아야. 잠깐 얘기 좀 해."

지환이었다.

"네? 무슨 얘기를……."

시선을 부러 먼 곳에 고정한 채 선아는 말끝을 흐렸다.

"놀라게 할 생각은 없었어. 잠시 올 수 있냐는 전화를 받고, 혹시나 널 볼 수 있을까 해서 잠깐 들렀어."

"저를 왜요?"

지환과 선아는 붐비는 거리에서 조금 벗어난 골목 어귀에 마주 섰다.

"별건 아니고, 하고 싶은 말이 있어서."

그는 웃으며 머리를 긁적였다. 자신을 반하게 했던 저 눈웃음은 하나도 변하지 않았다.

이별의 아픔 따위 극복한 지 오래였다. 하지만 1년 만에 지환과 가까이 마주 서자 가슴이 먹먹하게 저려 왔다. 빨리 이 자리를 피하고만 싶었다.

"할 말 있다면서요."

지환이 머뭇거리며 쉽사리 입을 떼지 않자 선아가 재촉하며 물었다.

"얼마 전 뉴스 보고 알았어. 결혼…… 축하한다고 직접 말해 주고 싶었어."

"고마워요. 선배도 전문의 되신 것 축하드려요."

"그래. 나도 고맙다. 그럼 잘 지내."

말을 마치고 지환은 등을 돌려 그녀에게서 멀어져 갔다.

그가 행인들 속에 완전히 자취를 감추고 난 뒤 다리에 힘이 풀려 버린 선아는 한동안 골목 어귀에 등을 기대고 서 있었다.

✤ ✤ ✤

이른 아침. 어김없이 찾아온 숙취를 느끼며 선아는 잠에서 깨어났다.

익숙한 천장이 아닌 티 없이 깨끗한 하얀 벽지가 눈에 들어오자 깜짝 놀라 주변을 두리번거리던 그녀는 곧 현실을 직시하곤 몸에 힘을 뺐다.

"아, 우리 집이 아니었지."

아직도 낯선 풍경에 주위를 둘러보다가 정신을 차린 뒤에야 차준의 집에 있다는 걸 깨닫곤 한다.

이사 온 뒤로 잠에서 깨어날 때면 거의 매일같이 겪는 일이었다. 요즘 같아선 익숙해지는 날이 영영 오지 않을 것만 같다.

정신을 차리기도 잠시, 밀려오는 갈증에 선아는 방문을 열고 부엌으로 향했다.

보통 이 시간에는 늘 혼자였는데 오늘은 부엌에서 분주하게 달그락거리는 소리가 들려왔다. 게다가 구수하고 시큼한 커피 향까지 코끝을 자극했다.

워낙 여러 사람이 들락거리는 집인지라 선아는 조금 경계심을 갖고 살금살금 걸어가 벽에 기대 부엌을 염탐했다.

"거기 서서 뭐하냐."

55

소리의 장본인은 차준이었다. 그는 방금 샤워를 마쳤는지 촉촉이 젖은 머리로 에스프레소 머신에서 커피를 따르고 있었다.

"난 또 매니저나 다른 사람인 줄 알고……. 언제 들어왔어?"

"새벽에."

차준은 간결하게 답하고 새 잔에 커피를 내려 그녀에게 건넸다.

"고마워."

건네받은 커피를 한 모금 마시자 갈증이 조금 해소되긴 했지만, 마음 같아선 생수통을 통째로 들고 벌컥벌컥 들이켜고 싶었다. 원래 집이었다면 그러고도 남았을 거다. 신혼 생활이 원래 이렇게 눈치 보이는 걸까. 선아는 낮게 한숨을 내쉬었다.

"이게 네 아침이야?"

테이블 위에 놓인 포장된 닭 가슴살과 샐러드를 보며 선아가 물었다. 샐러드 볼에 담긴 야채들은 소스도 없이 덩그러니 놓여 있었다.

"응."

"으, 매일 이런 것만 먹고 어떻게 살아."

"몸 관리하려면 싫어도 어쩔 수 없다."

"대단하다. 이렇게 관리해야 그 몸매가 나오는구나."

"이참에 너도 몸 좀 만들어 볼래? 저번에 촬영할 때 만져 보니까 온통 물렁살이더라."

"흥. 난 먹는 게 너무 좋아서 저런 풀떼기만 먹고 살 순 없네요. 그리고 내 몸매 평가는 좀 접어 줄래. 그거 숙녀에게 엄청난 실례거든?"

"숙녀……."

차준은 쿡쿡거리며 웃고는 냉장고에서 달걀 두 개를 꺼냈다.

"아침은 달걀 프라이면 되지?"

"나 아침 차려 주게? 이게 웬 해가 서쪽에서 뜰 일이람."

"시끄러워. 아까부터 누구 배에서 꼬르륵대는 소리에 귀 따가워서 그런다."

"헤헤."

선아는 머쓱하게 웃으며 배 위에 손을 올렸다. 어젯밤 술을 마신 이후로 먹은 게 없으니 배 속에서 뭐라도 내놓으라 아우성치는 게 당연했다.

능숙한 솜씨로 반숙의 달걀 프라이가 완성되어 테이블에 놓였다. 선아는 얼른 식탁 의자에 앉아 입맛을 다셨다.

"너 의외로 요리를 좀 하나 보다?"

"혼자 산 지 오래됐으니까. 간단하게는 할 줄 알아."

"냉장고 안에 보니까 밑반찬들도 꽤 있던데."

"그건 어머니가 보내 주시는 거야. 난 염분 많은 음식은 안 먹어서 곤란해. 보내지 말라고 할 수도 없고."

"버리기엔 너무 아까운데. 매니저 오빠한테라도 나눠 줘."

"네가 먹어."

"내가?"

선아는 무슨 대답을 해야 할지 망설여졌다.

차준의 어머니가 해 주신 반찬들을 훑어보니 전부 선아의 입맛에 딱 맞는 것들이었지만 막상 마음 편히 먹기엔 어딘지 죄송스러웠다.

"미안해하지 않아도 돼. 엄마도 네가 먹는다고 하면 기뻐할 거야."

차준은 마치 선아의 마음을 읽기라도 한 듯 답했다.

"그럼 다행이고."

달걀 한 개를 순식간에 흡입한 선아는 한숨 돌리며 짙게 우러난 아메리카노를 음미했다. 차준이 손수 내린 커피는 프랜차이즈 전문점에서 파는 커피 못지않았다.

그녀가 간도 안 된 닭 가슴살과 소스 없는 샐러드를 아무렇지 않게 먹고 있는 차준을 신기하게 바라보는데, 전에 본 적 없던 붕대가 왼손에 감겨 있는 것이 눈에 띄었다.

"너 다쳤어?"

선아의 질문에 차준은 자신의 왼손을 한 번 바라보고 대수롭지 않게 말했다.

"훈련 중에. 별거 아냐."

"으응."

팔 전체를 감은 붕대가 신경 쓰였지만, 본인이 괜찮다는데 별 수 있겠나 싶어 선아는 다시 프라이로 시선을 돌렸다.

"맛있다. 반숙이 딱 적당해서 고소해. 또 어떤 요리 할 줄 알아?"

"볶음밥이나 김치찌개 정도야. 그것도 비시즌에 쉴 때나 해 먹는 정도."

"그래도 가끔은 맛있는 것도 먹고 그랬음 좋겠다."

"내 걱정은 접어 둬. 그나저나 너야말로 그동안 뭘 먹고 지냈냐. 여기 이사 온 뒤로 밥 먹는 걸 오늘 처음 보는 거 같은데."

"그냥, 아침은 주로 학교 앞 토스트 가게에서 해결하고 저녁은 애들이랑 밖에서 먹었어."

"부엌 쓰는 게 어색해?"

"……."

정곡을 찔린 선아는 대답을 피하기 위해 남은 프라이를 입 안 가득 털어 넣고 오물거렸다.

"먼저 일어나 볼게. 다 먹은 접시는 네가 치워."

식사를 마친 차준은 일어나 자신의 빈 접시를 세척기 안에 넣어 두고 선아를 스쳐 지나갔다. 그리고 부엌을 나가기 전 한마디 덧붙였다.

"주방은 마음대로 써도 돼. 여기서 편하게 먹어. 여긴 네 집이기도 하니까."

✤   ✤   ✤

차준은 기분이 좋지 않았다. 결혼 후 처음으로 함께 아침 식사를 하게 된 날. 마주 앉은 그녀에게서 술 냄새가 풍겼기 때문이다.

체육관에서도 남자들의 땀 냄새가 배는 게 싫어 사물함도 사용하지 않는 차준이었다. 늘 자신의 체육복은 훈련이 끝난 날 개인적으로 세탁을 하고, 훈련 후에는 근처 사우나에서 홀로 샤워할 만큼 냄새에 민감했다. 그런 그가 진동하는 술 냄새를 못 맡았을 리 없었다.

선아를 위해 달걀 프라이를 만들며 차준은 밀려오는 짜증을 누르고 고민에 빠졌다. 단순히 민감한 그의 코를 자극해서가 아니었다.

누구와 왜, 몇 시까지 이렇게 온몸에 냄새를 풍길 정도로 술을 마셨는지 묻고 싶었다. 기분 같아선 윽박지르고 싶기까지 했다. 하지만 그랬다간 그녀와 사이가 멀어지기만 할 뿐이란 걸 잘 알고 있었다. 그래서 참았다.

평소 선아는 술을 못 마시는 편은 아니었지만 즐기지 않았다. 대학 1, 2학년 때는 가끔 술자리에 참석했었지만 고학년이 되고 나선 취업과 전공에만 몰두하던 녀석이었다. 그런데 아침부터 지독한 술 냄새를 풍기다니.

고민거리라도 있는 걸까. 이 결혼이 선아에겐 그렇게 스트레스였을까.

훈련 중에도 차준의 머릿속은 온통 그녀에 대한 생각으로 가득 차 있었다.

"너 오늘 컨디션 안 좋냐? 왜 이렇게 집중을 못 해!"

아니나 다를까, 차준의 집중력이 흐트러진 걸 눈치챈 코치의 불호령이 떨어졌다.

"죄송합니다."

"됐어. 그만 링에서 내려가. 이 상태로 훈련한들 체력 소모만 될 뿐이니까. 오늘은 가서 잠이라도 푹 자 둬."

확실히 오늘의 컨디션은 최악이었다.

"선배, 괜찮아요?"

일찍 집으로 돌아갈 채비를 마치는데 재선이 다가와 차준의 어깨에 손을 올렸다. 차준은 반사적으로 어깨를 움직여 재선의 손을 빼냈다.

"앗, 죄송해요. 저도 모르게……."

당황한 재선이 사과했지만, 차준은 그와 한 발 떨어져 거리를 두고 말했다.

"오늘은 피곤해서 일찍 들어가려고."

"선배, 지난번 일은……."

"그 얘긴 나중에 하자."

"그날 일에 관한 비밀, 지켜 주셔서 감사하다고 말씀드리고 싶었어요. 다음에 꼭 밥이라도 한 끼 대접하고 싶은데 거절하지 말아 주세요."

"……그래."

재선은 지난날, 차준의 동성 스캔들 루머를 일으킨 장본인이었다. 아직도 그는 그날 만신창이로 취한 재선에게 고백을 받았던 날의 충격을 잊지 못하고 있었다. 재선이 소위 말하는 동성애자였다는 건 차준으로선 짐작도 못 한 사실이었다.

하지만 다른 이들에게는 달랐다. 재선은 남다른 말투나 행동 탓에 종종 오해를 받곤 했었다. 사건 이후 체육관 사람들은 역시나 예상했다는 듯 재선의 취향을 의심했지만, 차준은 취한 그를 부축하다 생긴 일종의 가벼운 해프닝이라고 설명했다.

그들에게 차준의 말은 곧 법이나 다름없었다. 덕분에 재선은 큰 사고 없이 지금껏 운동을 계속할 수 있었다.

그와의 관계는 언젠가 좋게 풀어낼 생각이었지만 지금은 아니다. 선아 때문에 심경이 복잡한 지금, 재선까지 신경 쓸 여유는 없었다.

체육관을 나와 맞은편 사우나에서 말끔히 목욕재계를 한 차준은 자신의 애마를 타고 선아의 학교 앞으로 향했다.

오늘 선아의 강의는 4시면 모두 끝난다. 지금 출발하면 도착까지 얼추 시간이 들어맞았다. 차준은 그녀가 벽에 붙여 놓은 강의 시간표를 몰래 훔쳐봐 두길 잘했다며 스스로를 칭찬했다.

40여 분을 달려 대학교 정문 안으로 들어가자 학생들의 시선이 일제히 차준의 페라리에 꽂혔다. 인문학관 앞에 차를 주차하고 선아를 기다리는 동안 학생들이 차 주위에 모여들어 관심을 보였으나, 검게 태닝 된 차 안은 볼 수 없었다.

〈지금 인문학관 앞에 있어. 검은색 페라리에 타. 나오면 바로 보일 거야.〉

아직 강의가 끝나려면 20분가량 남아 있었기에 차준은 선아에게 문자를 보냈다. 곧이어 그녀에게 답장이 왔다.

〈뭐야. 너 오늘 안 바빠? 말도 없이 오면 어떡해. 강의 끝나고 친구랑 점심 같이 먹기로 했단 말이야.〉
〈뭘 어떡해. 남편이 데리러 왔다고 해.〉

더 이상 선아에게서 답장은 없었다. 어차피 건물 안에서 나오는 학생들의 모습이 훤히 보이는 자리였다. 만일 그녀가 모른 척 지나치기라도 하면 클랙슨을 울려 버릴 것이다. 그럼 도망은 못 가겠지.

잠시 뒤 선아의 모습이 보였다. 같이 점심을 먹기로 한 친구는 먼저 보냈는지 혼자 내려온 그녀는 차준의 차를 발견하자마자 쏜살같이 뛰어 내려와 벌컥 조수석 문을 열고 앉았다. 어찌나 빨리 달려왔는지 숨까지 헐떡이고 있었다.

"뭘 그리 서둘러. 그렇게 빨리 보고 싶었어?"

차준이 농담조로 놀리듯 물었지만 선아의 귀에는 아무 말도 들리지 않았다.

"야, 얼른 차 빼. 미쳤어? 지금 네가 애들한테 얼마나 주목

받고 있는 줄 알아? 계단 내려오는 내내 다른 애들이 앞에 서 있는 페라리 봤냐고 난리도 아니더라."

"뭐 어때서."

"너야 어디서든 주목받는 게 익숙하겠지만 난 평범한 사람이거든?"

"알았다, 알았어."

선아의 성화에 차준은 시동을 걸고 차를 몰았다. 캠퍼스를 벗어난 뒤에야 그녀는 진정한 듯 보였다.

"그런데 학교에는 무슨 일이야?"

"오늘 훈련도 없고 마침 근처에 있다가 심심해서."

거짓말. 하지만 '오늘 아침부터 네가 신경이 쓰여서 훈련에 집중할 수가 없었어'라고 말할 순 없지 않은가.

"흐음. 이왕 왔으니 같이 밥이나 먹자. 나 배고파."

차준의 어설픈 변명이 통했는지 선아는 고개를 끄덕이며 말했다. 차준의 입가가 스윽 올라갔다.

"어디로 갈까? 먹고 싶은 거 있으면 말해."

"맞다. 너 식단은 어쩌고?"

"한 끼쯤은 괜찮아."

염분을 빼기 위해 혹독한 트레이닝을 감수해야 하지만.

"최대한 살 안 찌는 메뉴가 뭐가 있을까. 저 밑에 가면 회전 초밥집 있는데 거기 가자. 가격도 그렇게 안 비싸고 맛도 꽤 좋아."

"돈은 신경 쓰지 마."

"얘는 또 말을 그렇게 하네. 아무리 네가 돈이 많아도 늘 얻어먹는 게 마냥 기분 좋진 않아. 곧 취직하면 나도 맛있는 거 사 줄게. 생각보다 이번 토익 점수가 꽤 잘 나와서 아예 승산이 없는 것도 아니란 말이지."

차준은 백미러를 통해 창밖을 보며 즐거운 듯 재잘거리는 선아를 훔쳐보았다. 걱정했던 것과 달리 기분이 좋아 보여 다행이었다.

선아가 가르쳐 준 회전 초밥집은 점심시간이 지나서 그런지 사람이 별로 없었다.

둘은 바 테이블 구석에 자리를 잡았다. 평소 어딜 가든 유명세 때문에 홍역을 치르는 차준인지라 이목을 끌지 않는 식당 분위기가 마음에 들었다.

"조용하고 좋지? 너 사람 많은 곳에 가면 불편해하잖아."

선아는 어깨를 으쓱하며 자랑하듯 말하고, 차준의 앞에 간장을 따라 주었다.

"그래. 배려해 줘서 고맙다."

식사를 하는 도중 차준은 선아의 눈치를 살폈지만, 그녀의 모습에서 특별히 평소와 다른 점은 찾을 수 없었다. 그는 넌지시 속에 있는 말을 끄집어냈다.

"그런데 너, 어제 몇 시에 들어왔냐?"

"어, 어? 그건 왜?"

"술 마셨지."

놀랐는지 선아는 콜록거리면서 녹차를 크게 한 모금 들이켰다.

"오랜만에 우리 과 애들이랑 모임이 있었거든. 그, 그렇게 늦게는 안 왔어."

갑작스러운 차준의 질문에 선아는 사레까지 걸리고 말았다. 완전히 눈치 못 챘을 거라 생각했는데…… 아뿔싸. 생각해 보니 차준은 알아주는 개코였다. 아침부터 알고 있었음이 틀림없었다.

엄밀히 말하면 바람을 피운 것도 아닌데 선아는 자꾸만 제 발이 저렸다. 특히 어젯밤 지환을 만났던 장면이 아른거려 죄라도 지은 것마냥 마음속이 켕겼다.

이번에는 선아가 차준의 눈치를 살폈다. 결혼한 지 얼마 되지도 않아 술을 진탕 마신 걸 들켰으니 분명 사람들의 이목을 들먹이며 불호령이라도 떨어질 상황이 아닌가.

"무슨 고민이라도 있어?"

차준의 입 밖에서 나온 말은 전혀 뜻밖이었다. 화가 난 것 같진 않았다. 오히려 다정하기까지 한 목소리였다.

뭘 잘못 먹었나 싶어 차준의 동태를 살폈으나, 흔들림 없는 얼굴로 자신을 바라보는 그의 시선에 선아의 긴장이 조금 풀렸다.

"딱히 고민이라기보단…… 보통의 신혼 생활은 어떨까 생각해 보긴 했어. 너랑 나는 밖에선 다정한 부부로 알고 있어도 실상은 다르니까. 우린 결혼 이후 별로 대화도 없었고, 네가 너무 바빠서 나는 낯선 집에 홀로 있는 일이 많았고. 하하, 내가 원래 적응이 좀 느리잖아."

선아는 분위기를 바꿔 보려 애써 밝게 이야기했지만 차준의 표정은 심각했다.

"미안하다. 외롭지 않게 했어야 하는데."

"아니, 난 괜찮다니까? 이 정도 각오도 없이 시작한 일 아니야. 그리고 가끔은 나도 친구들을 만나긴 해야 하잖아."

"안 돼."

"안 된다니, 뭐가?"

"친구들은 만나. 하지만 술은 안 돼."

어느새 차준의 말투가 단호하게 변해 있었다. 멋대로 다정했다가 또 멋대로 명령조로 말하는 녀석. 어느 장단에 맞춰야할지 모르겠다. 선아는 차준의 태도에 조금 기분이 상하고 말았다.

"뭘 그렇게 강압적으로 말해? 네 명성에 금 안 가도록 조심하면 될 것 아냐."

"앞으로 술 마시고 싶으면 나한테 말해. 같이 마셔 줄 테니까."

이번에도 예상치 못한 그의 발언에 선아는 그만 꿀 먹은 벙어리가 되었다.

강차준은 오늘 조금, 아니 많이 이상했다.

식사를 마치고 집으로 돌아가는 길. 선아는 말없이 창밖만을 바라보았고, 차준도 말이 없었다. 평소와 달랐던 그의 모습이 계속 신경 쓰여 선아는 집으로 돌아가는 내내 어색해 미칠 지경이었다.

함께 엘리베이터에 올라 집으로 들어간 뒤 선아는 곧장 자신의 방으로 향했다.

"아, 미치겠네. 왜 앞으론 자기랑 술을 마시라고 하는 거야?"

켜지 않은 노트북을 펼쳐 놓고 선아는 검은색 스크린을 뚫어져라 바라보며 생각에 잠겼다. 차라리 평소처럼 윽박이라도 질렀으면 오히려 마음 편했을 거다.

책상에 엎드려 고민을 거듭하던 선아는 무언가 떠오른 듯 고개를 들었다.

입가에는 웃음이 맴돌았다. 바보같이 그새 잊고 있었던 사실을 떠올리자 머릿속이 맑아졌다. 녀석의 성 정체성!

파파라치 걱정할 필요도 없겠다, 녀석이 술 마시고 야수가 될 걱정할 것도 없겠다. 이만하면 일석이조였다.

선아는 금세 기분이 좋아져 의기양양하게 차준의 방으로 향했다.

마침 그는 옷을 갈아입기 위해 속옷 차림으로 옷장을 열고 있었다. 벌컥, 문이 열림과 동시에 차준은 사색이 되어 옷장 뒤로 몸을 숨겼다. 하지만 선아는 활짝 웃고 있었다.

"괜찮아. 굳이 안 가려도 돼. 너 안 덮칠 거니까. 내가 아깐 경황이 없어서 대답을 못 했는데, 좋아. 말 나온 김에 다음에 시간 봐서 한잔하자고."

말을 마친 그녀는 다시 방문을 닫고 콧노래를 흥얼거리며
계단을 내려갔다.

차준은 벙쪄서 한동안 옷장 뒤에서 움직일 수 없었다. 쿵
쾅쿵쾅. 심장이 터질 것처럼 뛴 것도 잠시, 이내 부아가 치밀
었다.

"저 여자가 정말!"

4. 죄스러운 마음

"황재선! 너 집중 안 해?"

"아, 죄송합니다."

코치의 불호령에 재선은 차준을 쫓던 시선을 거두고 고개를 돌렸다. 그러지 말아야지 하면서도 틈만 나면 차준에게 온 신경이 쏠려 도통 훈련에 집중할 수 없었다.

그에게 남다른 감정을 품은 건 오래전이었다. 하지만 전에는 이렇게 일상생활이 불가능할 정도로 괴롭진 않았다.

차준이 갑작스레 결혼을 해 버리고 난 뒤부터인 것 같다. 그의 결혼 발표 후 재선은 3일 밤낮을 꼬박 앓았다. 마치 버림이라도 받은 사람처럼 커튼이 쳐진 어두운 방 안에 종일 누워 슬픈 음악을 들었다. 입맛이 너무 써서 밥도 좀처럼 넘기질 못했다.

이런 마음을 알 리 없는 차준은 지난 스캔들 이후 자신과 제대로 눈도 마주치려 하지 않았다.

바보같이…….

재선은 이를 악물고 손목이 아프도록 샌드백을 두들겼다.

애초에 이곳이 자신의 자리가 아니란 걸 알고 있었다. 내성적이고 남자아이들과 어울리지 못해 왕따를 당하던 재선에게 그의 아버지는 태권도장으로 보내 운동을 가르쳤고, 의외의 운동 신경을 발휘하며 체대까지 진학하게 되었다. 하지만 언제나 자신과 맞지 않는 옷을 입고 산다는 느낌에 늘 괴로웠었다.

그러던 중 재선은 우연히 대학교에 특강을 온 차준의 강의를 듣고, 첫눈에 반해 버렸다.

단지 외모 때문만은 아니었다. 차준에게서 풍기는 당당함과 자신감, 프로다운 마인드와 노력. 그런 그를 동경하지 않는다는 게 더 이상할 정도였다.

오로지 차준과 가까이 있고 싶었고, 그를 닮고 싶었다. 결국 태권도를 버린 재선은 UFC로 전향했고 미친 듯이 노력해서 프로로 입단까지 하게 되었다.

우상이던 그와 같은 체육관을 쓰고 매일 얼굴을 마주할 수 있게 된 기쁨도 잠시, 동경은 어느덧 조금 더 깊고 개인적인 감정으로 변해 갔다.

차준은 재선을 친동생처럼 아껴 주고 챙겨 줬다. 차준이 해외 경기나 촬영을 하고 귀국할 때엔 가끔 선물을 따로 챙길 정도로 예쁨도 받았었다.

거기서 만족해야 했는데, 마음 한구석에서 생겨난 욕심이 문제였다. 술기운에 해 버린 고백.

재선은 어둠 속에서 똑똑히 보았다. 충격으로 일그러진 차준의 얼굴과 몹시 흔들리던 눈동자를.

그 순간 돌이킬 수 없는 실수를 하고 말았다는 걸 깨달았지만, 때는 이미 늦은 뒤였다. 단 한 번의 잘못된 고백으로 동경하고 사랑하는 남자에게 큰 오명을 씌우고 말았다. 어떻게든 진심으로 사과의 마음을 전하고 싶었지만, 그날 이후 차준의 시선은 너무나 차가웠다.

"선배, 저…… 꼭 드릴 말씀이 있는데 오늘 시간 좀 내주실 수 있어요? 스케줄 있으시면 끝날 때까지 기다릴게요."

체육관 맞은편 사우나의 지하 주차장에서 샤워를 마친 차준이 나올 때까지 기다리고 있던 재선은 용기를 내서 그에게 다가갔다.

"할 말 있으면 지금 해."

차준의 눈빛에 노골적인 경계 태세가 떠올랐다.

"잠시 커피라도 마시면서 대화할 수 있을까요? 부탁드려요."

"하……."

올 것이 왔다는 생각이 들었다. 차준은 거의 울먹이다시피 하는 재선을 바라보며 길게 한숨을 내쉬었다.

고백 이후 재선이 자신을 어떤 식으로 보는지 알게 된 이상, 예전처럼 아끼는 후배로서 대할 수는 없었다.

하지만 지난 시간 쌓아 온 정을 생각해 매정하게 내치지는 못한 채 재선을 피하던 상황이었다. 언젠가 한 번쯤 진지한 대화를 해야겠다는 생각은 하고 있었다. 그게 오늘이 될 줄은 몰랐지만.

"알겠어. 차에 타."

차준의 말에 울상이던 재선의 얼굴에 금방 웃음꽃이 활짝 피었다. 조수석에 재선을 태운 채 지하 주차장을 빠져나온 그는 근처 카페 앞에서 차를 세웠다.

"뭐 마실래?"

"안에 들어가서 고를게요."

"아니, 사 올게. 차에서 얘기하자."

"그럼 아메리카노로 부탁드려요."

사람이 많은 곳에 둘이 있는 건 역시나 부담스러웠던 걸까. 재선은 고개를 숙이고 차준이 돌아오기를 기다렸다.

잠시 뒤 차준은 커피 두 잔을 들고 돌아왔다.

재선은 선뜻 말을 꺼내기가 힘들어 커피를 받아 든 손가락을 조물거리며 시간을 끌었다.

사람이 북적이는 트인 공간이었다면 차라리 괜찮을 뻔했다. 이렇게 밀폐된 차 안, 손만 뻗으면 닿을 거리에 단둘이 있으려니 반쯤 미쳐 버릴 지경이었다. 심장이 당장이라도 튀어나올 것처럼 뜀박질을 해 댔다.

차준은 고맙게도 아무런 재촉 없이 묵묵히 재선을 기다려 주었다. 다만 어색한 적막감이 싫어 켠 라디오에서 감미로운 음악이 흘러나왔기에 깜짝 놀라 다시 전원 버튼을 눌러야 했다.

"지난번에 갑자기 고, 고백한 거 죄송하다는 말씀 꼭 드리고 싶었어요. 저 때문에 이상한 루머에까지 휩쓸리고…… 정말 죄송합니다, 선배."

재선이 입을 연 건 숨 막히는 적막을 10분간 더 버텨 낸 뒤였다. 이 이상 시간을 끌면 그와 대화할 기회조차 사라져 버릴지도 모른다는 생각에, 발끝까지 힘을 모아 끌어낸 용기였다.

"이미 지난 일이야. 지금은 다들 해프닝 정도로 생각하고 있는 루머이기도 하고. 난 괜찮으니까 너도 없던 일로 하고 잊어버려."

"없던 일로요?"

"그래. 없던 일."

너무 담담한 그의 말이, 없던 일이란 그 말이 비수처럼 가슴을 후벼 팠다. 아까까지 한마디도 하기 어려워하던 재선의 입에서 멋대로 말들이 튀어나왔다.

"아무리 받아들여지지 못하는 마음일지라도, 술에 취해 멋대로 저질러 버린 실수였다 해도 저한테는 소중한 추억이에요. 없던 일로 하고 싶지 않아요!"

"황재선. 너 자꾸 나 곤란하게 할래?"

"때리셔도 좋습니다. 어떤 벌을 내리셔도 달게 받을게요.

그런데 저도 살면서 한 번쯤은 제 자신에게 솔직해지고 싶어요. 오늘 이 얘기 안 하면 앞으로 인간답게 살지도 못할 것 같아요. 저 선배 좋아합니다. 그동안 힘들 때마다 선배 떠올리면서 운동을 계속할 수 있었고, 선수로서도 정말 많이 존경했어요. 사실 좋아한다는 그 이상의 감정일지도 몰라요."

"네 마음을 안다 해도 내가 해 줄 수 있는 건 없어."

"알아요. 저 욕심 없어요. 그딴 건 꿈에서도 바란 적 없어요."

"나도 널 후배로서 진심으로 아꼈다. 재능도 있고 열심히 하는 모습이 기특했으니까."

재선의 눈가에 투명한 이슬방울이 맺혔다. 그간 참고 억누르며 버텨 왔던 감정들이 한 번에 폭발해 버린 느낌이었다. 주체가 안 될 정도로 몸이 떨렸다. 운동을 시작한 뒤로 이 악물고 참아 내며 흘려 본 적 없던 눈물은, 한 번 눈가에 맺히기 시작하자 기다렸단 듯이 터져 나왔다.

감정을 추스르지 못하는 재선에게 차준이 해 줄 수 있는 건 묵묵히 물티슈를 건네주는 것뿐이었다.

"고마워요. 얘기 들어 줘서. 아끼는 후배였다고 해 줘서. 그런 말 들은 거로도 저는 행복해요."

"그래."

"저 앞으로도 선배 좋아해도 될까요?"

"어?"

"제발 마음까지 버리라곤 하지 말아 주세요. 절대 어떤 해도 끼치지 않을 거예요. 아니, 선배를 좋아하는 수많은 남성 팬들 중 한 명이라고 생각해 주세요."

"네 마음까지 내가 어쩔 수 없다 쳐도, 이 업계에서 어떤 식으로든 소문이 돌기 시작하면 선수 생활 힘들어질 거야."

"각오는 하고 있습니다."

"미안하다. 해 줄 수 있는 게 없어서."

"예전처럼은 돌아가지 못하더라도, 적어도 절 피하지만은 말아 주세요."

차준은 재선의 말에 긍정의 뜻으로 고개를 끄덕였다. 한결 가벼워진 마음으로 재선은 붉게 상기된 눈두덩이를 물티슈로 닦아 냈다.

"전 이만 가 볼게요. 시간 내주셔서 감사합니다."

"들어가."

"그리고 선배, 결혼 진심으로 축하드립니다."

마지막 말을 마친 재선은 차준의 대답을 기다리지 않고 차에서 내렸다. 돌아올 그의 말을 들었다간 완전히 종지부가 찍혀 버릴 것만 같아서, 듣고 싶지 않았다.

❖　　❖　　❖

"그걸 지금 얘기해 주면 어떡해?"

"네가 이렇게 신경 쓸 줄 몰랐어. 음식이라면 근처에서 대충 배달시켜도 되니까."

"아무리 그래도 어떻게 배달 음식으로만 대접을 해."

"너 요리 못 하잖아."

차준의 말에 선아는 완전히 할 말을 잃었다. 동료 선수들이 집들이를 하러 온다는 말을 바로 당일인 오늘 전해 들은 것이 말다툼의 원인이었다.

"하여간 순 제멋대로야. 내가 요리를 잘하진 못해도 인간이 먹을 수 있을 만큼은 만들거든?"

"괜히 너한테 부담 주기 싫어. 편하게 하자."

부담이라고? 쇼윈도 아내에게는 어떤 것도 받고 싶지 않다는 말인가. 차준의 입에서 나온 부담이라는 단어에 그녀는 큰 거리감을 느꼈다.

기분이 상한 선아는 차준을 지나 방으로 들어갔다. 이 넓은 집에서 오롯한 자신만의 공간이라고는 그에게 배정받은 방뿐이다.

철저한 남의 집. 각오는 하고 시작한 생활이었지만, 이곳은 선아에겐 소속감이라곤 전혀 느껴지지 않는 곳이었다.

신혼집도 아닌 엄연히 남의 살림살이가 가득한 부엌이다. 진짜 부인도 아닌 내가 음식을 만들어 손님들을 대접하는 것도 어색하겠지.

당연한 사실에 화를 내는 건 잘못된 걸까, 하는 생각에까지 이른 선아는 스스로를 다독였다.

결국 자기 합리화에 성공한 그녀는 아무 일 없던 듯 거실로 나와 배달 음식 상차림을 도왔다. 차준의 집에 있던 커다란 상을 꺼내 놓고 가끔 우체통에 꽂혀 있던 전단지에서 중국집을 하나 골라 비싼 요리 위주로 배달을 시켜 내어놓으면 끝. 인정하기 싫었지만 편한 건 사실이었다.

약속된 8시 전후로 차준의 동료 선수들이 하나둘 집으로 모여들었다. 그들 사이에 포함되어 있던 재선도 거실에 놓인 커다란 상의 한 자리를 수줍게 차지했다.

"배달 음식뿐이라 죄송합니다."

"저희는 배달 음식 엄청 좋아합니다."

"암요. 탕수육에 고량주 한 잔이면 호사지!"

호탕한 웃음으로 안심시켜 주는 선수들 덕에 마음이 놓인 선아는 좀 더 적극적으로 안주인 역할을 해내기로 했다.

"난 얘가 우리도 몰랐던 결혼 발표를 하길래 처음엔 제수씨랑 속도위반이라도 한 줄 알았다니까요."

"어머, 제 배 보면 모르시겠어요? 안에 들은 거라고는 지방밖에 없어요."

선수들의 짓궂은 농담에 선아도 넉살 좋게 받아쳤다. 차준은 워낙 말이 별로 없는 타입이기도 했고 역시나 이 자리가 불편한지 피곤한 기색이 역력했다.

선아도 힘들어 보이는 그가 신경 쓰였지만 한창 흥이 오른 선수들을 강제로 보낼 수도 없는 노릇이었다. 그저 틈틈이 곁눈질로 차준이 실수를 하지 않을까 살피는 게 최선이었다.

그때 상 중앙에 앉아 있던 재선이 모두 취해 있는 틈을 타 차준의 옆자리로 옮겨 앉아 걱정스레 물었다.

"선배, 많이 피곤하세요?"

거기까지야 선배를 걱정한 후배의 평범한 질문이라고 쳤다. 이상한 건 차준의 반응이었다. 재선이 다가와 다정하게 굴자 극심하게 불안해하는 게 눈에 보였다.

술을 마시고 자기들끼리 얘기하기 바쁜 다른 선수들의 눈치를 보지 않나, 굵은 식은땀을 떨어뜨리지 않나. 이래 봬도 차준과 십년지기인 선아였다. 저건 평소의 차준의 모습이 아니었다.

차준의 이상 행동을 놓치지 않고 흘깃거리며 관찰하던 그녀의 머릿속에 무언가가 반짝 떠올랐다. 차준에게만 멈추던 시선이 그 옆에 앉은 남자에게 꽂혔다.

유독 낯이 익던 남자를 살펴보니 오래 생각할 필요도 없었다. 확실했다. 차준과 동성 스캔들의 주인공이자 찌라시에서 한창 이름까지 나돌았던 황재선.

재선을 단번에 알아본 선아는 차준을 향해 가자미처럼 가늘게 눈을 떴다.

세상에나, 자기 애인을 버젓이 집들이에……. 그럼 티나 내질 말든가. 저리 식은땀이 나도록 좋을까.

옆에 다소곳이 앉아 앞 접시에 음식들을 놓아 주고 술잔까지 채워 주는 재선과 어색해 보이는 차준. 선아는 속으로 혀를 끌끌 찼다. 참으로 눈 뜨고 봐 주기 힘든 광경이었다.

갑갑한 마음에 바깥 공기라도 쐬러 나가고 싶던 참에, 상위에 텅 빈 맥주병들이 눈에 들어왔다.

"맥주가 다 떨어졌네. 얼른 사러 나갔다 올게요."

"나도 같이 가."

"집주인은 앉아 계세요."

선아는 따라 일어나려는 차준의 어깨를 꽉 눌러 다시 자리에 앉혔다. 지금은 그와 단둘이 있는 일만은 피하고 싶었다.

"제가 갈게요. 형수님 혼자 들고 오기엔 너무 무겁잖아요."

이번에는 재선이 자리에서 일어났다. 선아는 물끄러미 재선을 바라보다가 고개를 끄덕였다.

"좋아요."

재선이 선뜻 돕겠다고 나선 건 차라리 잘된 일이었다. 내남편의 애인과 자연스레 단둘이 있게 되는 건 흔한 일이 아니니까.

선아는 자신을 바라보는 차준의 불안한 시선을 느끼고는 피식 웃었다.

"소개가 늦었죠? 차준 선배와 같은 체육관에 있는 황재선이라고 합니다."

"네, 반가워요. 류선아예요."

선아는 재선과 가벼운 악수를 나누고 어깨를 나란히 했다.

가로등 불빛이 환하게 밝혀진 아파트 단지를 재선과 나란히 걷고 있자니 어색해 미칠 지경이었다. 선아는 걸음걸이를 조금 늦춰 한두 걸음 재선이 앞서 걷도록 했다. 그편이 훨씬 편했다.

거리가 벌어져 앞서가는 재선의 뒤태를, 선아는 의식적으로 천천히 훑어 내렸다. 운동선수들 중에서도 비율이 좋고 잘 빠진 몸매에 훤칠한 키. 얼굴도 나무랄 데 없이 잘생긴 편이다.

재선은 차준처럼 남자답게 잘생긴 미남이라기보단, 곱상한 여자처럼 선이 고운 미남이었다. 분명 여자들에게도 인기가 좋을 테지.

"두 분, 참 잘 어울려요."

"네?"

앞서 걷던 재선의 말에 선아가 되물었다.

"선아 씨랑 차준 선배요. 잘 어울리는 한 쌍이라고요."

저 말이 대체 무슨 뜻일까. 약이라도 올리려는 심산일까? 재선의 말이 마치 비꼬는 것처럼 들렸다.

"저기요, 재선 씨. 굳이 그러지 않으셔도 돼요. 저 다 알아요."

"안다니, 뭘요?"

"차준이랑 재선 씨요. 솔직히 집들이까지 오실 줄은 몰랐어요. 저희 사이가 불안해서 확인차 오신 거라면 걱정 안 하셔도 됩니다. 대신, 차준이 오랜 친구로서 하나만 당부할게요. 지난 스캔들이 그 애에게 얼마나 큰 타격이었는지 잘 아실 거예요. 결혼으로 겨우 잠재워 둔 불씨가 다시 살아나는 일은 없도록 사석에서는 조금 조심해 줬으면 해요."

도무지 갈피를 잡기 힘든 선아의 당부에 재선은 혼란에 빠졌다. 지금은 무슨 말을 해도 이상해질 것 같아 재선은 입을 다물었다. 그녀에게 뭔가 단단히 오해를 사고 있는 게 분명했다.

편의점에 들러 맥주를 사고 다시 집으로 돌아올 때까지 둘은 아무런 대화도 없었지만 머릿속은 저마다의 생각들로 복잡했다.

✦　　✦　　✦

떠들썩했던 집들이가 끝나고 손님들이 돌아간 뒤, 남은 두 사람은 묵묵히 뒷정리를 마쳤다.

"강차준, 잠깐 앉아 봐. 할 말 있어."

선아는 식탁 위에 차준의 것까지 두 잔의 차를 타 왔다.

"무슨 할 말?"

선아가 내뿜는 싸한 분위기에 압도된 차준은 순한 양처럼 다소곳이 다가와 식탁 앞에 앉았다.

"싸우자는 거 아냐. 나름대로 고민 끝에 하는 얘기니까 진지하게 들어 줬으면 해."

"알았어."

"우리 계약서 다섯 번째 조항. 불미스러운 일을 발생시키지 않는다, 기억하지?"

"응."

"그 조항에 대해 물었을 때 넌 결혼 중에 내가 다른 남자를 만나면 안 된다고 했어."

"응."

"그 조항 나한테만 적용되는 건 아니야."

"알아. 나도 다른 여자 안 만날 거야."

"그런 얘기가 아니잖아!"

"왜 그래. 뭐가 문젠데 이렇게 화가 났어?"

"너의 경우 다른 남자와 불순한 짓을 하면 안 된다는 거지."

차준은 너무 당황스러워 대답조차 나오지 않았다. 그 마음을 알 리 없는 선아는 멍하니 할 말을 잃은 그의 모습을 보고 더욱 심증을 굳혔다.

"나도 이런 얘기 하는 거 매우 껄끄럽고 미안하게 생각해. 사랑하는 마음을 어떻게 남이 마음대로 하지 말라 할 수 있겠어. 사랑하지 말라는 게 아니야. 다만 조심을 좀 하라고. 너랑 나랑 이제 한배를 탄 사이잖아. 네가 잘못되면 나까지 같이 망가지는 거야. 스캔들 난 지 얼마나 됐다고 다른 선수들까지 있는 자리에서 애정 행각을 벌여? 너무 위험한 짓이었어."

"잠깐, 류선아. 너 지금 무슨 소릴 하는 거냐?"

"얘가 진짜. 꼭 내 입으로 다 말해야 하니?"

"알아듣게 설명을 해. 내가 다른 선수들 앞에서 애정 행각을 했다니, 그게 무슨 소리냐고."

"재선 씨 말이야. 애인 사이인 거 알아."

선아는 마지못해 이야기한다는 투로 목소리까지 낮춰 가며 조심스레 재선의 이름을 언급했다.

"황재선이랑 내가 애인 사이라고? 너 진짜 미쳤냐?"

"어머, 아니었어?"

"아니야."

입술을 힘주어 굳게 다문 차준의 이마에는 가늘게 실핏줄까지 돋아 있었다.

"그럼 재선 씨 혼자서 좋아한 거였어?"

"그래!"

"……바람둥이."

전혀 예상치도 못한 반응이었다. 선아는 오히려 눈을 가늘게 치뜨고 차준을 흘겨보았다.

가뜩이나 말주변 없기로는 둘째가라면 서러운 차준은 어디서부터 어떻게 설명을 해야 할지 막막한 심정이었다. 차라리 돌직구가 나을 것 같다는 판단에 차준은 최대한 흥분을 가라앉히고 진지한 목소리로 말했다.

"나 게이 아니다."

"……와, 강차준. 사람 정말 서운하게 한다."

"뭐?"

"아까 분명히 말했어. 난 너랑 한배를 탄 동지라고. 네 스캔들을 숨겨 주려 결혼까지 한 친구한테 거짓말은 용납 못해."

"하, 돌겠네."

"알아. 너도 많이 답답할 거야. 네 사생활에 대해서 더는 캐묻지 않을게. 다섯 번째 계약 조항 잘 지켜 달라는 말만 하고 싶었어. 숨겨 놓은 애인을 만나더라도 다시 스캔들 안 나게 조심하라고. 그리고 이건 친구로서 하는 말인데, 너 좋다는 사람들 너무 상처 주고 다니지 마라. 예전부터 그러고 다니더니 그거 알게 모르게 다 죄짓고 있는 거다?"

선아는 마지막으로 그에게 진심을 담은 훈계까지 던지고는 자리에서 일어났다.

차준은 그녀가 떠난 식탁 위에 엎드려 머리를 감싸 쥔 채 한동안 일어날 줄을 몰랐다.

죄는 지금 누가 짓고 있는 거냐. 이 답답아.

5. 지구와 별 사이의 거리

분주하게 움직이는 스태프들과 수십 대의 카메라. 한 번 보기도 힘든 연예인들이 한곳에 모인 스튜디오 안은 그야말로 별천지였다. 밖은 아직 쌀쌀한 초봄인데 눈이 부시게 내리쬐고 있는 조명등 탓에 등 뒤에선 땀이 흘렀다.

선아는 지금 결혼 계약을 충실히 이행하고 있었다. 곱게 단장을 마친 그녀는 부부 동반 첫 예능 프로그램 출연을 위해 대기 중이었다. 난생처음 방송국에 와 본 날 TV 출연이라니, 세상 참 알다가도 모를 일이었다.

주부들에게 특히 인기가 좋은 이 방송은 선아의 엄마도 자주 보는 프로그램이었다. 가끔 엄마가 틀어 놓은 걸 오가며 본 적은 있지만 정확히 뭘 하는지는 알지 못했다. 결혼 생활 중 겪는 에피소드나 부부 갈등에 관한 이야기를 풀어놓으며 수다를 떤다는 정도로만 알고 있었다.

선아는 먼저 도착해 스케줄을 마치고 매니저와 오고 있는 차준을 기다리고 있었다. 스튜디오 안 세트장에는 그녀와 마찬가지로 일반인인 배우자 몇 명이 앉아 있었고, 연예인 출연자들은 대부분 늦는 상황이었다. 남녀 MC는 일찌감치 도착해 대본을 보고 있었다.

"예쁘다……."

아까부터 멍하니 여자 MC를 보고 있던 선아가 중얼거렸다. 요즘 한창 주가를 올리고 있는 여자는 과거 인기 아이돌 그룹의 멤버로, 팀 해체 후 MC로서의 변신을 성공적으로 이뤄 낸 인물이었다.

방청객 객석이 채워지고 드디어 출연진들이 하나둘 스튜디오에 들어섰다. 늦게 도착한 차준도 준비를 마치고 선아 옆에 앉았다.

"미안. 광고 촬영이 생각보다 늦게 끝나는 바람에."

"사과 안 해도 돼. 여기서 연예인 구경하느라 나름 재밌었어. 저기 김효원 좀 봐. 실제로 보니까 더 예쁜 거 같아. 그치?"

선아가 MC석에 있는 효원을 보며 동의를 구했지만 차준은 고개도 돌리지 않고 대본 보는 일에 열중해 있었다. 뚫어져라 대본을 응시하던 차준이 선아의 귓가에 입술을 가까이하고 말했다.

"그런 데 신경 쓰지 말고 집중해. 녹화 들어가면 말은 내가 할 테니까 넌 그냥 웃으면서 고개를 끄덕이든지, 내 말에 동의만 하면 돼. 어차피 관심은 얼마 전 불화설 났던 탤런트 부부한테 집중될 거야. 절대로 MC들 말에 휘둘리지 말고."

"응. 알겠어."

선아는 마른침을 꿀꺽 삼켰다. 방금 전까지도 지금 상황이 꿈속인 것처럼 실감 나지 않았는데, 차준의 말을 듣자 순식간에 현실 세계로 빨려 들어온 기분이었다. 이윽고 감독의 사인과 함께 카메라에 빨간 불이 들어왔다.

녹화가 시작되자 차준의 말대로 관심은 앞자리에 앉은 탤런트 부부에게 집중되었다. 며칠 전 부부 싸움으로 경찰까지 출동해 소동을 일으켜 화제가 되었던 일을 해명하러 나온 듯했다. 둘은 붙어 앉아 연신 금슬을 자랑하며 얼마나 행복한 결혼 생활을 하고 있는지, 딸들을 얼마나 아끼고 있는지 얘기했다.

예상보다 녹화는 훨씬 지치는 일이었다. 시작과 동시에 떨리던 마음도 잠시, 다른 패널들의 이야기를 듣다 슬슬 졸음이 밀려올 때쯤 차준과 선아에게 질문이 돌아왔다.

"이번에 만나 볼 분들도 화제의 중심에 서 있는 분들입니다. 결혼 후 처음으로 저희 프로그램에 동반 출연해 주셨는데요. 따끈따끈한 신혼부부 강차준 선수와 류선아 씨를 소개합니다."

카메라가 비추기 전 차준이 작은 소리로 '웃어'라고 선아에게 말했다. 선아는 그의 말대로 할 수 있는 한 가장 환한 웃음을 지었다.

곧바로 남자 MC의 질문이 이어졌다.

"이런 말씀 드려도 될지 모르겠지만 강차준 선수는 그……
스캔들 이후에 처음 뵙네요."

"아…… 네."

MC의 스캔들 언급에 카메라는 난감한 표정으로 대답하는
차준의 얼굴을 줌인 했고 방청석에서는 웃음이 터져 나왔다.

"그쪽으로는 아무 문제 없으신 거죠?"

"하하, 보시다시피 전 여자를 좋아합니다."

짓궂은 MC의 질문에 차준은 선아의 어깨를 와락 끌어안았
다. 깜짝 놀라 인상을 찌푸릴 뻔한 걸 참기 위해 선아는 손으
로 재빨리 얼굴을 가렸고, 방청석에서는 또다시 웃음이 터졌
다.

녹화는 순조롭게 이어졌다. MC의 질문에 방송 경험 많은
차준이 재치 있게 답하고 선아는 고개를 끄덕이거나 간간이
맞장구를 치는 정도로만 대응했다.

방송 전 훑어봤던 대본상의 질문이 모두 끝나고, 드디어
마음을 좀 놓아야겠다 생각한 순간 여자 MC가 선아를 향해
말했다.

"신부님께 뭐 하나 물어볼게요. 류선아 씨 맞죠?"

"네?"

"강차준 씨 어디가 제일 좋아요?"

느닷없이 들어온, 그것도 자신을 콕 집어내 묻는 질문에

선아는 말문이 막혔다. 패널들과 방청객들 모두 조용히 그녀의 말을 기다리고 있었다.

선아는 힐끔 곁눈질로 차준에게 SOS를 보냈지만 그도 어찌할 도리가 없었다. 차준 역시 대본에 없는 질문에 놀라긴 마찬가지였다. 제발 선아가 실수만 하지 않길 바랄 뿐이었다.

에라, 모르겠다. 선아는 눈을 질끈 감고 마이크를 입가에 가져갔다.

"거만하고 유치할 때도 많지만 가끔은 친절해요. 그리고 돈이 많고 자, 잘생겼어요!"

웅변하듯 뱉어 낸 말에 스튜디오 안이 쩌렁쩌렁 울렸다. 정적이 흐른 것도 잠시, 조용히 터져 나온 한 연예인 패널의 웃음을 시작으로 스태프와 방청객, 출연자들 할 것 없이 웃음 바다가 되었다.

한참을 웃던 남자 MC가 눈물을 닦으며 진행을 이어 나갔다.

"살다 살다 이렇게 솔직하고 우렁찬 고백은 처음 듣습니다. 역시 신혼부부는 좋네요. 저도 와이프랑 연애할 때가 생각나네요. 강 선수, 좋겠어요?"

선아의 얼굴은 슬쩍 건드리기만 해도 터질 듯이 빨갛게 달아올라 있었고, 좀처럼 당황하는 일 없는 차준의 두 뺨과 귓가도 붉게 물들었다.

큰일을 저지르고 말았다. 미칠 듯한 부끄러움에 지금 당장이라도 도망쳐 한 1년 정도 숨어 버리면 좋으련만.

부끄러움에 스튜디오 안을 방황하던 선아의 시선이 이끌리듯 MC인 효원에게 닿았다. 그녀 역시 선아를 바라보고 있었다. 그런데 좀 이상했다. 효원과 눈이 마주친 순간 뜨거웠던 체온이 급격히 얼어붙는 느낌이었다.

무서울 정도로 싸늘한 시선.

효원은 선아와 눈이 마주치자 고개를 돌리고 아무렇지 않게 카메라를 보며 활짝 미소 지었다.

내가 잘못 본 걸까. 선아는 고개를 갸웃하며 등줄기에 오른 서늘함을 털어 냈다.

"선아 씨, 수고했어요. 덕분에 오늘 재밌는 그림이 아주 많이 나왔어. 아깐 아주 귀여웠고. 다음에 또 출연해 줘요."

녹화가 끝나고 감독이 다가와 선아의 어깨를 두드리며 격려했다.

"네. 감사합니다."

기어들어 가는 목소리로 답한 선아는 차준과 마주치지 않고 스튜디오에서 빠져나가기 위해 빠른 걸음으로 입구를 찾아 헤맸다.

"야!"

으악. 등 뒤에서 차준의 목소리가 들린다. 선아는 못 들은 척 걸음을 재촉했다. 얼마 가지 못해 그의 억센 손에 붙들려 버리긴 했지만.

"여기 입구가 몇 갠데 어딜 무작정 돌아다녀. 길 잃어버리면 어쩌려고."

"막 잡지 좀 말아 줄래? 아프단 말이야."

선아가 차준에게 잡힌 팔을 비틀어 빼고 투덜거렸다.

"나 손에 힘 하나도 안 준 건데."

"함부로 만지지 말라고. 아까도 갑자기 끌어안질 않나. 스킨십은 조심해 달라고 했잖아."

"방송의 리얼리티를 위해선 어쩔 수 없어."

"아까 다른 부부들은 스킨십 같은 거 안 하더만."

"왜. 나 좋아하는 거 아니었어? 잘생기고 돈 많아서 좋다며."

차준이 킬킬거리자 선아의 얼굴이 순식간에 화끈 달아올랐다. 역시 아까의 말을 틈만 나면 우려먹을 생각이 틀림없었다.

"나도 어쩔 수 없이 한 말이야. 그 얘기 다신 입에 올리지 마. 가만 안 있을 거야."

"가만 안 있으면 어쩔 건데."

"이혼이야."

"웃기네."

차준이 얼토당토않은 소리를 들었다는 듯이 콧방귀를 뀌었다. 열이 오른 선아가 한마디 더 대꾸하려는데 누군가 그녀 앞을 막아섰다.

"안녕하세요, 선아 씨."

MC를 맡았던 효원이 생글거리며 인사를 건네 왔다.

"안녕하세요."

선아는 쭈뼛거리며 답했다. 바로 눈앞에 서 있는 스타의 후광에 눈이 부실 지경이었다. 이런 사람이 왜 자신을 굳이 찾아와 인사를 한 건지 궁금해질 찰나 그녀가 다시 입을 열었다.

"아직 대학생이라고 했죠? 어디 학교예요?"

"그런 걸 당신이 왜 물어."

효원의 질문에 답한 건 차준이었다. 선아는 어리둥절하게 둘을 번갈아 보았다.

선아를 바라보던 그녀의 시선이 차준에게 향했다. 원래도 키가 큰 데다 힐을 신어서인지 효원과 차준은 눈높이가 꼭 맞아 보였다.

"왜요? 선아 씨 좋은 사람 같아서 친해져 보고 싶은데, 그러면 안 될 이유라도 있나 봐요?"

역시. 아까 느낀 서늘함은 착각이 아니었다. 차준을 향한 효원의 말과 눈동자에는 가시가 박혀 있었다.

"가자."

차준은 선아의 손을 잡고 효원의 앞에서 그녀를 끌어당겼다. 그를 따라 복잡한 스튜디오 안을 빠져나오는 내도록 선아는 차준의 손을 뿌리치지 않았다. 어쩐지 지금 이 손을 놓아선 안 될 것 같은 예감이 들었다.

✤   ✤   ✤

선아는 집으로 돌아온 뒤 한동안 방 안에 틀어박혀 있는 차준의 방문을 두드렸다.

"들어간다?"

기다려도 대답 없는 방문을 열고 들어가니 차준은 녹화 때 입었던 의상 그대로 침대에 누워 천장을 응시하고 있었다. 굳은 표정을 하고 힘없이 누워 있는 모습에 마음이 안 좋아진 선아는 침대 옆에 걸터앉아 그의 이름을 불렀다.

"차준아."

어린 동생을 달래듯 다정한 목소리였다. 차준은 천장에 고정되어 있던 시선을 천천히 선아에게로 돌렸다.

"기분 많이 안 좋아?"

"아니."

차준의 퉁명스러운 대꾸에도 그녀는 물러날 기색이 없었다. 오히려 다 안다는 듯 입가에 부드러운 미소를 지어 보였다.

"내가 친구 기분도 못 알아주는 매정한 사람 아닌 거 알잖냐. 특히 너는 단순해서 열 받으면 얼굴에 다 드러난다고."

"열 받은 거 아냐. 잠깐 생각할 게 있어서 그래."

"김효원 때문이지? 너 보는 표정에 아주 독기가 서려 있던데. 누가 보면 돈이라도 떼먹힌 줄 알겠어."

"내가 남한테 돈 빌리고 다닐 정도로 없어 보이냐."

"짚이는 게 달리 없잖아. 김효원이 고백이라도 했다가 차인 건 절대 아닐 테고."

"……."

선아의 장난 섞인 추측에 차준은 이마에 얹었던 팔로 눈가를 덮었다. 하여간 둔한 주제에 쓸데없는 일에서만 촉이 좋다.

"뭐야. 이 회피하는 반응은? 설마가, 설마가 아닌 거야?"

"노코멘트."

"와! 진짜로 김효원이 너한테 고백했었다고? 엄청나다."

"아, 귀 따가워. 이게 그렇게까지 소리 지를 일이야?"

"당연하지. 그냥 연예인도 아니고 한류 스타잖아. 일반 남자라면 절대 거절했을 리가 없는 여잔데. 자존심 엄청 상하긴 했겠다."

침대에 누워 무표정하게 천장만 응시하고 있던 차준의 미간과 입술의 잔 근육이 신경질적으로 움찔거렸다. 이윽고 몸을 일으킨 그는 눈 깜짝할 새, 침대 가장자리에 걸터앉은 선아의 앞으로 상체를 들이밀었다.

"너 뭔가 단단히 착각하고 있나 본데, 나도 스타야."

"……어?"

살짝만 앞으로 움직여도 닿아 버릴 듯 가까웠다. 차준의 얼굴을 피해 선아는 상체를 주춤 뒤로 물렀다.

"저기, 지금 너무 가깝다. 말하기 불편하니까 조금만 뒤로 가 줄래?"

"멋있다고 해. 그럼 더는 가까이 안 다가갈게."

"뭐?"

"김효원이 스타라서 멋있다며. 내가 그 여자보다 더 잘나가는 스타니까 나한테도 멋지다고 해."

"왜 이래? 그깟 말 한마디 아무러면 어때서."

"그깟 말 한마디 나한테도 그냥 하면 되잖아?"

차준은 전혀 물러날 기색 없이 선아의 얼굴을 뚫어지게 응시했다.

단어 한마디 말해 주는 게 별거냐, 라는 생각은 하고 있었지만 차준의 얼굴을 보니 누가 입을 막아 버린 것처럼 선뜻 말이 나오지 않았다.

한 시간 같은 몇 분이 지났다. 허리를 뒤로 뺀 채 침대 모서리를 잡고 지탱하는 것도 슬슬 한계였다. 차준은 그 자세 그대로 온종일이라도 있을 태세였다.

입술을 씰룩대며 식은땀까지 흘리던 선아가 드디어 결심한 듯 큰 소리로 입을 열었다.

"멋있어!"

차준은 승리의 미소를 지으면서도 가깝게 밀착시킨 그녀와의 거리는 떨어뜨리지 않았다.

"한 번 더."

"너 정말 유치하게 나올래?"

"잘 못 들어서 그래. 이름까지 붙여 줘."

"가, 강차준도 멋있어……."

그제야 그는 선아와의 거리를 벌려 뒤로 물러났다.

이게 뭐라고. 선아는 등과 이마, 목 뒤가 온통 축축한 땀으로 젖어 있었다.

"김효원 일은 걱정하지 마. 내가 알아서 해."

어느새 차준은 아까의 자세로 침대 위에 누워 선아에게 말했다. 누가 봐도 '나 저기압이요' 라고 쓰여 있던 표정은 언제 그랬냐는 듯 평온하게 바뀌어 있었다.

6. 나만의 비밀 친구

전공 수업을 듣고 근처 마트에 들른 선아는 전에 없이 신중하게 장을 보는 중이었다.

조별 과제를 맡은 조원들 중 한 명의 실수 때문에 낮은 점수를 받게 된 오늘 같은 날, 한잔의 술이 절실했다. 마침 떠오른 이가 차준이었다.

성인이 된 이후로 한 번도 차준과는 술잔을 기울여 본 적이 없었는데, 결혼 이후 진솔한 이야기도 할 겸 좋은 기회라고 생각했다. 집들이 때 요리를 못하지 않느냐며 당한 무시도 갚아 줄 겸, 멋진 안주를 만들어 술상을 차려 내기로 결심한 것이다.

인터넷을 뒤져 선택한 레시피에 맞는 재료들을 고르고 소주도 가득 담던 선아는 문득 차준이 언제 들어올지 가늠이 안 되어 바로 문자를 보냈다.

〈오늘 연습 끝나고 촬영 있어?〉

답장을 기다리기도 전에 바로 차준에게서 전화가 왔다.

—왜?

"스케줄이 어떻게 되나 궁금해서. 몇 시에 올 거야?"

—안 하던 질문을 다 하고, 해가 서쪽에서 뜨겠네.

"몇 시쯤 집에 올 거냐고."

—오늘은 연예통신 인터뷰만 하고 갈 거야. 9시쯤.

"딱 좋아. 그럼 이따 봐. 밥 먹지 말고 와."

—어?

차준의 궁금증은 아랑곳하지 않고 전화를 끊은 선아는 집으로 향하는 걸음을 재촉했다. 그가 집으로 돌아올 때까지 대략 두 시간이나 남았으니 안주를 만들 시간은 충분했다.

선아는 식탁 위에 장을 봐 온 음식들을 널어놓고 레시피를 정독했다. 메뉴는 소주 안주의 기본인 골뱅이무침이 사이드, 메인 요리는 매콤하게 조린 닭볶음탕이었다.

그동안 해 본 요리라고는 각종 집에 있는 식재료를 때려 넣은 볶음밥에 스크램블드에그가 전부였지만 선아는 요리 블로거들의 힘을 믿었다. 그대로 따라 하면 잘할 수 있을 거라는 용기가 마구 샘솟았다.

낯설고 어색한 주방에서 진땀을 빼며 요리를 시작한 지 두 시간을 꽉 채워 가던 때에, 도어록의 비밀번호 눌리는 소리가 들렸다. 곧이어 현관문이 열렸다.

"이게 무슨 냄새야?"

성큼성큼 긴 복도를 지나 주방이 보이는 거실 중앙에서 모습을 드러낸 차준의 두 눈이 휘둥그레졌다.

"너 지금 요리해?"

"왜 이렇게 빨리 왔어……."

선아는 울상을 지었다. 골뱅이무침은커녕, 사실 선아는 두 시간 내내 닭볶음탕 하나와 씨름을 하고 있었다. 그마저도 맛을 볼수록 갸우뚱해지는 탓에 완전히 자신감을 잃어버린 와중이었다.

하지만 요리 중인 선아를 본 차준은 얼굴에 묘한 웃음을 머금었다.

"네가 빨리 오라며. 근데 냄새 좋다. 서방님 온다고 맛있는 음식까지 해 놓고 기다리다니 진짜 장가간 기분인걸?"

차준은 기분이 좋은지 콧노래까지 흥얼거리며 선아의 곁으로 다가왔다. 그의 한 손에 들린 커다란 편의점 봉투에 선아의 시선이 닿았다.

"손에 그거 뭐야?"

"네가 술 마시고 싶어 하는 것 같길래 술이랑 안줏거리 좀 샀어."

"와, 살았다. 안 그래도 이거 망쳐 버린 거 같아서 큰일이었는데. 강차준 눈치 최고! 술 마시자고 하려는 거 어떻게 알

앉어?"

"너 진짜 바보냐. 언제 들어오냐, 뭐 하냐, 생전 묻지도 않던 애가 갑자기 밥 먹지 말고 들어오라는데 그거밖에 더 있어?"

"헤헤. 듣고 보니 그러네."

머쓱하게 웃는 선아의 곁에 바짝 다가온 차준은 끓고 있는 커다란 냄비 뚜껑을 열고 국물을 조금 맛보았다.

"안 망했어."

"정말? 나는 두 시간째 간을 봐서 그런지 아무 맛도 안 느껴져."

"맛있어. 이거 먹을래."

차준은 자신이 사 온 편의점 안줏거리들을 냉장고 안에 던져 넣었다.

선아 인생 최초의 닭볶음탕을 가운데 두고 마주 앉은 두 사람은 술잔을 채웠다.

"그런데 웬일이야? 술상까지 다 준비를 하고."

"사실 오늘 학교에서 골치 아픈 일이 있었어. 술 생각이 났는데 너랑 이제껏 한 번도 같이 술 마셔본 적이 없다는 게 떠올라서. 지난번에 약속도 했었잖아."

"괜찮겠어?"

차준의 의미심장한 질문도 선아에겐 전혀 의미심장하지 않았다.

"뭐가?"

선아의 해맑은 물음에 말문이 막힌 차준은 고개를 저었다.

"아니다. 한 잔 마시자."

"캬, 좋다. 오늘 술이 엄청 달다."

잔을 비우고 자신의 어설픈 첫 요리를 맛있게 먹어 주는 차준을 보며 선아는 기분 좋게 웃음 지었다.

"앞으로 내 요리 실력 무시 안 할 거야?"

"응. 네가 해 준 음식이 세상에서 제일 맛있어."

"그렇게까지 치켜세우진 않아도 돼. 그래도 기분은 좋다."

왜 진작 차준과 술자리를 갖지 않았을까 싶을 정도로 편안했다. 보통 남자들과 술을 마실 때 가져야 할 긴장이 필요 없어서일까. 선아가 술김에 그를 쳐다보자 차준이 의아한 듯 물었다.

"왜 그렇게 뚫어져라 쳐다봐?"

"음…… 왠지 게이 친구가 생겼다는 게 꿈만 같아서."

"컥!"

선아의 말에 놀란 차준은 물고 있던 닭다리 살이 목에 걸려 한참 동안 기침을 해야 했다.

"차준아, 괜찮아? 잠시만, 물 가져올게."

"괘, 괜찮아."

한참의 기침 후 차준은 매운 양념 탓에 뜨거워진 목을 소주로 달래었다. 환장할 노릇이었다.

"여자들은 게이 친구에 대한 로망이 있거든. 네 입장에서 기분 나쁠 수도 있겠지만…… 말 그대로 로망이야. 왠지 일반 남자들 하곤 다르게 내 마음 이해해 주고 같이 많은 것들을 공유할 수도 있을 것 같은 느낌. 영화에서처럼 게이 친구랑 같이 팔짱 끼고 쇼핑도 다니고 서로 옷도 코디해 주고. 밤새도록 로맨스 영화 보면서 수다도 떨고. 꼭 해 보고 싶었어."

"하면 되잖아."

"해 줄 거야?"

"같이 영화 보고 쇼핑 가고, 어려운 일도 아니네."

"좋았어! 오늘부터 차준이는 내 비밀 친구다."

귀엽게 웃는 저 얼굴에 침을 뱉을 수 없었다고 해도, 역시나 핑계일 거다.

차준은 큰 눈을 반짝이며 생글거리는 선아에게 안 된다는 말을 도저히 할 수 없었다. 그리고 그녀가 말한 게이 친구의 역할이 연인들 간의 데이트와 비슷하다는 것에 욕심이 생겨 버렸다.

한 잔, 두 잔 마시던 술이 어느덧 두 병째. 차준은 이 정도 술로는 정신 한 올 흐트러지지 않았지만 선아는 이미 술이 잔뜩 올라 해롱거렸다.

"그래서 있잖아. 걔가 글쎄, 일주일 내내 자료 조사는 하나도 안 하고 농땡이를 피웠던 거야."

끊임없이 재잘거리는 선아에게 차준은 적당히 맞장구를 쳐 주었다.

예전처럼 똑같이 대하고 있긴 하지만 게이 친구도 이렇게 행동하는지는 알 수 없었다. 검색이라도 해 봐야 하나. 고민에 빠진 찰나 선아가 남은 술병에 손을 뻗었다.

"이제 그만 마셔."

"아 왜에. 나 하나도 안 취해허."

"안 취하긴 뭘 안 취해. 혀가 완전히 꼬였는데."

"지짜야. 안 취해떠."

"내일 학교 가야지."

"체엣."

차준이 술병들을 치우자 선아는 손을 뻗은 자세로 식탁에 엎드려 옹알거렸다.

"잘 먹지도 못하는 술을 왜 그렇게 많이 마신 거야."

천성이 지저분한 것을 참지 못하는 차준은 기왕 시작한 김에 어지럽혀진 테이블을 치우기 시작했다.

한창 설거지를 끝내고 돌아보니 선아는 식탁 위에 엎드린 자세 그대로 곯아떨어져 있었다.

"하…… 저 골칫덩이."

차준은 혀를 끌끌 차고는 엎드린 선아를 조심스레 들어 올려 침대 위에 눕혔다.

"으음. 더워."

선아는 파인 티셔츠의 목을 늘리며 쿨쿨 잠에 빠져 있었다. 그녀를 내려다보며 차준은 작게 중얼거렸다.

"남자 앞에서 무방비하게 잠이나 자고 말이야. 그냥 확 덮쳐 버릴까."

순간 선아가 감았던 눈을 번쩍 떴다.

차준은 혹시라도 혼잣말을 들킨 건가 싶어 얼어붙었다. 어두운 방 안에서 한참을 눈을 맞추던 선아는 배시시 웃으며 차준의 팔을 끌어안았다.

"같이 자자."

"뭐?"

"같이 자자. 내 방 너무 추워."

"너 지금 무슨 소릴 하고 있는 건지 알기나 해?"

"헤헤."

잠꼬대인지 주정인지 모를 소리를 내뱉은 선아는 그의 팔을 잡은 채 다시 잠에 빠져들었다.

차준은 식은땀을 훔쳐 낸 뒤 슬그머니 팔을 빼고 일어나 이불을 그녀의 목 끝까지 올려 덮어 주었다. 선아가 깨지 않게 방 문고리를 살살 돌려 닫는 것도 잊지 않았다.

닫힌 선아의 방문 앞에 서서, 차준은 아직도 미친 듯이 뛰고 있는 왼쪽 가슴에 손을 올려놓았다. 천천히 심장 박동 수가 느려지고 나서야 움직일 수 있었다.

오늘 밤은 그의 인생에 손꼽힐 만큼 힘든 밤이 될 것 같다.

✤   ✦   ✤

차준은 요 며칠 의식적으로 선아를 피했다. 그날 밤, 날이 새도록 혼자 애국가를 불러야 했던 고통이 쉽게 지워지지 않앉기 때문이었다. 덕분에 운동에는 확실히 몰입하게 돼서 코치는 매우 흡족해하고 있다.

"자식. 신혼이라 기운 빠져서 훈련에 집중을 못 할 줄 알았더니 어째 결혼하기 전보다 더 몰입을 잘하는데? 에너지가 대체 얼만큼이나 저장돼 있는 거냐."

이 샌드백 말고는 힘을 발산할 곳도 없습니다…….

차준은 차오르는 눈물을 삼켜야 했다. 새벽같이 아파트 산책로 조깅으로 마치고 체육관에 가서 왕성한 힘을 쏟아 내고, 화보나 인터뷰, 방송 촬영 등의 스케줄을 소화한 뒤 집으로 돌아오면 거의 녹초가 되어 버렸다. 일부러라도 힘을 빼놓으며 나름대로 자신과의 전쟁을 치르고 있었다.

선아는 지난 밤 취한 채 같이 자자며 매달려 왔던 사실은 기억조차 나지 않는 듯 일상 그대로였다. 그날의 술자리가 꽤나 재미있었는지 이후로도 그녀는 몇 번이고 비밀 친구들끼리의 밤을 보내자며 졸랐지만 차준은 빡빡한 스케줄과 피곤을 핑계로 간신히 뿌리쳐 왔다.

그도 그럴 것이, 요즘 들어 그녀를 가까이하면 자꾸만 자신의 팔에 매달려 오던 얼굴이 떠올라 건장한 20대 청년의 남성 호르몬이 참을 수 없이 꿈틀거렸기 때문이다.

그런 차준의 속을 알 길 없는 선아는 오늘에야말로 물러서지 않겠다며 의지를 불태웠다.

고된 일과를 마치고 개운한 목욕 후, 차준은 욕실 앞에서 기다리고 있던 선아를 보고 놀라 뒤로 넘어질 뻔했다.

"깜짝이야! 너 뭐야, 그 차림은."

귀여운 토끼가 그려진 캐릭터 잠옷을 입은 선아가 양손에 무언가 들고 방실거리며 서 있었다.

"새 잠옷."

"손에 든 건 뭐고."

"이거 곡물 가루랑 꿀이야. 직접 천연 팩으로 만들어서 바르면 그렇게 피부에 좋대. 너랑 같이하려고 사 뒀어. 다행히 오늘은 다른 때보다 일찍 들어왔으니, 딱이잖아?"

거실 한가운데 펴져 있는 이불을 보고 차준이 경악하며 물었다.

"웬 이불?"

"팩 붙이고 누워 있어야 할 거 아냐. 내가 먼저 발라 줄 테니까 다음은 네가 내 얼굴에 발라 주면 돼."

차준은 선아에게 끌려가며 악 소리도 내지 못하고 벌어진 입만 속절없이 벙긋거렸다.

"머리카락이 흘러내리면 불편하니까."

선아는 거실 한가운데 차준을 눕히고 곰돌이 귀가 달린 머리띠를 씌우더니, 플라스틱 볼에 정성스레 곡물과 꿀을 섞었다.

신이 난 듯 콧노래까지 흥얼거리는 선아를 보며 차준은 완전히 자포자기 상태로 몸을 맡겼다.

"바를 거니까 눈 감아."

진득하고 물컹한, 기분 나쁜 감촉이 얼굴을 훑었다. 하지만 은은하게 퍼지는 고소한 냄새만큼은 좋다고 생각했다.

선아가 물컹한 천연 팩을 얼굴 전체에 펴 발라 주는 시간은 마치 치과 진료를 받으러 갔을 때처럼 긴장의 연속이었다.

"됐다. 이제 내가 누울게. 잘 발라 줘. 내 머리띠는 토끼야. 너랑 세트로 샀어. 귀엽지?"

"……응. 귀엽다."

토끼 머리띠를 하고 토끼 잠옷을 입고 누운 선아는 정말 귀여웠다.

차준은 건네받은 천연 팩용 볼과 브러시로 최대한 섬세하게 선아의 얼굴에 팩을 펴 발라 주었다. 피부 관리실이 아닌 집에서 이런 팩을 해 본 적도 없거니와 남에게 발라 줄 일이 생길 거라고는 상상조차 하지 못했다.

"오, 꼼꼼하게 잘 발랐네? 역시 섬세해."

누워서 손거울로 상태를 확인한 선아가 흡족한 듯 말했다.

"이제 굳을 때까지 기다리자."

차준과 선아는 나란히 누워 누런 반죽이 마를 때까지 기다렸다. 말을 많이 하면 팩이 굳으면서 주름이 생길 수도 있다는 그녀의 경고를 차준은 착실히 따랐다.

처음엔 도살장에라도 끌려오는 소처럼 지레 겁을 먹었던 차준이었다. 그런데, 이 기분. 나쁘지 않다. 오히려 무척이나 좋다고 해야 할지도.

서로에게 다정스럽게 얼굴을 맡기고 함께 누워 있자니, 옆에 누운 선아의 숨소리가 묘하게 가슴을 설레게 했다. 흥분과는 다른 순수한 설렘.

비밀 게이 친구라는 거 의외로 꽤 괜찮을지도.

차준은 자신의 손등과 맞닿은 선아의 손가락 위에 살포시 손가락을 올렸다.

7. 수상한 파파라치

학교에서 돌아와 저녁 시간 내내 영상 편집에 몰두하던 선아는 어김없이 울리는 꼬르륵 소리에 냉장고 문을 열었다.

"그럼 그렇지."

휑해도 너무 휑한 냉장고 안을 보니 한숨만 나왔다. 그러고 보니 함께 살게 된 이후로 차준이 장을 보러 간 적은 한 번도 없었다. 매주 배달되는 다이어트 도시락을 제외하곤 차준의 엄마가 보내 주신 절임 반찬들과 맥주 몇 캔, 달걀과 생수가 이 넓은 집 냉장고 안에 있는 전부였다.

선아는 외투를 꺼내 입고 주머니에 지갑을 비장하게 찔러 넣었다. 밤은 길고 해야 할 일은 많고, 배는 아우성치고 있으니 하는 수 없이 먼 길을 떠나야 했다.

전에 살던 동네와 달리 이 동네는 어떻게 된 일인지 가까운 곳에 작은 슈퍼마켓이나 편의점 하나 없었다. 차로 5분 정도 걸리는 사거리까지는 나가야 대형마트와 편의점들이 즐비했다. 대중교통이 발인 뚜벅이 선아로서는 여간 고역이 아니었다.

차준과 같이 가면 좋겠지만, 아무래도 남들 이목이 많은 곳을 함께 다닌다는 건 상상만으로도 닭살이 돋아 온몸이 근질거렸다. 사람들 눈에는 비밀 친구가 아닌 그저 다정한 커플로 보일 걸 생각하면 기분이 이상했다.

살 음식들을 대충 머릿속으로 그리며 밖을 나서는데 단지 내에 꾸며진 정원 사이에 서 있는 수상한 남자와 눈이 마주쳤다. 남자는 검은색 마스크로 얼굴을 가린 채였다. 선아와 눈이 마주치자 남자는 잽싸게 수풀 속으로 몸을 감추었다.

저 사람은 뭐지?

누가 봐도 수상쩍은 남자는 얼핏 가늠해 봐도 키와 덩치가 상당했다. 설마 도둑?

하지만 입구부터 경비가 둘이나 있는 데다가 방문객과 차량을 철저하게 감시하고 있는 이곳에 정체 모를 외부인이 함부로 침입하기란 거의 불가능했다.

잔뜩 긴장한 선아는 천천히 입구를 향해 걸으면서 남자가 있던 곳을 곁눈질했다. 다시 보았을 때 그는 이미 사라진 뒤였다.

"들어올 때 마스크 쓴 수상한 사람 못 봤어? 엄청 신경 쓰이네.”

훈련을 마치고 돌아온 차준에게 선아가 아까의 수상한 남자에 관한 얘기를 꺼냈다.

“지하 주차장에는 그런 사람 없던데. 나 없을 때 무슨 일 있었어?”

“이게 좀 애매한데, 딱히 무슨 일이 있던 건 아니라서.”

“괜찮으니까 말해 봐. 걱정돼.”

“아까 배가 고파서 편의점에 가려고 밖으로 나가는데, 마스크를 눈 밑까지 올려 쓴 남자가 우리 아파트 안을 주시하고 있더라고. 그러다 나랑 눈이 마주치니까 갑자기 숨던데.”

“흐음…… 파파라치인가.”

“아! 내가 그 생각을 못 했네. 난 또, 우리 아파트에 누구 스토킹하러 온 사람인 줄만 알았어.”

“아직 확실한 건 아니니까 너무 마음 놓지 마. 파파라치야 말로 도둑만큼이나 악질적인 녀석들이니까.”

선아의 말을 들은 차준은 심각해졌다. 자신이 없는 사이 선아에게 무슨 일이 일어날 수도 있다는 생각은 해 본 적 없었는데, 그녀의 말을 듣고 나니 몹시 불안했다.

“어? 있다. 아까 그 남자 저기 음식물 쓰레기 버리는 쪽에 또 나타났어.”

설마 하는 심정으로 무심코 밖을 내다보던 선아가 소리쳤다.

그녀가 손가락으로 가리킨 곳을 내려다보니 재활용 쓰레기를 버리는 공간 옆에 마련된 벤치에 앉아 주위를 두리번거리고 있는 놈의 모습이 보였다.

"넌 나오지 말고 여기 있어."

"잠깐, 차준아. 위험해."

"어떤 놈인지만 확인하려는 거니까 걱정하지 말고 핸드폰 꼭 붙들고 있어."

"조심해. 저 사람도 덩치가 꽤 컸어. 혹시 정말 이상한 사람이라 해도 너는 선수니까 절대 폭력은 쓰면 안 돼!"

남자가 앉아 있던 벤치의 뒤쪽으로 몰래 다가간 차준이 그의 옆에 앉았다. 차준의 등장에 당황했는지 안절부절못하는 행동을 보자 뭔가 있다는 확신이 들었다.

"어디 기자예요?"

그가 말을 걸자 남자는 자리를 피하기 위해 몸을 일으켰지만, 차준은 다시 남자를 벤치에 앉혔다.

"일 크게 만들 생각 없습니다. 당신 같은 사람들에게 좋은 먹이를 던져 줄 생각은 없거든요. 언제부터 와이프랑 저를 감시한 거죠?"

남자는 고개를 숙인 채 말이 없었다. 차준이 다소 격앙된 목소리로 말했다.

"경비를 어떻게 구워삶았는지 몰라도 이곳은 엄연한 주거지예요. 불법 침입으로 당신을 신고할 수도 있습니다."

차준이 강경한 태도로 나오자 그제야 남자는 체념한 듯 크게 한숨을 내쉬곤, 마스크를 벗어 얼굴을 내보였다.

"너⋯⋯."

"선배, 죄송해요."

복면 속에 감췄던 얼굴을 드러낸 이는 바로 재선이었다. 그의 얼굴을 확인한 차준은 어떻게 반응해야 할지 몰라 잠시 명한 상태가 되었다.

"어떻게 된 거야? 이 차림새는 뭐고. 너희 집은 여기서 한 시간도 더 걸리는 곳인데, 여기서 이 차림새로 뭘 하고 있는 거야. 설마 우리 와이프 감시라도 하고 있었어?"

"아니 선배, 잠시만요. 잠시만 설명할 기회를 주세요."

"해 봐."

차준은 의심의 눈초리로 팔짱을 끼고 재선을 노려보았다.

"실은, 전에 집들이했던 날. 제가 선아 씨랑 같이 맥주 사러 나갔었잖아요."

차준은 고개를 끄덕이며 계속 말하라는 눈빛을 보냈다.

"그때 선아 씨와 잠시 대화를 나누었는데, 아무래도 선배와 제 사이를 의심하는 듯했어요."

"뭐?"

"선배가 다시 스캔들 터지지 않게 남들 앞에선 조심해 달라고⋯⋯. 그래서 좀 의아했거든요. 선아 씨 말투나 표정으로 봐선 질투하거나 화가 난 것처럼 보이지 않았거든요. 그 점이 조금 납득이 안 가서, 두 분 사이에 제가 모르는 무언가 있지 않을까 싶어서 며칠 동안 주변을 맴돌면서 관찰했어요."

"아…… 돌아 버리겠네."

"정말 죄송합니다."

"너 말고 선아 말이야. 걔는 나를 완전히 게이라고 믿고 있어. 너랑 애인 사이라고 오해한 걸 풀었다고 생각했는데, 정말 기가 막힌다."

"선배, 제가 이해가 안 돼서 그러는데…… 선아 씨가 선배를 게이인 줄 알고 있다면 결혼은 어떻게 하신 거예요?"

"어휴, 이 자식아. 너랑 터진 스캔들이랑 꼭 키스라도 하는 것처럼 나온 찌라시 사진 때문에 일이 이 지경까지 온 거야."

차준은 재선에게 그간의 사건들을 털어놓았다.

말을 하니 가슴속에 쌓였던 체증이 많이 덜어진 기분이었다. 남몰래 끙끙 앓던 고민들을 재선이라면 이해해 줄 거라 생각했다.

예상은 적중했다. 그는 절대 남의 비밀을 이용해서 사리를 취할 사람이 아니란 걸 누구보다 잘 알고 있었고, 의리 있는 동료이기도 했으니까.

"와, 제가 듣고도 엄청나네요. 그동안 얼마나 마음고생이 심하셨겠어요."

"내가 속이, 속이 아니야. 좋아하는 사람을 곁에 두고도 만질 수 없는 상황이 이렇게 힘들 줄 몰랐어."

"힘들죠……."

재선은 씁쓸한 미소를 지었다.

"제가 뭐 도와드릴 게 없을까요? 그 마음, 얼마나 괴로운

지 저만큼 잘 아는 사람은 없어요. 선배가 그런 괴로움 겪는 건 보고 싶지 않아요. 그러면 제 마음도 아파요."

"재선이 너, 설마……."

"아, 아니에요! 전 더 이상 형을, 아니 선배를 남자로 안 봐요. 마음 접기로 한 게 언제인데요. 동료이자 선배를 존경하는 후배로서 말씀드리는 거니까 겁내지 마세요."

"알았다. 차라리 잘된 걸지도 모르겠다. 너한테 털어놓게 돼서."

그때 선아에게서 전화가 걸려 왔다.

"선아가 걱정한다. 올라가 봐야겠어. 나중에 얘기하자."

"네, 올라가세요. 그리고 비밀 새어 나갈 걱정은 하지 마세요."

"너 믿어, 인마."

차준의 말에, 어째선지 재선의 눈가에 눈물방울이 맺혀 올랐다. 다시는 이 남자 때문에 울지 않겠다고 다짐했는데 왜 자꾸 바보처럼 이러는지.

재선은 살짝 차오른 눈물을 손등으로 훔쳐내고 멀어지는 차준을 향해 꾸벅 인사를 했다.

✢　　　✢　　　✢

차준은 선아에게 어떻게 얘기를 하면 좋을지 고민했다. 이미 재선과 사귀는 사이가 아니라고 해명한 마당에 파파라치의 정체를 말하면 다시금 오해가 불거질지도 모르는 일이었다.

……파파라치?

현관을 열기 전, 번뜩이는 아이디어가 떠올라 차준은 의기양양하게 미소 지었다. 막 문을 열고 들어가자 걱정스런 표정으로 마중을 나온 선아가 보였다.

"어떻게 됐어? 내려다보니까 그 사람이랑 얘기하는 것 같던데. 아는 사람이야?"

"아, 이거 상당히 골치 아프게 됐어."

"왜, 왜! 뜸 들이지 말고 말해 봐."

"골치 아픈 연예부 기자가 붙어 버렸어."

"역시 파파라치였던 거야? 대체 왜? 이미 결혼도 한 데다 문제 일으킨 적도 없잖아."

차준은 그녀의 표정을 살피고 한껏 심각한 표정을 지었다. 심상치 않은 무거운 분위기에 선아는 침을 꿀꺽 삼켰다.

"우리 결혼, 의심받고 있더라고."

"설마……."

"설마가 아니야. 누군가에게 제보를 받았다고 하더군. 내가 갑작스레 발표한 결혼이 이전의 게이 스캔들과 연관이 있을지도 모른다는."

평소 거짓이라고는 한마디도 내뱉지 않는 차준의 입에서 능숙한 거짓말이 줄줄 흘러나왔다. 어떻게든 선아를 흔들어야 한다.

방법은, 있지도 않은 파파라치를 만들어 내서 위압감을 조성한 뒤, 밖에서만이라도 자신을 남편이자 남자로 대하도록 만드는 것.

"대체 누가 그런 짓을……. 너 밖에서 누구한테 원한 산 적 있니?"

"있지."

"있어?"

"잘 생각해 봐. 너도 목격했어."

"……혹시 김효원 씨가 그런 거야?"

차준은 일부러 속상한 듯 말을 아끼며, 긍정의 뜻으로 고개를 끄덕였다. 효원에게 누명을 씌운 건 미안하지만 차준에게 악의를 품고 있단 사실을 선아도 알고 있으니, 그녀가 이 작은 연극 속 악역이 되기엔 충분했다.

"어쩌지. 정말 큰일이네."

"해결 방법은 있어. 우리가 파파라치를 속이면 돼. 그러면 우리도 모르는 사이 자연스레 떨어져 나갈 거야."

"어떻게 속일 수 있는데?"

"저들이 갖고 있는 실제 증거는 아무것도 없어. 그저 우리 부부에 관해 전해 들은 루머로 심증만 가지고 있을 뿐이야."

"그렇지."

"우리가 진짜 부부처럼 행동해서 파파라치를 속이면 돼. 간단하지?"

"뭐?"

눈을 휘둥그레 뜬 선아가 되물었다. 말은 안 했지만 '너랑 어떻게 그런 행세를 해?'라는 뜻이 담겨 있을 게 뻔했다.

차준은 선아를 꾀어 내겠단 일념으로 마치 드라마 촬영 현장이라도 된 양 연기에 몰입했다.

"집 밖을 나서는 순간부터 우리는 서로 죽고 못 사는 신혼부부가 되는 거야. 언제 어디에 파파라치들이 숨어 있을지 모르니까 한순간도 마음을 놓으면 안 돼."

"그러니까, 집 밖에서는 엄청 사랑하는 척을 해야 한다는 거지? 어렵다."

"어려워?"

"당연하지. 친구 사이에 사랑하는 척을 해야 한다는 게 낯 뜨겁기도 하고."

"그래도 해야 돼."

"어디서부터 어떻게 척을 해야 할지 감이 안 와. 보통 연인들이 하는 것처럼 팔짱 끼고 손잡고 이런 거면 될까?"

"아니. 좀 더 스킨십을 해야겠지. 밖에서 데이트를 하는 모습도 보여 줘야 하고, 네가 나를 끔찍이 사랑한다는 모습을 보이려면 평소에도 우린 자주 붙어 있어야 해. 예를 들면 스케줄이 없는 날 남편을 보러 도시락을 싸 들고 체육관에 온다든가."

"우웩. 느끼해."

"원래 신혼부부는 느끼한 거야."

"그건 그렇지……."

차준의 설득에 선아가 조금씩 넘어오는 것이 느껴졌다. 차준은 속으로 쾌재를 불렀지만 겉으로는 힘겹게 포커페이스를 유지했다.

"대신, 집에서는 비밀 친구 해도 돼."

"정말?"

"같이 술도 마시고, 너 좋아하는 드라마도 보고, 팩도 하고."

"좋다, 좋아. 밖에서는 신혼부부, 안에서는 비밀 게이 친구!"

게이란 단어에 포커페이스를 유지하던 차준의 미간이 신경질적으로 꿈틀했다. 저 단어는 몇 번을 들어도 도저히 적응이 안 된다.

"잠도 같이 자 줄 수 있어."

"엥? 잠을 자다니?"

"기억 안 나? 지난번에 술 마셨을 때 네가 나한테 같이 자자고 했어. 춥다고."

"무슨 말도 안 되는 소릴 하고 있어? 네가 아무리 게이여도 몸은 남자인데, 그건 내가 더 이상하다."

차준의 눈썹과 미간이 아까보다 더 크게 요동쳤다. 은근슬쩍 들이밀어 보려 했건만 보기 좋게 실패했다.

"막상 생각해 보니까 은근 재미있을 거 같아. 남들 모르게 미션을 수행하는 느낌이랄까. 신혼부부 코스프레를 하는 거잖아! 언제부터 시작하면 좋을까?"

"당연히 오늘부터지."

"그럼 언제쯤 그만둬?"

"그만둔다는 건 없어. 파파라치의 감시는 언제고 계속될지 모르니까."

"아……."

그제야 차준은 포커페이스를 풀고 몸 안에서 요동치던 승리의 미소를 아주 조금, 풀어 놓았다.

8. 불순한 생각

　"새신랑 되더니 아주 얼굴이 폈다? 밤마다 아주 천국을 나는 기분이겠어. 부럽다, 부러워."

　오늘도 선배들의 장난 섞인 이죽거림에 차준은 대답 대신 머쓱하게 웃었다. '힘쓸 곳이 없어서 아주 넘쳐흐릅니다' 라며 속으로 대응할밖에 도리가 없었다.

　짓궂은 동료들의 장난은 그렇다 치고, 촬영장을 가든 지인을 만나든 요즘은 인사 대신 '신혼부부라 좋겠어요' 라는 말을 듣는 게 더 익숙했다. 실상은 무방비 상태로 술에 취해 자는 와이프 몸 위에 이불만 덮어 주고 나와야 하는 처지인데 말이다.

　오후 트레이닝이 끝나 갈 무렵 차준의 시선이 자꾸만 시계로 향했다. 파파라치의 눈을 속이기 위한 '신혼부부 프로젝트' 의 일환으로 선아가 서방님 일터에 정기 방문하기를 약속한 첫날이기 때문이다.

약속된 시간이 다가올 때쯤 체육관 입구에서 사내놈들의 굵직한 함성이 들려왔다. 그녀가 왔음이 틀림없었다.

차준은 태연하게 수건을 목에 두르고 링에서 내려와 소란스러운 쪽으로 고개를 돌렸다. 예상대로 그곳엔 선아가 있었다.

"여보!"

여보 소리에 차준의 얼굴이 화끈 달아올랐다. 아무리 코스프레라지만 저런 말까지 할 줄이야. 제대로 준비한 모양이다. 선수들이 환호하며 분위기를 몰아가자 점점 더 민망한 상황이 되었다.

"씻고 나올 테니까 기다려."

차준은 괜히 머쓱해져 쿨한 척 내뱉고 샤워장으로 들어갔다.

"냄새난다고 샤워장도 안 쓰던 놈이 웬일이냐?"

지난 스파링 때 차준과 기 싸움을 했던 동료가 비아냥거렸다. 유치한 짓거리에는 대응하고 싶지 않아 차준은 무시하고 곧장 샤워실로 들어갔다.

머리에 왁스까지 발라 힘을 주고 나와 보니 차준과 친한 선수 두어 명이 선아를 둘러싸고 대화를 나누고 있었다. 그들을 올려다보며 웃고 있는 선아를 보자 어쩐지 기분이 나빠진 차준은 그녀의 손목을 잡아 선수들 사이에서 끌어당겼다.

"가자."

"그럼 다음에 또 뵐게요."

거슬린다. 저 살가운 웃음.

"언제부터 쟤들이랑 그렇게 친했냐."

"제대로 대화해 본 건 오늘이 처음인데 친하기는, 무슨. 네 동료 선수들이니까 잘 대해야 하잖아. 우린 부부니까."

우린 부부니까. 그녀의 마지막 잔뜩 힘이 들어갔던 차준의 양미간이 곧 제자리를 찾았다.

"그런 이유라면 좋아."

전에는 차준에게 잡히는 족족 손목을 빼내던 선아도, 오늘은 순순히 잡힌 채 곧잘 따라왔다. 주차장까지 선아를 데리고 온 그는 조수석 문을 열고 그녀가 편히 앉을 수 있게 의자를 조정했다.

"오는 길에는 그 사람 못 봤어."

차준이 차에 타 문을 닫고 나서야 선아는 작은 소리로 속삭였다.

"그래도 방심하지 마. 그 사람이 아니더라도 다른 누군가가 지켜보고 있을지 몰라."

"응. 알겠어."

선아는 침을 꿀꺽 삼키고 주차장 뒤편을 훑어보았다. 차 이외에 사람은 그림자조차 보이지 않았지만, 그의 말대로 모르는 일이었다. 조심, 또 조심해야 했다. 이미 파파라치로 인해 큰 고통을 받은 차준을 또 힘들게 할 순 없었다. 안전벨트를 확인하며 선아는 마음을 다잡았다.

"시킨 대로 오긴 왔는데 이제 뭐 해?"

"더 안 속삭여도 돼."

"아 참, 그렇지."

차준은 토끼처럼 귀를 바짝 세우고 속삭이는 선아의 모양새가 재미있어 골려 주고 싶은 것을 겨우 참고 차를 출발시켰다.

"지금부터 데이트할 거야."

"오, 데이트. 어디서 할까?"

"영화관. 표는 미리 예매해 놨어."

"잘됐다. 안 그래도 영화 보러 가고 싶었는데."

철저하게 미션을 수행 중이라 믿고 있는 선아는 마냥 신이 난 듯 보였다.

대략 한 시간 정도를 달려 서울 도심에서 벗어난 외곽 도시의 시네마에 도착했다. 신축 건물이라 시설도 좋고 규모도 컸지만, 상대적으로 유동 인구가 적은 곳이었다. 편하게 데이트를 즐기기 위한 차준의 철저한 계산이 들어간 선택이었다.

차준은 습관적으로 차 안에 준비돼 있는 모자와 마스크를 착용했다.

큰 키와 딱 벌어진 어깨 탓인지 검은색 항공 점퍼에 검은 마스크, 회색 모자를 눌러 쓴 모습도 몹시 눈에 띄었다. 몇몇 사람들이 그를 알아봤는지 옆에 있는 친구나 애인을 툭툭 치며 주목했다.

"차준아, 다들 알아보는 거 같다. 어떡하지."

"움츠리지 마. 떳떳하게 행동해."

그가 강차준임을 확신하고 휴대폰으로 촬영을 시작한 사람들까지 속속 등장한 가운데 그가 선아의 앞에 팔을 내밀었다.

"팔짱 껴."

선아는 잠시 멈칫했지만 천천히 차준의 팔 사이로 자신의 팔을 끼워 넣었다. 모여 있는 사람들 사이에서 작은 함성이 터져 나왔다.

"야야, 저거 봐. 팔짱 꼈어."

"대박."

잘 어울린다고 말해 주는 사람들 덕분에 선아는 한결 편안한 마음이 되었다. 몰려 있던 사람들도 두 사람이 자연스럽게 행동하자 하나둘 각자의 자리로 흩어졌다.

팝콘과 콜라까지 사 들고 올라간 15층 상영관은 일렬로 세 쌍의 관람석만 준비되어 있는 VIP룸이었다. 그들 외에 다른 관람객들은 없었다.

차준의 안내에 따라 선아가 맨 앞 좌석에 자리를 잡고 앉았다. 커다랗고 푹신한 의자에 몸이 폭 안기는 느낌이었다.

"VIP룸이란 게 이런 거구나. 좋다. 근데 의자가 너무 편해서 금방 잠들어 버릴 거 같아."

폭신한 의자에 한껏 업이 된 선아가 재잘대자 차준이 단호하게 말했다.

"잠들면 팔 꼬집는다."

"나도 너 잠들면 꼬집을 거야."

"좋을 대로."

차준이 예매한 영화는 그녀의 취향인 로맨틱 코미디였다. 선아는 틀림없이 그가 평소 좋아하던 액션이나 스릴러를 골랐을 거라고 생각했는데, 의외의 선택에 기대감도 한껏 부풀었다. 신혼부부 코스프레가 이런 좋은 점도 있었다니. 스트레스받던 일상에 휴가를 받은 기분이었다.

드디어 기다리던 영화가 시작되었고, 선아는 옆 사람 눈치 볼 필요 없이 팝콘을 우적우적 먹을 수 있음을 만끽했다.

웃긴 장면에 키득이기도 하고, 심각한 장면에는 울상 짓기도 하면서 몰입한 지 얼마나 지났을까. 문득 옆이 너무 조용하단 생각이 들어 선아는 차준을 가만히 살펴보았다. 잠이라도 들었나 확인하려던 찰나, 눈이 마주쳤다.

선아는 놀라 본능적으로 움찔하고는 다시 스크린을 향해 고개를 돌렸다.

그때 팔걸이 위에 걸쳐 놓은 왼쪽 손에 차준이 손을 포갰다. 따뜻하지만 거칠고 딱딱한 느낌. 이미 몇 번이고 잡아 보았던 손이었지만, 이상했다. 오늘은 그 손이 무척 낯설었다.

당황한 기색으로 선아는 왼손에 포개어진 차준의 손을 내려다보다가 그에게 다급한 눈길을 보냈다. 하지만 차준은 스크린만을 응시한 채 눈을 돌리지 않았다.

자꾸만 손에서 땀이 흘렀다.

"저기…… 차준아. 여기 우리 말곤 사람 없어."

"……."

이윽고 선아가 모깃소리로 말을 걸었지만 그는 답이 없었다.

"차준아? 여긴 파파라치 없으니까 이, 이런 건 안 해도 될 것 같은데……."

이번에도 차준은 아무런 대답이 없었다.

선아는 하는 수 없이 스크린 쪽으로 몸을 바로 했다. 경직된 등허리에 힘을 주어 척추에 쥐가 날 정도였다. 방금 전까지는 그렇게 몰입해서 보던 영화가 하나도 눈에 들어오지 않았다.

긴장한 손바닥에서는 계속 땀이 흘렀다. 그럴수록 차준은 그녀를 잡은 손마디에 더욱 힘을 주었다. 작은 손이 아파하지 않을 만큼만.

영화가 모두 끝나고 나서야 차준은 땀에 젖어 흥건해진 그녀의 손을 놓아주었다. 그리곤 집으로 돌아오는 길에도, 도착해서 각자의 방으로 돌아가기 전까지도 그 일에 관해선 아무 말도 하지 않았다. 계단에 오르기 전 잘 자란 짧은 인사를 건넨 게 다였다.

선아는 옷도 갈아입지 않은 채 침대에 누워 베개에 얼굴을 파묻었다. 한참이 지났지만 아직도 심장은 쿵쿵 짧고 크게 뛰어 댔고, 벌겋게 달아오른 목은 온도가 내려갈 줄 몰랐다.

한두 번 잡아 본 손도 아닌데. 우린 부부인 척했을 뿐인데.

몇 번이고 불러도 대답이 없었던 녀석의 뻔뻔한 옆모습이 떠올랐다. 나를 놀리려고 못 들은 척 손을 잡고 놓아주지 않았을 게 뻔했다.

선아는 베개에 입술을 묻고 소리쳤다.

"강차준, 이 나쁜 자식!"

시간이 지나도 화끈거림이 가시질 않자, 선아는 침대에서 벌떡 일어나 그녀의 방 맞은편에 위치한 욕실로 들어갔다. 당장 찬물에 샤워라도 하면서 이 괴상망측한 기분을 털어 내야 했다.

찬물을 정수리부터 발끝까지 흘려보내자 그제야 정신이 번쩍 들었다.

간신히 잡생각을 털어 내고 욕실에서 나온 선아는 심한 갈증을 느꼈다. 차준이 깰까 싶어 일부러 거실과 복도의 불도 켜지 않고 부엌에 들어서는데, 지금은 절대로 마주치고 싶지 않았던 이가 냉장고 문을 연 채 그녀 쪽을 바라보고 있었다.

"자."

차준은 들고 있던 생수병을 선아에게 건넸다. 그녀가 얼어붙어 미동도 하지 않자 그는 찬장에서 손수 머그잔을 꺼내 생수를 따라 주었다.

"너도 물 마시러 나온 거 아냐?"

"맞아……."

차준도 위층에서 방금 샤워를 마쳤는지 머리카락이 촉촉이 젖어 있었다.

선아는 고개를 돌리려 했지만 자꾸만 그의 옆얼굴로 눈길이 갔다. 뜨거운 물로 샤워를 했는지 두 뺨은 상기돼 있었고, 입술은 틴트라도 바른 것처럼 붉게 물들어 있었다.

꼴깍. 침을 삼키는 건지, 물을 삼키는 건지.

선아는 물을 마시며 차준을 곁눈질하다가 그가 고개를 돌리면 덩달아 시선을 돌리기를 반복했다.

"너 왜 자꾸 내 눈 피해?"

맥주 한 캔을 꺼내 한 모금 마신 차준이 피식 웃고는 냉장고 문을 닫고 성큼성큼 걸어왔다. 그가 가까워지자 선아의 심장이 또 멋대로 야단을 피웠다.

"내, 내가? 별로 피한 적 없어."

요란하게 뛰어 대는 심장 소리가 들리기라도 할까 선아는 그가 다가올수록 천천히 뒷걸음질 쳤다.

차준은 그녀와 한 발 거리를 두고 멈춰 섰다. 선아의 목덜미에서 식은땀이 흘렀다.

망할. 너무 가깝다. 분명히 자고 있을 거라 생각했는데 하필이면 이 새벽에, 심지어 똑같이 샤워를 끝낸 채로 마주치다니. 게다가 그는 지금 필요 이상으로 잘생겨 보이기까지 했다. 맥주를 삼킬 때마다 일렁이는 목울대, 물에 젖어 눈썹 위를 덮은 앞머리, 그중 가장 참기 힘든 건 저 도톰하고 빨간 입술.

선아는 나무 관세음보살을 읊으며 눈을 질끈 감았다. 차라리 안 보는 게 정신 건강에 좋을 것 같았다.

"너 오늘 좀 이상하다?"

차준은 눈을 감고 입술을 웅얼거리는 선아를 보며 갸우뚱하더니, 그대로 그녀를 지나쳐 2층 계단으로 올라갔다.

그의 발소리가 사라지고 나서야 주술에서 풀리듯이 스르르 힘이 풀렸다. 정신을 똑바로 차리지 않으면 그 자리에 주저앉을 것 같아 선아는 테이블의 모서리를 부여잡고 몸을 지탱시켰다.

이래선 찬물 샤워도 아무 소용이 없잖아!

이게 대체 무슨 일일까. 선아는 식탁 의자에 앉아 자신에게 일어난 이상한 신체적 변화에 대해 곰곰이 생각해 보았다.

설마 아닐 거다. 아닐 거야. 말도 안 되는 마음을 먹어 버린 건 아닐 테지. 내가 차준이를 남자로 느꼈다거나, 그런 건 절대 아닐 거다.

선아는 머리카락을 움켜쥐고 식탁에 머리를 박았다. 그저 잠깐 정신이 나간 거라고, 그뿐이라고 믿고 싶었다.

그날 밤, 선아는 좀처럼 잠들 수 없었다.

9. 꼬리 치지 마

또다. 얼마 전 다쳤던 왼쪽 팔이 다시 쑤셔 왔다. 연습 경기 중 차준의 이상 징후를 눈치챈 코치가 경기를 중단시켰다.

"너, 팔 아직 안 나은 거야?"

차준은 말없이 팔을 감은 붕대를 풀어 보았다. 확실히 어제보다 많이 부어 있었다.

며칠간 휴식을 취하란 의사의 말을 듣지 않고 훈련을 강행한 탓인지 좀처럼 낫질 않았다. 하지만 방어전이 코앞으로 다가온 이상, 며칠은커녕 하루도 태평하게 쉴 수 없었다.

곧 있을 방어전에서 맞붙게 될 상대는 멕시코 권투 선수 출신의 떠오르는 신예였다. 전 경기를 KO 승으로 이기며 무서운 기세로 치고 올라온 그는 존재만으로도 충분히 위협적이었다.

어제도 새벽까지 상대 선수의 플레이를 모니터하느라 차준은 뜬눈으로 새벽을 맞았다.

차준의 부어오른 팔을 확인한 코치는 심각한 표정이 되었다.

"오늘 훈련은 여기서 접고, 차준이는 지금 당장 병원으로가. 외과 병동에서 임지환 선생 찾아서 진료받으면 돼. 미리연락해 놓을 테니까."

"원래 제 담당 선생님은요?"

"며칠 전에 그만뒀어. 아프리카인가 어디인가 의료 봉사를떠난다나. 그 선생이 새로운 팀 닥터니까, 안면도 틀 겸 가서치료받고 와라."

"알겠습니다."

코치에게 명함을 받아 든 차준은 소속 선수들의 지정 병원인 세양병원으로 향했다.

오늘은 선아가 오기로 한 두 번째 날인만큼 가는 도중 문자를 보내는 것도 잊지 않았다.

〈서방님 아파서 병원 간다. 오늘은 체육관 말고 세양병원 외과 병동으로 와.〉

〈어디가 아파?〉

금방 그녀에게서 답장이 도착했지만, 차준은 피식 웃곤 휴대폰을 주머니 속에 넣었다. 조금은 걱정시켜 보는 것도 좋겠지 싶었다. 지난 영화관 데이트에서처럼 재미난 구경을 또 하게 될지 모르니 말이다. 땀을 삐질삐질 흘려가며 어쩔 줄 몰라 하던 모습이란. 떠올릴 때마다 차준의 입가에 미소가 돌았다.

그날 이후 그녀의 태도가 사뭇 달라졌다. 예전처럼 허물없이 행동하지 못하고 자신을 의식하고 있는 게 눈에 훤히 보였다.

어색해하는 선아의 표정이 좋다. 귀엽게 올라간 입꼬리도, 말랑말랑한 작은 손도. 도망치지 못하게 꽉 붙들고 숨도 못쉴 정도로 온몸에 키스를 퍼붓고 싶지만, 천천히 한 계단씩 다가갈 생각이다.

차준은 콧노래를 흥얼거렸다. 오늘은 선아의 어떤 얼굴을 보게 될지 몹시 기대됐다.

병원에 도착한 차준은 곧바로 엑스레이를 찍고, 운동 치료실로 가서 새로운 팀 닥터를 기다렸다.

곧이어 흰색 가운을 입은 젊은 남자가 차트를 들고 나타났다.

"강차준 씨, 반갑습니다."

목소리는 낮고 부드러웠다. 전체적인 인상이 주는 부드러움과 달리, 눈빛은 꽤나 날카로운 사내였다.

"네. 반갑습니다."

"임지환이라고 합니다. 코치님께 말씀 들었을 테지만, 앞으로 제가 팀 닥터를 맡게 됐습니다. 잘 부탁드려요."

지환은 차준에게 손을 내밀어 악수를 청했다. 짧은 인사가 끝나고 지환은 엑스레이 차트와 함께 부은 차준의 팔을 살펴보았다.

"다행히 뼈나 인대에는 이상이 없네요. 지금은 염증 수준이지만 무리하면 어깨뼈 주위 회전근개가 파열될 수 있으니 최소 일주일은 휴식을 취해 주셔야 합니다. 주사 맞으면 염증은 하루 안에 가라앉을 거예요. 그전에 운동 테스트 시작하겠습니다."

차준은 지환이 지켜보는 앞에서 악력기를 들고 테스트를 시작했다. 방 안은 수치를 기록하는 지환의 펜 소리와 악력기에서 간간이 들려오는 삐걱 소리만 가득했다.

"어? 선배……."

귀에 익은 목소리가 침묵을 가를 때까지 차준은 손목의 힘줄에 온 신경을 집중하고 있었다. 소리가 난 쪽을 보니 선아가 서 있었다. 부부란 걸 알고 간호사가 치료실에 들어올 수 있게 배려한 모양이었다.

그런데 좀 이상했다. 그녀의 눈은 자신이 아닌 좀 더 위쪽의, 의사 선생에게 고정되어 있었다.

"선아구나."

지환이 선아의 이름을 부르며 활짝 웃었다. 둘을 번갈아 본 차준의 양 눈썹이 신경질적으로 올라갔다. 어색하게 웃는 선아의 입꼬리가 거슬렸다. 그가 기대했던 건 이런 게 절대 아니었다.

"차준아, 난 나가서 기다릴게."

선아는 지환에게서 눈을 돌리고 차준에게 말했지만, 그는 일부러 들은 체도 하지 않고 테스트에 열중했다.

그녀가 나가고 지환도 조용히 차트에 기록을 시작했지만, 그의 착각이었을까. 이전과는 다른 묘한 위화감이 느껴졌다.

운동 테스트가 끝나고 차준이 처방된 링거를 맞으러 간 사이 선아가 지환을 찾았다.

"어떻게 된 거예요?"

"응? 뭐가?"

지환은 아무렇지 않다는 듯 되물었다.

"어떻게 선배가 차준이를 봐 주고 있냐고요."

"앞으로 내가 강 선수 소속팀 새로운 팀 닥터야. 의대생 때부터 꿈이기도 했고, 마침 전담 선생님이 외국에 나가게 되셔서 자리가 났길래. 아버지께 말씀드려서 덕도 좀 봤지. 내가 언제 저런 대단한 선수 담당의를 해 보겠어."

지환의 아버지가 병원장이란 사실은 그녀와 몇몇 친한 친구들 말고는 비밀에 부쳐져 있었다.

평소 아버지의 후광을 죽기보다 싫어하던 그의 입에서 아무렇지 않게 도움을 받았단 소리가 나오다니, 의외였다. 아니면 헤어진 이후 변해 버리기라도 한 걸까. 심지어 지환이 팀닥터가 되고 싶었다는 것도 처음 듣는 말이었다.

"첫 진료부터 너를 보게 되다니. 놀랐어."

"놀란 건 저도 마찬가지예요."

"병원까지 찾아온 걸 보면 사이는 꽤 좋아 보이는데. 힘든 점은 없니?"

다정하고 따뜻한 목소리. 이것만큼은 변함이 없었다.

힘들지 않으냐는 그의 물음에 선아는 그만 울컥 감정이 복받쳐 버렸다. 그동안 있었던 일련의 사건들이 파노라마처럼 지나갔다. 하지만 지환에게는 보이지 않게 고개를 숙이고 참아 냈다.

"아뇨, 없어요. 전 이제 차준이한테 가 볼게요."

"그래. 그리고 내 전화번호 아직 그대로야. 무슨 일 있으면 언제든지 연락해. 무슨 일은 강 선수에게도 해당이야. 새벽에 응급실 가는 것보다 내게 연락하는 게 빠르니까."

"네. 감사합니다."

지환을 뒤로하고 선아는 급히 차준이 링거를 맞고 있는 침대 앞 의자에 앉았다.

차준은 한쪽 팔로 이마를 지그시 누른 채 눈을 감고 있었다.

"어디 갔다 왔냐."

"잠깐 선생님 좀 뵙고 왔어."

"저 선생이랑 아는 사이였냐?"

차준은 그 자세 그대로 반쯤 눈을 뜨고 선아를 바라보았다.

"응. 우리 학교 선배였어."

"네가 의대생이랑도 아는 사이였는지 몰랐다."

차준은 다시 눈을 감았다. 더 이상의 질문은 없었다.

선아도 만일 차준이 지환과 무슨 사이라도 됐었냐고 물었다면 이야기할 작정이었지만, 먼저 나서서 과거의 일을 얘기하고 싶지 않았다. 그보다 저 덩치에 가만히 누워서 링거를 맞고 있는 차준을 보다 보니 어쩐지 안쓰럽다는 생각이 들었다.

"많이 아파?"

"응."

"지환 선배, 아니 의사 선생님은 뭐라고 하셔?"

"일주일간 훈련하지 말고 쉬래."

"그럼 아무것도 안 하고 집에만 있어야 해?"

"응."

"그렇구나……. 그래도 크게 다치진 않아서 다행이다. 차라리 잘됐다고 생각해. 휴가 받은 셈치고 푹 쉬면 더 좋아질 거야."

"간호해 줘."

"간호해 달라니, 너를?"

"그래."

"어떻게 해야 하는데."

"나도 몰라."

선아는 순간 황당했지만 어린애 같은 차준의 태도에 웃음이 나왔다. 남자인 척할 때는 언제고 금방 원래대로 돌아와서는 투정이라니.

"하여간, 이럴 줄 알았다니까."

"뭐가."

"아니야. 아무것도."

차준은 슬쩍 눈을 떠 선아를 훔쳐보았다. 그녀는 조용히 웃고 있었다. 한동안 제 앞에서 어쩔 줄 몰라 하던 모습은 사라지고 본래의 선아로 돌아온 것 같았다.

✛   ✛   ✛

"생활하시는데 불편한 점은 없으시죠?"

"없습니다."

선아는 주방 근처를 서성이며 두 남자를 불안한 눈빛으로 바라보고 있었다.

지환이 주말을 맞아, 직접 차준의 집으로 왕진을 온 것이다. 구 남친과 현재의 남편이 함께 있는 투 샷은 속사정이 어떻든 지켜보기 불편한 게 당연지사.

선아의 타는 속은 아는지 모르는지, 두 남자는 고개 한 번 돌리지 않고 서로에게 집중했다.

"이제 지지대는 풀어 드릴게요. 그래도 3일은 더 푹 쉬셔야 합니다."

지환은 작은 전동 톱으로 차준의 깁스를 끌렀다. 보는 사람에게는 무서운 광경이었지만 지환의 동작은 능숙했다.

지환은 깁스를 끌러 내고, 왕진 가방에서 약병들을 꺼내 차준에게 놓을 링거를 준비했다.

"선생님, 애인 있으세요?"

차준의 느닷없는 질문에 선아는 마시고 있던 커피를 그만 뿜을 뻔했다. 지환도 놀랐는지 당황한 기색이 역력했다.

"……네?"

"애인, 있으시냐고요."

"일하면서 살기도 바빠서인지, 아직 애인은 없습니다."

"이상하네요. 이렇게 멋있으신데 애인이 없다니."

"멋있긴요. 강 선수야말로 멋진 남성이죠."

대체 저게 무슨 대화란 말인가.

두 남자의 오글거리는 대화를 듣고 있자니 소름이 돋아 미칠 지경이었다. 듣는 사람을 괴롭히고 있다는 걸 아는지 모르는지 차준과 지환은 세상 누구보다 진지하게 서로의 눈을 마주 보고 있었다.

"혹시, 아직도 못 잊고 있는 옛날 여자 친구가 있다거나."

차준이 묵직하게 말했다. 선아가 또다시 커피를 뿜을 뻔한 순간이었다. 당장이라도 일어나 그 입 닥치라고 소리치고 싶은 걸 참느라 현기증까지 났다.

"과거의 여자를 잊을 만큼 좋은 여자를 못 만난 게 이유일까요?"

"보낼 건 보내야 선생님께도 좋아요. 선생님 정도의 남자라면 좋다는 사람이 줄을 설 테니까요."

"칭찬으로 듣겠습니다."

묘한 스파크가 튀었다. 잘 모르는 사람이 봤으면 둘 사이에 심각한 문제가 있다고 착각하고도 남을 정도의 냉기였다.

하지만 차준은 지환과 자신이 연인이었던 사실을 모를 것이고, 안다 해도 전혀 신경 쓰지 않을 사람이 아닌가. 그러나 내막을 모르는 지환은 아마 차준이 일부러 뼈 있는 질문을 했다는 오해를 할지도 몰랐다.

선배가 기분 상해하지 않아야 할 텐데.

지환은 선아에게는 아무 말도 건네지 않았다. 일부러 그녀 쪽으로는 고개도 돌리지 않고 무시라도 하려는 듯했다. 묵묵히 진료를 마치고 나가기 전 가볍게 묵례만 했을 뿐이다. 지환의 그늘져 보이는 얼굴이 신경 쓰였다.

지환이 떠나고 선아는 차준을 흘겨보며 팔뚝을 세게 꼬집었다.

"야, 너 아무한테나 꼬리 치지 마. 선밴 여자 좋아해."

"뭐? 그게 무슨 말도 안 되는 소리야? 설마 내가 저 녀석을 꼬시려고 했다는 거야?"

"그런 생각 안 하는 게 더 이상하지. 너무 노골적이잖아. 선생님 애인 있으세요? 이렇게 멋진데 왜요? 와, 이렇게 네가 화끈한 타입일 줄은 몰랐다. 그렇지만 계약서 조항은 잊지 마. 결혼 중엔 다른 애인은 안 돼요."

선아는 다 이해한다는 식으로 눈을 찡긋해 보이고 차준의 어깨를 톡톡 두드려 주기까지 했다.

　그는 이제 반박할 어떤 말조차 떠오르지 않았다. 그저 입을 반쯤 벌린 채 멍한 얼굴로 한참 동안 서 있었다.

　선아는 차준의 마음을 아는지 모르는지, 한결 환해진 얼굴로 방으로 돌아갔다.

10. 들어줄래? 내 소원

지환이 다녀간 이후 차준은 말 그대로 아무것도 하려 하지 않고 있었다. 팔다리에 모래주머니라도 달았는지 꼼짝 않고 소파에 누워서 이젠 리모컨까지 대령하라 하신다.

"정말 이럴 거야? 리모컨 정도는 직접 가지고 가. 이제부터 리포트 써야 해."

"노트북 있잖아. 여기서 써."

리모컨을 건네다 욱한 선아가 차준을 향해 소리치자, 그는 턱으로 소파 앞에 놓인 커피 테이블을 가리켰다.

"여기서 어떻게 해? 불편하게."

"소파에 등 기대고 하면 되잖아. 안 훔쳐볼게."

선아는 어이없다는 듯 실소를 지었다. 하여간 사람 괴롭히는 방법도 가지가지다.

뿔이 난 선아가 차준을 사뿐히 무시하고 방으로 들어가려는데 뒤에서 고통을 호소하는 신음이 들려 왔다. 뒤를 돌아보니 차준이 왼쪽 팔을 잡고 인상을 찡그리고 있었다.

"어휴. 저 화상!"

하는 수 없이 선아는 방에서 노트북과 책들을 들고 거실로 나와 그가 누워 있는 소파 아래에 자리를 잡았다. 차준은 언제 그랬냐는 듯 평온한 얼굴로 TV 채널 돌리기 삼매경에 빠져 있었다.

오늘로 3일째다. 차준은 정말 지환의 조언대로 아무 일도 안 하고 집에 틀어박혀 있었다.

"심하게 아픈 것도 아니면서……."

선아는 노트북을 들여다보며 입술을 삐죽였다. 독감에 걸린 것도 아니고, 팔에 생긴 염증 정도로 자신까지 3일 내내 학교 이외의 곳은 나가지도 못하게 잡아 두다니, 이건 명백한 횡포였다.

"아파."

선아의 투덜거림을 들은 차준이 낮은 목소리로 말했다. 상당히 무미건조한 그 목소리가 화를 더 돋우었다. 그녀는 따지고 드는 대신 신경질적으로 키보드를 탁탁 두드렸다.

차준이 틀어 놓은 뉴스 채널 앵커들의 목소리와 선아의 키보드 소리가 어우러져 200평 거실을 평화롭게 채우고 있을 때쯤 현관의 초인종 소리가 울려 퍼졌다. 찾아올 사람도, 배달시킨 음식도 없었다. 차준과 선아는 눈빛을 마주 보며 선뜻 나가기를 주저했다.

딩동.

한 번 더 초인종이 울렸다.

"차준이 넌 여기 있어. 내가 누군지 확인해 볼게."

차준보다 먼저 몸을 일으킨 선아가 급히 뛰어가 인터폰 버튼을 눌렀다.

"어?"

인터폰을 확인한 선아의 외마디 소리가 들려왔고, 현관문이 열리는 소리가 이어서 들렸다.

"누군데 문을 막 열어?"

소파에서 일어난 차준이 현관으로 향하던 찰나, 선아의 뒤를 따라 복도를 걸어 들어오는 키 큰 남자의 모습이 보였다.

남자라기보다 소년에 가까운, 아주 낯익은 방문객은 차준과 눈이 마주치자 이를 드러내며 환하게 웃어 보였다.

"매형!"

깜짝 방문의 주인공은 선아의 동생 선우였다.

"어, 그래. 오랜만이다."

차준은 얼떨떨한 기분으로 선우를 맞이하고 서둘러 소파 위를 정리했다.

"우와, 집 진짜 죽인다!"

"너 어떻게 된 거야? 연락도 없이 찾아와서는. 이 짐은 또 뭐고?"

선우가 휘둥그레진 눈으로 집 안을 둘러보며 감탄하자 선아가 앞을 가로막으며 그의 손에 들린 커다란 짐 가방을 뺏어 들었다. 가방을 열어보자 옷가지와 칫솔 등의 생필품들이 들어 있었다.

"류선우, 너 가출했어?"

"가출까진 아니고 그냥 답답해서……."

선우는 말끝을 흐렸다.

"너 이제 고3이야! 학교는 어쩌고 짐을 싸 들고 왔어! 엄마한테 말 안 했지. 안 되겠다, 우선……."

"누나, 잠깐만 내 말 좀 들어 봐!"

선우는 엄마에게 전화하려는 선아를 저지하기 위해 꺼내 든 휴대폰을 뺏으려 안간힘을 썼다. 선아도 만만찮게 버티며 팔을 당겼다. 밀었다 당겼다, 거실 한복판에서 갑작스레 시작된 남매의 줄다리기에 가장 당황스러운 이는 차준이었다.

"선우야, 누나는 놔 주고 나랑 얘기 좀 하자."

"아, 네. 매형."

지켜보던 차준의 한마디에 선우는 즉각 손을 놓고 깍듯하게 말했다.

선우와 실랑이를 벌이느라 손과 팔에 쥐가 날 만큼 얼얼해진 선아는 무릎을 짚고 가쁜 숨을 몰아쉬었다.

선우는 어느새 차준을 따라 식탁 의자에 마주 앉아 있었다. 말 안 듣고 뺀질거리기가 일인 동생이 저렇게 즉각 반응을 하다니, 귀신이 곡할 노릇이었다.

"너도 진정하고 이리 와서 앉아."

지금 이 집 안에서 가장 침착한 사람은 차준이었다. 그가 없을 때 동생이 이렇게 무작정 쳐들어왔더라면 아마 몇 시간은 더 실랑이를 벌이다 나가떨어졌지 싶었다.

차준의 옆자리에 앉아 선아도 선우와 마주했다.

"어떻게 된 거야? 솔직히 다 말해. 안 그럼 바로 엄마한테 전화해서 너 데리러 오라고 할 테니까."

선우는 고개를 숙이고 깊은 한숨을 내쉬었다. 그 모습을 가만히 바라보던 차준은 아침에 내려 두었던 원두커피 한 잔을 따라 선우의 앞에 내려놓았다.

"한 잔 마시고 천천히 얘기해도 돼."

"고마워요, 형……."

선우는 따뜻한 김이 올라오는 커피를 한 모금 마시고 말을 이었다.

"나 대학 안 가려고, 누나."

"뭐?"

폭탄 발언에 놀란 선아가 벌떡 일어나자 차준은 진정하고 앉으라는 손짓을 보냈다. 그녀는 다시 자리에 앉으면서도 쉽게 진정을 되찾지 못했다.

"대학을 안 가겠다니, 갑자기 그게 무슨 소리야. 너 모의고사 성적도 잘 나오잖아. 반에서 2, 3등은 꼭 하던 애가…… 학교에서 괴롭히는 애 있니? 아니면 선생님이 괴롭혀?"

"괴롭히는 사람 없어. 그냥 내 길은 공부가 아닌 것 같아서 그래. 하고 싶은 일이 생겼단 말이야."

"하……. 그래서 하고 싶은 일이 뭔데."

선아의 물음에 선우는 차준과 눈을 맞추고 눈동자를 반짝였다.

"저 격투기 선수가 될래요. 매형처럼요."

이 무슨……? 선우의 뚱딴지같은 소리에 완전히 멍해진 선아는 더 이상 이유를 물을 의지조차 생기지 않았다.

무의식적으로 차준에게 눈길이 향했다. 그녀와 달리 차준은 꽤나 심각하게 받아들였는지, 미간을 모으고 생각에 잠긴 듯 말이 없었다.

"그럼 한번 해 볼래?"

한참 뒤 차준의 입에서 나온 말은 선아를 더욱 당황하게 만들었다.

"해 보라니. 설마 진짜로 받아들일 셈이야?"

"소질이 있는지 없는지 보긴 해야지."

"절대 소질 없어. 쟤 어릴 때 합기도 몇 년 한 거로 자만하는 거야."

선아가 다급하게 말렸지만 차준은 걱정하지 말고 기다리라며 선아에게만 들리도록 속삭였다.

"처남. 같이 체육관에 가 볼래?"

"완전 좋죠!"

선우는 기다렸다는 듯이 벌떡 일어나 그를 조르르 따라 나갔다.

두 사람이 나가고 홀로 남은 선아는 짧은 사이에 일어난 황당한 사건에 넋이 나간 기분이었다.

얼마나 멍하니 있었을까. 정신을 차린 선아가 휴대폰을 꺼내 들었다.

"엄마."

—응. 그래. 강 서방은 잘 있고?

"지금 그게 문제가 아니야. 선우, 우리 집에 있어."

—선우가 왜 거기 있어? 지금 학교에 있을 시간인데.

"몰라. 무슨 핑계를 대고 나왔는지 짐까지 싸 들고 찾아왔더라고. 혹시 집에 무슨 일 있는 건 아니지?"

—있긴 무슨 일이 있어. 세상에, 얘가 미쳤어. 거기가 어디라고 짐을 싸 들고 가? 엄마 일 끝나고 갈 테니까 선우 잘 붙들고 있어.

"엄마 회사에서 여기까지 버스로 두 시간도 더 걸리잖아. 잘 타일러서 우리가 데려다줄 테니까. 걱정하지 말고 있어. 엄마도 알아야 하니까 전화한 거야. 아빠한테도 우리 집에 있다고 말씀드려."

—걔는 왜 또 속을 썩인다니. 집을 왜 나가, 왜. 공부가 잘 안 된대?

"자세한 건 모르겠어. 애가 요즘 많이 지치긴 했나 봐. 지금 차준이랑 같이 있으니까 엄만 걱정하지 말고 일하고 있어. 우선 잘 타일러 볼게."

—강 서방이랑 있다니 다행이지만……. 그래, 알겠다.

엄마를 안심시키는 데 성공했지만, 정작 선아 본인은 차준이 아픈 팔로 선우를 데리고 나간 것이 마음에 걸렸다.

일찌감치 나갔던 둘은 밤이 되어서야 돌아왔다. 차준은 나갈 때 모습 그대로였지만 선우는 아니었다.

"너 몰골이 왜 이래?"

분명히 같은 옷을 입고 같은 얼굴을 한 동생인데 축 처진 어깨, 진해진 다크서클과 온통 더러워진 옷까지. 누가 보면 서울역에서 하루 노숙이라도 하고 온 모양새였다.

"누나, 나 역시 격투기 선수는 안 될 것 같아."

선우는 세상에서 가장 힘없는 목소리로 말하고는 터벅터벅 2층 욕실로 올라갔다.

"반나절도 안 돼서 쟤 마음을 바꿔 놓다니. 어떻게 된 거야?"

선아가 뒤이어 들어오는 차준의 앞을 막아서며 물었다.

"체육관에서 신입들 연습하는 거 보여 주고 같이 잠깐 운동시켜 본 게 다야. 아, 피곤하다. 나 1층 욕실 써도 되지?"

"······그래."

밤 9시가 훌쩍 넘은 시간이었기에, 그동안 선아는 선우의 짐들을 자신의 옆방에 갖다 놓고 이부자리를 깔아 놓았다. 엄마에게도 연락해 오늘은 선우를 데리고 있겠다고 전했다.

정리를 끝내 놓고 2층 욕실 앞에서 선우의 샤워가 끝나기를 기다리던 선아는, 그가 나오자마자 팔을 잡아끌었다.

"잠깐 누나랑 얘기 좀 하자."

"아, 아야! 아파, 누나. 놓고 얘기해."

"아프긴 뭘 아파? 이 정도 가지고."

"오늘 체육관에서 엄청 당했단 말이야."

선우의 말은 이러했다. 차준과 체육관에서 신입 부원들이 연습하는 모습을 구경했는데, 그중 중학생 정도로 보이는 어린 학생이 있길래 만만해 보여서 스파링을 신청했다고 한다. 결과는 손 한번 써 보지도 못하고 엄청나게 두들겨 맞았단다.

"하이고, 꼴좋다. 그래도 겉으론 멀쩡해 보이는데?"

선아의 물음에 선우는 셔츠를 들어 커다랗게 멍이 든 배를 보여 주었다.

"아파 죽겠어. 완전 개망신이었다니까. 그 자식, 일부러 안 보이는 곳만 엄청 때렸어."

"풉, 직접 해 보니까 생각처럼 쉬운 게 아니지?"

"몰라. 대굴욕이야. 역시 나의 길은 공부밖에 없나 봐."

"그걸 이제 알았니, 멍충아. 배는 안 고파? 뭐라도 시켜 줘?"

"아냐. 매형이 끝나고 스테이크 사 줬어."

선아는 몇 시간 사이에 철이 들어 버린 동생을 이부자리가 있는 방으로 데려갔다. 지나가며 혹시 차준이 아직 샤워 중인가 싶어 복도의 욕실을 보니 불은 꺼져 있었다.

"오늘 밤은 여기서 자. 엄마한테는 말씀드려 놨어."

"됐어, 나 그냥 집에 갈게."

"시간이 늦었는데……."

"아무리 그래도 신혼집에서 신세 지긴 그렇잖아. 나도 알 거 다 아는 나이거든?"

선아는 음흉한 미소를 짓는 선우의 머리에 꿀밤을 한 대 쥐어박아 주었다.

한사코 혼자 돌아가겠다고 고집을 피우던 선우는 차 끊기기 전에 나가겠다며 결국 바람처럼 현관문을 열고 나가 버렸다.

선우가 지금껏 이런 식으로 가족들 속을 가끔 썩이긴 했지만 이번처럼 금방 마음을 금방 고쳐먹은 적은 없었다. 어떻게든 차준에게 고마운 마음을 전하고 싶어 선아는 그의 방문 앞에 서 노크했다.

"들어가도 돼?"

"어."

곧바로 방문 너머 들리는 그의 대답에 선아는 조심스레 방문을 열고 들어가 차준이 앉아 있는 침대 옆에 걸터앉았다.

"선우 방금 집에 갔어."

"벌써?"

"응. 역시 자기 길은 공부뿐이래."

"잘됐네."

"어떻게 선우 마음을 다시 되돌린 거야?"

"별로 내가 한 건 없어. 말로만 모든 걸 설명할 순 없을 때가 있잖아. 직접 부딪쳐 보게 한 것뿐이야."

"너 좀 다르게 보인다. 아무튼 고마워. 동생 정신 차리게 해

준 거. 보답으로 소원이라도 하나 들어줄게. 잘 생각해 놔."

"……소원?"

차준의 물음에 선아는 아무렇지 않게 '응' 하고 대답하며 침대에서 몸을 일으켰다.

"아무거나 상관없어?"

"이왕이면 내가 들어줄 수 있는 정도의 걸로 부탁해."

"있어."

"뭔데?"

"지금 해 줄 수 있는 거."

차준은 이 말을 마치고 순식간에 선아의 팔을 끌어당겨 침대 위에 눕혔다. 그리고 그녀의 위에 상반신을 포갠 채, 선아가 무어라 말할 틈도 없이 입술을 집어삼켰다. 차준의 입술이 선아의 도톰하고 작은 입술을 완전히 덮었다.

머릿속에 필름이 끊긴 것처럼 섬광이 나타났다가 곧 마구잡이로 흩어졌다. 차준은 선아의 윗입술과 아랫입술을 자신의 입술로 부드럽게 잡았다 놓기를 반복했다. 혀의 끝 쪽으로는 달콤한 사탕을 천천히 녹이듯이 그녀의 입술을 맛보았다.

질끈 감은 눈앞에 지직거리던 화이트 노이즈가 서서히 원래의 어둠으로 변해 갈 즈음 갑자기 그의 혀가 선아의 이를 벌리고 깊숙이 안으로 밀고 들어왔다.

"흐읍!"

그의 혀가 모든 걸 녹여 버리기 전 이성의 끈을 부여잡아야 했다. 선아는 상체에 힘을 주고 있는 힘껏 차준의 어깨를 밀어냈다. 그리고 그의 입술이 떨어지자 재빨리 침대 모서리로 몸을 움직였다.

"허억. 강차준, 너……."

가쁜 호흡은 도무지 진정될 기미가 보이지 않았다. 선아는 미친 듯이 뛰고 있는 심장 위에 오른손을 올려놓고 차준을 노려보았다. 그렁그렁 눈물까지 맺혀 있는 그녀의 두 눈망울을 차준은 피하지 않았다.

"이게 무슨 짓이야! 느닷없이 키스를 하다니……. 대체 왜?"

"내 소원."

"그 소원이 왜 나랑 키스냐고. 너 요즘 이상해. 영화관에서도 그렇고, 사람 갖고 놀면서 내 반응을 즐기는 거야?"

"둘 다 아니야."

"그럼 뭔데? 넌 게이잖아!"

아직 진정되지 않은 가쁜 숨을 내쉬며 선아가 소리쳤다. 그러자 아까부터 침착하게 그녀를 응시하던 차준의 입에서 실소가 터져 나왔다.

"뭐가 우스워?"

"하, 결국 이런 짓까지 하게 만드네."

차준은 그녀에게서 눈을 떼고 잠시 생각에 잠긴 듯 바닥을 응시했다. 덩달아 선아도 조금 긴장을 늦추려던 찰나, 차준이 그녀의 손목을 낚아챘다.

선아는 손바닥에 닿은 감촉에 어안이 벙벙해졌다.

그녀가 닿은 곳은 그의 중심이었다. 이미 꼿꼿이 선 그곳은 선아의 손이 닿자 살아 있는 생명체처럼 핏줄을 불끈거리며 솟아올랐다.

선아에게 자신의 것을 느끼게 한 뒤, 차준은 잡은 손목을 놓아주었다.

그녀는 잡힌 손목이 놓인 줄도 모르고 잔뜩 성이 난 그의 바지춤을 움켜쥔 채 미동조차 하지 못했다.

"계속 잡고 있을 거면 덮친다."

"어, 어?"

어정쩡한 외마디 소리를 내뱉은 선아는 도망치듯 차준의 방에서 뛰쳐나갔다.

11. 감추고 싶지 않아

그의 강한 남성성을 확인한 다음 날. 선아는 학교 수업이 끝난 뒤 친정집으로 향하고 말았다. 아무리 생각해 봐도 지금 혼란스러운 상태로는 차준을 마주칠 자신이 없었다.

"속 터져 죽겠다. 이노무 가시나야! 무슨 일인지 끝까지 입 다물 거야?"

엄마의 등짝 스매싱을 맞는 와중에도 선아는 꿋꿋이 TV에 시선을 고정한 채 사과를 베어 물었다.

"결혼한 지 얼마나 됐다고 벌써 가출을 해!"

"가출 아니야. 잠깐 나온 거야."

"이 계집애가 정말. 옷가지 하나 없이 맨몸으로 들이닥쳐 놓고. 무슨 일인지 말을 해, 말을. 강 서방이랑 심하게 싸운 거야?"

"싸운 거 아니야."

"남매가 아주 나란히 잘하는 짓이다. 아이고, 머리야. 엄만 모르겠으니까 니들이 알아서 해."

결국 선아의 모르쇠 전법에 나가떨어진 건 엄마였다.

본의 아니게 선우 다음으로 '가출'을 하는 사고를 치고 말았다. 하지만 아무리 왜냐고 물어도 말할 수 없었으니 차라리 등짝이 터져 나가는 쪽을 택하는 게 백번 나았다. 차준의 잔뜩 성난 놈을 만진 충격에 도망쳐 나왔다곤 절대로 고백할 수 없었으니까.

소위 숫처녀도 아닌 알 거 다 아는 스물네 살, 그것도 유부녀가 고작 남편의 중요 부위를 만진 일로 사색이 되어 도망까지 쳤다면 다들 비웃을 일이었다.

하지만 상대는 강차준. 십년지기 남자 사람 친구에, 심지어 게이라고 굳게 믿고 있던, 그래서 위장 결혼까지 감행했던 그 강차준이란 점이 그녀를 미치게 만들었다.

〈집 앞이야. 잠깐 나와 얘기 좀 하자.〉

새벽에 도착한 차준의 문자를 내려다보며 하염없이 휴대폰을 주무르던 선아는 결국 가족들이 깨지 않도록 조심스레 현관문을 열었다.

밖으로 나오자 집 앞에 시동이 켜진 채 서 있는 검은 페라리가 보였다. 선아는 한참을 망설이다가 조수석 문을 열어 자리에 앉았다.

"안전벨트 매."

"잠깐이라며."

민망함과 화가 뒤섞여 선아는 그의 얼굴을 제대로 볼 수 없었다. 차준 역시 집 앞의 어두운 골목길만을 바라보고 있었다.

"집에 언제 들어올 거야?"

그의 음성은 평소와 다르지 않았지만 미묘하게 냉기가 흘렀다. 하지만 물러날 생각은 없었다. 사실에 대해 물어야 했고 어떤 대답이라도 들어야 했다.

선아는 천천히 숨을 고른 뒤 결심한 듯 마른 입술을 뗐다.

"너 게이 아니지."

"……."

"그걸 증명하고 싶어서 그랬던 거 아니야? 아무리 생각해도 이해 안 가는 것들 투성이야. 묻고 싶은 것도, 듣고 싶은 것도 너무 많은데…… 우선 하나만 물을게. 왜 거짓말했어?"

"그땐 그게 최선이라 생각했어."

"날 속이는 게 최선이었다고?"

"사실을 알리는 대신 침묵을 택했어. 어떻게든 너와 결혼해야 했고, 그렇게 알고 있는 편이 설득하기 쉬웠으니까."

"네 스캔들을 무마시키기 위해서……."

어쩔 수 없었다는 듯 담담한 대답이 돌아왔다. 초점 없이 바닥을 응시하며 읊조리는 모습에서 선아가 느낀 큰 실망감이 묻어 나왔다.

차준은 섣불리 어떤 말도 할 수 없어 잠시 멈추었다. 그녀가 조금은 진정되기를 바라는 마음이었다.

잠시 침묵하던 그가 생각을 정리한 듯 입을 열었다.

"스캔들 때문만은 아니야."

"알아듣게 설명해. 이번 일로 계약을 파기하진 않을 테니 걱정 마. 다만 너와 나의 인간적인 관계는 끝날지도 모르겠다. 애초에 가장 중요한 부분을 속이다니, 어떻게 그럴 수가 있어? 계약 결혼이라 해도 나한테만은 솔직하게 말했어야지."

"내가 말했으면 믿었을 거야?"

"뭐?"

"내가 무슨 짓을 해도, 넌 날 남자로 봐 주지 않았어. 멋대로 게이라 단정 짓고 네 마음대로 행동했잖아. 재선이와 내 사이를 오해하고, 하다하다 네 전 남자 친구에게 추파를 던진 거라는 오해까지 받았던 내 마음은 어땠을 거 같아?"

막상 차준의 말을 듣고 나니 반박할 수가 없었다. 처음부터 자신이 그의 정체성을 멋대로 낙인찍었던 건 사실이었기 때문에.

"지환 선배와 내 사이 알고 있었니?"

"척 보면 척이지. 난 누구처럼 눈치 없지 않거든."

"말하지 않아서 미안한데, 솔직히 상관없을 거라 생각했어."

"알아."

"나도 며칠 전 네 행동에 대해 사과를 받고 싶어."

"사과하고 싶지 않다면. 그렇게까지 하지 않았으면 넌 내가 이성애자란 걸 믿지 않았을 거잖아. 너에 대한 감정도."

"나에 대한 감정?"

"응."

"잠깐만. 오늘은 너무 많은 얘기를 들었어. 네가 하고 싶은 말이 뭐든 더는 듣고 싶지 않아. 그러면 안 될 것 같아."

선아는 두 볼이 상기된 채 차 문을 벌컥 열었다. 하지만 차준은 그녀의 손목을 잡아 다시 의자에 앉혔다.

"오늘이 아니면 안 돼. 듣고 싶지 않아도 들어 줘. 부탁이야."

적어도 이런 식으로는 말하고 싶지 않았다. 하지만 오늘이 아니면 평생 말할 수 없을 것 같았다.

"좋아해. 중학교 때부터 좋아했어. 그때는 섣불리 고백했다가 어색한 사이가 되는 게 두려웠어. 그럴 바엔 친구로 지내는 게 좋겠다고 생각해서 마음을 접었던 거야."

"중학교 때부터 날 좋아했다고? 10년간 아무 탈 없이 친구로 잘 지내 왔잖아. 내가 그 말을 믿을 것 같아?"

"알아. 네가 혼란스러울 거. 친구로 지내는 시간이 길어질수록 난 용기를 잃어버렸고, 너에 대한 마음은 가슴속에 묻고 꺼내지 않겠다고 다짐했어. 그런데 예상치 못한 일이 터졌고, 어쩌면 기회가 될지도 모른다고 생각했어. 정확히 말하자면

10년 동안 애써 외면했던 내 마음에 욕심이 생겼어."

수 없이 머릿속으로 정리했던 이야기들이었지만 준비되지 않은 상황에 처하자 본인도 무슨 말을 하는지조차 모를 정도가 되어 버렸다. 힘이 빠졌다. 이런 최악의 고백이 세상에 또 있을까 싶었다.

봇물 터지듯 터져 나온 그의 진심에 놀란 선아는 말이 없었다. 차준은 이미 자포자기 상태였다. 괴로운 표정으로 머리를 감싸 쥐고 창문에 몸을 기댄 채 미동조차 없는 그의 옆모습이 공기를 무겁게 짓눌렀다.

차준이 집을 나간 지도 한 달이 다 되어 갔다. 선아에게 직접적인 연락은 하지 않았다. 대신 그는 매니저를 통해 연락을 취했다.

파파라치며 세간의 이목이 쏠려 있는 만큼 차라리 바쁜 자신이 나가 있는 것이 나을 거라고, 선아가 집으로 돌아가서 편히 지내길 바란다고 했다. 그리고 체육관 근처의 오피스텔을 구했으니 걱정 말라는 말을 전해 왔다.

선아는 세간에서 보여지는 부부의 역할을 이행하기 위해 차준의 집으로 돌아갔다.

그 뒤로는 중간고사와 면접 준비로 바쁜 나날을 보냈다. 차준과의 여러 가지 일들이 생각나지 않기 위해 더 열심히 몰두했다. 그가 제멋대로 터트리고 간 폭탄은 그녀가 감당하기엔 너무나 벅찼다.

✦　　　✦　　　✦

　　"84번 들어오세요."

　　회색 문이 열리고 드디어 선아의 가슴 왼쪽에 붙어 있는 번호가 불려졌다. 이번 상반기에만 세 번째 고배를 마신 탓에 평소보다 긴장했는지 손발 끝이 차갑게 저려 왔다.

　　이번에 면접을 보는 회사는 여성 전문 콘텐츠를 발행하는 잡지사였다.

　　"안녕하십니까. 84번 류선아입니다."

　　그동안 열심히 연습해 온 밝은 웃음을 장착하고 선아가 우렁차게 말했다. 세 명의 면접관들은 그녀의 인사에 어떠한 답도 없었다. 그중 중년의 여자는 인상을 쓰고 있기까지 했다.

　　자기소개서를 훑으며 질문을 받고 대답하는 과정은 별반 다를 게 없었다. 그동안 떨어졌던 면접들과 너무 비슷해서 오히려 우울해질 정도였다.

　　"결혼했어요?"

　　아까부터 인상을 쓰고 있던 여자가 툭 던지듯 선아에게 물었다.

　　"네."

　　"너무 일찍 했네요. 지금 일자리를 구해서 괜찮겠어요? 아이가 생길지도 모르는데요."

　　너무 직설적인 여자의 질문에 당황스러웠지만 선아는 최대한 내색하지 않았다.

"아이는 갖지 않을 거라 일에 지장이 가진 않을 겁니다."

"흐음, 그래요? 그건 그렇고 류선아 씨는 어딘가 낯이 익은데……."

"제가 좀 흔하게 생겼다는 소릴 많이 듣습니다."

낯이 익다는 소리에 식은땀을 흘리며 어설프게 무마하자 여자는 더 이상 질문하지 않았다. 잠깐 출연했던 아침 방송과 모자이크된 결혼식 사진으로 선아가 차준의 아내라는 걸 알아본 사람은 아직 없었다. 한두 명 정도 낯익다고 하는 정도는 이미 익숙한 일이었다.

여자는 노려보는 듯 아닌 듯 뚫어지게 그녀의 얼굴을 응시했다. 본래 눈빛이 사람 불편하게 만드는 사람인 것 같아 나중에는 선아도 크게 신경 쓰지는 않았다.

한참 동안 직무나 이력서에 관한 이야기로 질문이 쏟아졌고 선아는 성실하게 대답했다. 면접관 중 한 명이 이만 나가보라며 말했고, 일어서기 무섭게 밖에서 대기하던 안내원이 문을 열었다.

면접실을 나오는 선아의 발걸음이 무거웠다. 완전히 망쳐버린 면접은 아니었지만, 끝난 뒤 이렇게 진이 빠진 적도 처음이었다.

사무실이 가득 들어찬 빌딩 전체는 쥐 죽은 듯이 조용했다. 아직 근무 시간이 끝나려면 시간이 남아 있었기 때문이었다.

선아는 1층의 카페에서 샷을 추가한 진한 아메리카노를 한 잔 마시며 잠시 피로를 풀기로 했다. 단정하게 빗어 내렸던 단발을 일부러 헝클어트리고 목 끝까지 잠갔던 셔츠의 단추도 두 개쯤 풀었다. 발뒤꿈치를 아프게 하던 구두도 반쯤 벗고 나자 숨통이 트였다.

"설마 했더니 역시 너였구나?"

막 나온 아이스 아메리카노를 쭈욱 들이켜는데 뒤통수에서 낯익은 목소리가 들려왔다.

"어? 선배가 여긴 어쩐 일이세요?"

"어쩐 일이긴. 여기 옆 건물이 세양병원이잖아. 잠깐 일 좀 보고 돌아가려는데 너랑 똑 닮은 여자가 보여서 혹시나 하고 들어와 봤지."

"그랬구나."

지환은 자연스레 커피 한 잔을 더 주문하고 그녀의 앞에 앉았다. 오늘은 의사 가운이 아닌 평소 지환이 즐겨 입던 캐주얼한 스타일이었다.

"여긴 어쩐 일이야? 그 정장은 또 뭐고."

"6층에 면접이 있어서요."

"W.M(Women Mind)사? 하긴 넌 신문방송학과니까 잘하겠다. 그런데 잡지사라니, 장래희망 방송국 PD님이 아니었어?"

"하하, 그거야 1학년 때의 패기죠. 막상 닥치고 보니 언론고시는 도저히 도전해 볼 엄두도 안 나더라고요."

차준과 병원에서 마주친 적도 있었고, 요 근래 지환과 마주친 일이 잦아서일까. 막상 얘기를 나누다 보니 옛날로 돌아간 것처럼 한결 편안했다.

"넌 뭘 해도 잘할 거야."

지환은 언제나 다정한 목소리로 선아를 응원하며 마음을 진정시켜 주곤 했다. 옛날엔 그의 저런 말들이 그녀를 행복하게 만들어 주기도 했었다. 헤어진 뒤 가장 그리웠던 것도 지환의 다정함이었다. 그런데 지금 막상 저런 얘기를 들어도 하나도 기쁘지 않은 건 왜일까.

선아는 오히려 마음 한쪽이 짓눌리듯 무거워짐을 느꼈다.

커피를 반 이상 마시는 동안 지환과 이런저런 이야기를 나누었지만 점점 불편함은 커져 갔다. 분명 그간의 피로가 쌓였기 때문일 거다.

"얘기 즐거웠어요. 전 그만 일어나 볼게요."

"안색이 좀 안 좋아진 것 같은데, 괜찮니?"

"괜찮아요. 면접 때문에 좀 피곤했나 봐요."

"데려다주지 않아도 돼?"

"바로 앞이 역인걸요."

자신의 차로 데려다주겠다는 지환의 청을 거절하고 일어서는데 그가 눈앞에 명함을 내밀었다.

"이거 너한테 꼭 주고 싶었어. 아 참, 그리고 언제 만나서 가볍게 한잔할까? 할 말도 있고."

"선배, 저 유부녀예요."

선아는 지환에게 가볍게 웃어 보이며 명함을 가방 안쪽에 넣었다.

"이건 받아 둘게요."

"강차준 일이야."

"차준이 일이라니요? 걔랑, 아니 차준이랑 무슨 얘기라도 했어요?"

"자세한 건 만나서."

지환은 그녀가 더 물어볼 새도 없이 카페를 빠져나가 거리의 인파 속으로 사라졌다.

12. 네가 밉다

학교 앞 선술집은 시험이 끝난 뒤여서인지 평일인 오늘도 학생들로 붐볐다. 취업에 바쁜 3, 4학년들보다는 한눈에 보아도 풋풋해 보이는 신입생들이 많이 눈에 띄었다.

선아와 마주 앉은 지환은 술집 안을 돌아보며 추억에 잠긴 듯했다.

"여긴 정말 오랜만이다."

"신입생들이 너무 많아서 좀 눈치 보이네요."

"복학생에 고학번들도 많아. 저 테이블은 척 봐도 다 30대야."

선아는 지환이 턱으로 가리킨 쪽을 슬쩍 돌아보았다.

"저분들 덕분에 마음이 놓이네요."

비슷비슷한 안주들 중 그나마 먹을 만한 요리를 시키고 소주 한 병을 주문했다. 메인 안주가 나오기 전 작은 양은 냄비에 담긴 콩나물국과 소주가 먼저 나왔다.

학교 앞까지 찾아온 지환을 만나긴 했지만 막상 마주하니 여간 불편한 게 아니었다. 차준에 관해 할 이야기가 있다는 말이 아니었다면 아마 만나지 않았을 것이다.

"수척해 보인다. 지난번보다 더 심해졌어."

"괜찮아요. 아픈 곳도 없고 건강해요."

선아는 지환이 따라 준 소주잔 반을 비우고 콩나물국을 한 수저 떴다. 오랜만에 마시는 소주가 달았다.

안주가 나오고 한두 잔 술을 비워 가는 동안 지환은 선우에 관해 물었고, 병원 생활에 관한 이야기들을 했다. 다짜고짜 본론부터 말하라는 것도 예의가 아닌 것 같아 선아는 그의 말에 가벼운 동조를 하며 소극적으로 답했다.

"온통 생각이 다른 곳에 가 있구나? 강 선수 얘기가 궁금한 거지?"

지환은 쓸쓸한 얼굴로 잔을 들이켰다.

"적당히 술도 들어갔겠다, 이제 말할게. 나도 맨 정신에는 힘들어서 시간 좀 끌어 봤어. 강차준…… 집 나온 거 알고 있어."

지환의 말은 다행히 선아의 예상 범주를 크게 벗어나지 않았다. 그가 차준이 체육관 근처에 오피스텔을 얻은 걸 알고 있을 거라 예상했었다. 어찌 됐건 지환은 차준의 팀 닥터니까.

선아는 누구를 통해서든 그의 근황을 듣고 싶었는지도 모른다.

"잘 지내고 있어요?"

"잘 지내. 훈련도 잘하고 있고, 적어도 내 앞에 있는 창백한 여자보다 혈색은 좋아."

"다행이네요."

"주제넘은 질문 하나 해도 될까."

지환은 병에 조금 남아 있던 소주를 잔에 따라 원샷을 한 뒤 선아 가까이로 상체를 숙였다. 그리고 마치 비밀 이야기라도 하려는 것처럼 목소리를 낮추었다.

"너희 헤어지기라도 한 거야?"

"아, 아니요. 그런 건 아니에요."

지환의 질문은 신경 쓰이지 않았다. 잘 지내고 있다는 그 한마디가 계속해서 선아의 귓가를 맴돌았다. 그러자 갑자기 취기가 돌아 속이 울렁거렸다.

"잠시만 저 화장실 좀."

선아는 다급히 화장실로 달려가서 먹고 마신 모든 것들을 게워 냈다.

거울을 보니 빨갛게 충혈된 눈, 혈색 없는 얼굴 하며 좀비가 따로 없었다. 창백해진 혈색을 가리려 화장을 고치고 나왔지만 선아가 이상하단 걸 눈치챈 지환은 황급히 계산을 마친 뒤 그녀를 데리고 밖으로 나왔다.

"바람 쐬고 있어. 대리 기사 불렀으니까 금방 올 거야."

"괜찮아요. 택시 타고 가 볼게요."

"너 집까지 들어가는 거 봐야 마음이 놓일 거 같아."

"괜찮⋯⋯."

"제발 말 좀 들어!"

지환의 고함 소리에 깜짝 놀란 선아는 입도 다물지 못한 채 그를 쳐다보았다. 지환이 한숨을 내쉬며 눈가를 덮은 앞머리를 쓸어 올렸다. 좀처럼 보기 힘든 그의 이마가 훤히 드러나자 네온사인 불빛이 주름진 미간 사이로 깊은 그늘을 드리웠다.

지환을 안 지 오래되었지만, 이렇게 감정적인 모습은 처음 보았기에 그녀는 당혹스러움을 감출 수 없었다.

"데려다줄게. 한 번만 내 말 좀 들어줘. 소리쳐서 미안하다."

잠시 뒤, 한층 기운 빠진 목소리로 지환이 말했다. 바라보는 눈동자가 촉촉이 젖어 있었다.

"네⋯⋯."

무언가 강하게 압도당하는 기분이었다. 선아는 순순히 고개를 떨구고 지환의 옆에 나란히 서서 대리 기사가 오기만을 기다렸다.

집으로 돌아오는 길. 달리는 차 안에서 그녀도, 지환도 말이 없었다. 달리는 차들과 도로, 어두운 한강의 수면 위를 멍하니 바라볼 뿐이었다.

선아는 차가 멈춰 서고 나서야 집에 도착했음을 알았다.

"그럼 들어가 볼게요."

"선아야."

"네?"

차 문을 살짝 열었을 때 지환이 나지막한 목소리로 그녀를 불렀다. 그의 시선은 여전히 창밖에 고정되어 있었다.

"너무 힘들게 하는 남자 옆에 있지 마라."

"……."

선아는 무슨 대답을 해야 하나 잠시 망설였지만 그대로 차 문을 열고 엉거주춤 내렸다.

그녀는 아파트 단지 안을 빠져나가는 그의 차가 보이지 않을 때까지 한동안 서 있었다.

✛   ✛   ✛

훈련이 끝나고 오피스텔에 돌아가려는 차준을 코치가 불러 세웠다.

"너 오늘 다른 스케줄 있나?"

"아뇨. 집에 가서 쉬려고요."

"잘됐다. 그럼 집에서 잠깐 쉬고 있다가 요 앞 갈빗집으로 와. 오늘 회식이다."

차준은 썩 내키지 않았지만 알겠다고 답했다. 딱히 할 일도 없는 데다 홀로 낯선 오피스텔에 있기도 적적하던 차였기 때문이다.

오피스텔로 들어서자 그의 발치에 박스가 걸렸다. 정리되지 않은 집 안은 크고 작은 박스들로 가득했다. 차준은 한숨 지으며 거실 한구석에 놓인 박스들을 발로 밀어내고 소파에 몸을 누였다.

훈련하는 동안 꺼 놓았던 휴대폰 전원을 켰다. 부재중 전화와 문자 메시지들이 줄지어 알람을 띄웠지만 선아로부터 온 연락은 없었다.

이렇게 될 줄 알았다면 애초에 시작하지도 않았을 결혼 생활이었다. 함께 살았던 짧은 시간 동안 서로 사랑하는 사이도, 그렇다고 온전한 친구 사이도 아니었다. 결국 제 발등을 스스로 찍은 거짓말쟁이가 되어 이렇게 홀로 남았다. 쓸쓸함인지 자책인지 모를 감정이 밀려와 갑갑하게 가슴팍을 옭아맸다.

"거지 같네, 진짜."

어제는 지난번 선아와 함께 출연했던 부부 동반 토크쇼의 PD에게서 다시 섭외 요청이 왔었다. 하지만 바쁜 스케줄을 핑계로 거절해야 했다.

차준은 불 꺼진 방 안에 누워 넋 나간 사람처럼 어두운 천장을 응시했다. 선아의 웃는 모습이 자꾸 아른거렸다. 눈을 감아 보기도 하고 덩치에 비해 작은 소파 위에서 몇 번을 뒤척여 보기도 했다.

결국 소파에서 박차고 일어난 그는 대충 겉옷을 챙겨 입고 밖으로 나왔다. 이 상태로 밤을 지새우다간 말 그대로 미쳐 버릴 것만 같았다. 술을 마시든 뭘 하든 해야 한다. 재수 없는 파파라치 따위 개나 주라지.

일찌감치 도착한 회식 자리에는 이미 많은 선수들이 모여 앉아 고기를 굽고 있었다. 차준은 조용히 끝자리에 앉았다. 맞은편에 앉은 녀석이 재선이란 점이 마음에 들지 않았지만 무시하기로 했다.

자리에 앉자마자 소주를 따르는 그의 잔에 재선이 손가락을 갖다 댔다.

"선배, 오자마자 무슨 자작이에요."

"신경 쓰지 마."

재선은 고기에는 손도 대지 않고 빈속에 술부터 들이켜는 차준을 걱정스레 쳐다보다가 잘 구워진 갈비 몇 점을 앞 접시 위에 올려 주었다.

"안주도 같이 드세요. 속 다 버려요."

이것저것 챙겨서 자신의 앞으로 밀어 놓는 재선을 보자니 어째 속이 더 부글부글 끓었다. 어째 사내놈한테 이렇게 챙김을 받고 있는 처지가 되었나 싶었다.

가게는 오늘도 단체 손님들로 북적였다. 그중에서도 종업원들을 가장 바쁘게 하는 건 차준이 있는 테이블이었다. 선수들의 어마어마한 먹성에 불판이며 고기, 술 등이 쉼 없이 서빙되고 있었다.

차준도 평소처럼 먹었으면 다른 선수들과 마찬가지로 4인분은 족히 먹었을 테지만 오늘은 입맛이 없었다.

장황한 코치의 설교와 제각기 떠드는 선수들의 잡담 소리를 배경 음악 삼아 조용히 쓴 술을 들이켜는데 갑자기 시선들이 차준에게 쏠렸다.

"가만히 술만 마시고 있지 말고 건배사 한마디 해라."

"코치님이 하세요."

"자식이, 비싼 척할래? 네가 우리 체육관 신입들이 꼽은 최고의 롤모델 아니냐. 빼지 말고 빨리 일어나서 한마디 해라."

한잔 얼큰히 들어간 코치가 저렇게 성화를 부릴 땐 말릴 사람이 없었다. 차준은 짜증을 누르며 건네받은 맥주잔을 들고 무거운 몸을 일으켰다.

그는 판에 박힌 건배사 한마디를 던지고 잔에 가득 담긴 소맥을 단숨에 들이켰다. 그를 시작으로 소맥 파도를 시작한 선수들은 완전히 업이 되어서 저마다의 포부를 늘어놓았다.

지친다, 이런 분위기. 이렇게 즐기지 못하고 계속 겉돌 바엔 차라리 오피스텔로 돌아가서 혼자 조용히 한잔하고 싶었다.

그런 생각을 하며 차준이 가게 입구와 시계를 번갈아 확인하고 있는데 문 앞의 테이블에 낯익은 사람들이 앉아 있는 게 보였다. 적어도 한 사람 만큼은 확실하게 알아볼 수 있었다.

허여멀건 하니 뺀질뺀질하게 생긴 저 얼굴. 새로 온 팀 닥터 임지환. 선아와 안면이 있는, 아니 무슨 사이였을 게 분명한 자식. 차준은 저절로 험악해진 인상으로 지환을 주시했다.

한참을 뚫어져라 고정시켜 놓았던 시선을 느꼈는지 지환도 고개를 들어 차준과 눈을 맞추었다.

시끌벅적한 소음과 연기가 가득 찬 고깃집 안에서 마주친 둘의 따가운 시선은 재선에 의해 거두어졌다.

"병원 식구들도 회식 중인가 봐요. 선생님들 안녕하세요!"

차준의 시선을 따라가다 지환을 알아본 재선이 그들을 향해 손까지 흔들며 알은체를 했다. 덕분에 외과 병동의 교수 한 분이 다가와 코치와 선수들에게 인사를 건넸고 끝내는 합석이라도 할 분위기가 조성되었다.

기어코 종업원을 불러 옆 테이블을 붙이는 모습을 보자 차준은 더 이상 참고 있기가 힘들었다. 그는 어수선한 이때를 틈타 도망치기로 하고 재선에게 속삭였다.

"나 찾으면 피곤해서 먼저 들어갔다고 해."

"벌써 들어가시려고요?"

"그래."

표정에서 아쉬움이 뚝뚝 묻어나는 재선을 뒤로하고 차준은 뒷문으로 조심스레 고깃집을 빠져나갔다.

"일찍 가시네요?"

뒤를 돌아보니 벽에 기댄 채 지환이 담배를 피우고 있었다.

"네."

"아쉽네요. 아직 11시도 안 됐는데. 보아하니 합석할 분위기던데요?"

"피곤해서요."

차준이 간단하게 답하고 등을 돌리자 지환은 그를 불러 세웠다.

"잠시 이야기 좀 하죠."

"무슨 얘기요?"

"집 나와서 살고 계신 거 알고 있습니다. 선아랑 사이가 틀어졌나요?"

지환은 피우던 담배를 발로 비벼 끄고 그에게 천천히 다가왔다. 대놓고 선아의 이름을 입에 올리는 태도에 차준은 매우 불쾌했지만 내색하지 않으려 애썼다.

"저희 부부 일은 저희가 알아서 합니다. 상관하지 마시죠."

"재밌네요. 선아는 많이 힘든지 요즘 얼굴이 말이 아니던데. 강차준 씨는 멀쩡하군요."

"선아가 요즘 어떤지 그쪽이 어떻게 알지?"

"어제도 만났으니까요."

저절로 주먹에 힘이 들어갔다. 차준은 이를 악물었다. 취기에 이성의 끈을 놓아 버려 저 반질반질한 얼굴에 주먹이라도 날릴까 두려웠다. 프로 선수의 주먹은 일반 사람이 맞으면 그 자리에서 즉사할 수도 있을 만큼 무서운 무기였다.

"다시 말합니다. 선생은 상관하지 마시죠."

"무섭네요, 지금 그 눈빛. 그래도 할 말은 해야겠어요. 선아는 강 선수와 달리 주목을 받고 사는 삶이랑 먼 아이예요. 그쪽처럼 공인으로서의 삶에 익숙한 친구가 아니라고요."

지환은 굴하지 않고 차준에게 말했다.

"차준 씨는 바쁘다는 이유로 선아와 함께 있어 줄 시간도 없을 거고, 틀림없이 외롭게 했을 거예요. 제가 전문의 준비한다고 선아를 혼자 내버려 둬서 얼마나 외로움에 약한 아인지 잘 알아요. 더 좋은 사람 만나라며 보내 줬었는데, 돌아보니 몹시 후회가 되네요. 아프게 할 거면, 자신 없으면 놓아주세요."

지환은 말을 마치고 안으로 들어갔다. 차준은 어둠 속에서 이미 피가 통하지 않을 정도로 꽉 쥐고 있던 주먹으로 콘크리트 벽을 내리쳤다. 순간적이었다. 다친 왼쪽 팔에 밀려드는 통증도 느껴지지 않을 정도로 온몸의 피가 끓었다.

한마디도 반박하지 못했다. 선아를 다 안다는 듯 거들먹거리는 놈 앞에서 그녀를 외롭게 하지 않았느냐는 말에 어떠한 핑계도 댈 수 없었다.

가슴이 아프다는 게 이런 뜻일까.

콘크리트에 짓눌린 주먹과 팔이 아니라 가슴속이 미치게 아팠다.

13. 한 번만 안아 보자

선아는 면접을 보았던 잡지사에서 최종적으로 합격했다는
통지를 받았다. 하지만 아직 학생이기에 졸업 전까지는 인턴
으로 근무하는 조건이었다. 졸업하기 전에 인턴십을 하게 된
건 요즘 같은 청년 실업 시대에 흔치 않은 기회였다.

"앞으로 잘 부탁드리겠습니다."

첫 출근의 감격을 가득 담아 선아가 사무실의 직원들을 향
해 소리쳤다. 키보드를 두드리는 소리만 가득한 사무실 내에
서 선아의 패기 넘치는 목소리가 크게 울려 퍼졌지만 몇몇 직
원들이 흘끔 그녀를 올려다보았을 뿐 별다른 반응 없이 다들
저마다의 일에 열중했다.

어색해진 선아는 쭈뼛거리며 팀장이 가르쳐 준 출입문 옆
작은 책상 위에 가방을 내려놓았다.

첫날부터 자신을 뚫어져라 노려보던 여자는 팀장이었다. 역시나 딱딱하고 차가운 느낌의 사람이었다. 그래서인지 에디터 실의 분위기 또한 썰렁하기 그지없었다.

일은 말 그대로 선배들의 잔심부름꾼. 일주일간 일해 본 결과 커다란 복사기가 왜 인턴의 책상 옆에 떡하니 있었는지 이해할 수 있었다. 커피, 복사, 커피, 복사 가끔은 건망증 심한 팀장이 음식점에 두고 온 우산을 찾아오는 잡다한 일들이 그녀의 주된 업무였다.

학교 공부와 일을 병행하다 보니 퇴근 후 집에 도착할 즈음엔 완전히 녹초가 되어 버리는 선아였지만 텅 빈 현관을 열 때마다 느껴지는 차가운 어둠은 여전히 적응이 되질 않았다.

오늘도 녹초가 된 몸을 이끌고 집에 돌아왔다. 현관문을 열자마자 재빨리 복도의 불을 켜는 건 이 큰 집에 혼자 살게 된 이후 생긴 습관이었다.

방에 들어가기도 전에 옷가지들을 훌훌 벗어 던지고 욕조에 뜨거운 물을 받았다. 차준과 함께 살 때는 속옷 차림으로 집 안을 돌아다닌다는 건 생각조차 해 보지 못한 일이었다. 묘한 상쾌함을 느끼며 선아는 물이 반쯤 찬 욕조 안으로 몸을 누였다.

뜨거운 물 속에서 지친 몸이 노곤하게 풀리자 이런저런 잡다한 생각들이 머리를 채웠다.

가장 먼저 떠오른 건 받아드리기 힘든 사실을 들은 후 잠시라도 정신을 팔 때면 수시로 떠올랐던 차준의 얼굴, 눈빛,

마지막으로 만난 날. 그가 서툰 고백을 해 왔던 날. 그리고 모든 걸 체념한 듯 보였던 옆모습이었다.

어떻게 지내고 있을까. 아픈 팔은 다 나았을까. 어째서 전화 한 통 연락도 없는 걸까.

복잡하고, 또 답답했다. 아마 차준도 지금의 자신과 같은 마음일 거라 생각했다. 막상 그에게서 연락이 온다 한들 무슨 말을 어떻게 할지, 역시나 자신은 없었다.

선아는 거실로 나와 TV를 틀었다. 적막한 집 안이 싫었다. 소파에 앉아 채널을 돌리는데, 문득 2층 계단으로 눈길이 갔다.

오랫동안 사람의 발길이 끊긴 계단은 눈에 보이도록 뿌옇게 먼지가 쌓여 있었다. 다가가 손가락으로 쓸어 보니 손끝에 검은 먼지가 묻어났다.

생각해 보니 차준이 나간 뒤로, 그의 방이 있는 2층을 치우지 못했다. 청소는커녕 올려다본 적도 없으니 먼지가 굴러다니는 것도 당연했다. 혹시나 그가 돌아올 때를 대비해 먼지들을 해결해야겠다. 결심한 선아는 헌 수건을 적셔 들었다.

한 층씩 계단을 닦으며 올라가자 어느덧 차준의 방 앞까지 도착했다. 선아는 조심스레 방문을 열었다. 평소 깔끔한 성격의 차준답게 이부자리며 책상 위는 깨끗하게 정리된 상태였다.

책상과 컴퓨터에 쌓인 먼지만이라도 닦으려 손을 움직이던 그녀는 책상 안쪽 깊은 곳에 숨어 있는 액자를 발견했다. 어디서 많이 본 것 같은 낡은 사진에 이끌리듯 손이 갔다.

작은 액자에 맞춰 접혀 있는 사진은 중학교 2학년 수학여
행에서 찍은 단체 사진의 일부처럼 보였다. 선아조차도 까맣
게 잊고 있던 사진이었다. 그 속에는 자신과 그 대각선에 선
어린 차준이 맑게 웃고 있었다.

사진을 보고 있자니 어쩐지 마음 한구석이 찡해져 왔다.

선아는 들고 있던 액자를 제자리에 넣어 두고 남은 먼지들
을 모두 닦아 낸 뒤 방에서 나왔다.

❖　　　　❖　　　　❖

지환은 병원 대기실에 틀어져 있던 TV 속, 연예 뉴스에 등
장한 선아를 보았을 때의 충격을 아직까지 잊지 못했다.

**깜짝 결혼 발표! UFC 미들급 세계 챔피언 강차준 선수의 5월의
신부.**

사진 아래로 떠오른 자막은 지환의 심장을 쿵쿵 뛰다 못해
울렁거리게 만들었다. 비스듬하게 서서 웃고 있는 옆얼굴뿐
이었지만 한때 사랑했던 여자를 못 알아볼 리 없었다.

전문의에 합격하고 가장 먼저 떠올린 얼굴도 그녀였다. 이
제야 불안정했던 미래에 길이 생겼고, 확신도 생겼다. 비로소
그녀의 곁으로 돌아가 함께 미래를 꿈꾸겠노라 다짐하고 있

던 참에 날벼락도 이런 날벼락이라니. 다른 남자 옆에서, 그 것도 전 세계가 아는 남자의 옆에서 웨딩드레스를 입고 웃는 선아의 모습을 뉴스로 보게 될 줄이야.

언젠간 내 옆에서 저런 아름다운 드레스를 입고 웃음을 지 어야 했을 여자였다.

"선생님, 괜찮으세요?"

지환이 비틀거리자 연륜이 지긋한 간호사가 황급히 다가와 팔을 부축했다.

"아, 괜찮습니다."

"너무 무리하신 거 아니세요? 잠시 휴게실에서 쉬세요. 교 수님께는 제가 말씀드릴게요."

"그래 주시겠어요? 그럼 잠시만 실례하겠습니다."

휴게실로 간 지환은 곯아떨어진 다른 의사들이 깨지 않도 록 조심스레 노트북을 꺼내 검색을 시작했다.

강차준 결혼에 관련된 기사들과 블로거의 글들이 수백 개 는 족히 쏟아져 나왔다. 지환은 그중 둘의 연애 스토리에 관 해 상세히 적어 놓은 블로거의 포스팅을 정독했다.

중학교 동창으로 만난 두 사람은 친구로 지내오다가 신부가 대학 생이 된 뒤 본격적으로 사랑을 키워······.

도대체 이게 무슨 소리야? 선아와 대학 생활을 함께 보낸 사람이 여기 있는데, 그것도 연인 사이로.

혹시나 잘못된 글인 걸까 싶어 둘의 연애 스토리에 관한 수십 개의 다른 기사를 보아도 전부 똑같은 소리를 하고 있었다. 정작 지환은 알지도 못하는 선아의 일대기에 대해 떠들어 댔다.

뭐가 사실인지도 모를 현실에 놀란 것도 잠시, 이 결혼은 무언가 잘못되었다는 생각이 강하게 지환의 뇌리를 스쳤다.

강차준이 선아의 친구라는 사실은 몇 번이고 들어 알고 있었다. 함께 TV를 보다 차준이 나오면 종종 자랑하곤 했으니까. 지환도 그저 유명인을 친구로 두어 좋겠다며 웃어넘겼고 선아도 동생 같은 놈이라며 편하게 이야기했었다.

당차고 똑똑해서 졸업 후에 이루게 될 꿈과 미래에 대한 기대로 가득 차 있던 아이였다. 그런 선아가 자신과 헤어지고 1년도 채 지나지 않아 얼굴 한 번 보기 힘들다던 유명한 동창과 사랑에 빠졌고, 더군다나 대학도 졸업하지 않은 상태로 결혼식장에 뛰어들었다니. 납득할 수 없는 일이었다.

지환에게는 고통이었던 두 사람의 결혼식이 끝나고 그는 우연히 후배에게서 받은 전화로 선아가 동기들과의 술자리에 참석했다는 사실을 알게 되었다. 고민 없이 그녀를 만나기 위해 달려갔다.

자신을 보자마자 흔들리며 동요하는 선아의 눈빛을 본 뒤 지환은 확신했다. 아직은 보낼 때가 아니라고. 너의 곁이 아니라면 강 선수의 곁에라도 머물면서 진심으로 그를 사랑한다는 것만 확인해도 괜찮다고. 진심이라면 기쁜 마음으로 물러나겠노라고 생각했다.

그에게는 이 결혼을 납득할 확실한 이유가 필요했다. 그렇지 않으면 도저히 앞으로 나아가지 못할 것 같았다.

방법을 고심하던 중 차준의 팀 닥터가 의료 봉사 활동에 신청해 두었단 걸 알게 됐다. 그토록 거부해 왔던 아버지의 도움까지 받으며 그의 출국 날짜를 가장 빠른 날로 앞당겼다. 외과 전문의에다 병원장 아버지라는 배경까지 등에 업은 지환은 손쉽게 자리를 꿰찰 수 있었다.

직접 만난 차준은 예상했던 대로 감탄스러웠다. 큰 키에 다부진 체격, 남자다우면서도 서구적으로 잘생긴 외모는 어떤 여자가 반했다 한들 이상하지 않았다.

문제는 차준과 선아, 둘 사이에서 느껴진 묘한 긴장감이었다.

차준의 첫 진료 날 선아가 찾아온 건 의외였다. 지환은 기회를 놓치지 않고 날카롭게 두 사람을 관찰했다. 병실에서의 모습 역시 주의 깊게 보았지만 둘 사이엔 신혼부부의 것이라곤 볼 수 없는 어색함이 흘렀다.

어쩌면……. 그의 머릿속에 의구심이 계속해서 맴돌았다.

❖　　❖　　❖

"회사 생활은 할 만해?"

"아직 인턴이라 그런지 제가 하는 일은 심부름뿐인걸요."

지환은 미소 띤 얼굴로 마주 앉은 선아를 바라보았다. 둘이 별거를 시작한 뒤로 어떻게든 그녀와 가까워져 보려 노력한 보람이 있었다. 차준을 핑계로 선아에게 연락해서 가끔씩 이렇게 만나 대화하는 사이가 된 건 큰 발전이었다.

선아는 그가 자신에 대한 마음이 아직 남았다는 걸 조금은 짐작하고 있었다. 지환에게 줄 마음은 없고 결혼한 상태로 전 남자 친구와 만나선 안 된다는 것 또한 알고 있었다. 하지만 종종 그를 통해 전해 듣게 되는 차준의 이야기가 자꾸만 그녀의 발길을 잡았다.

"이렇게 정장 차림이 잘 어울리는 줄 몰랐어."

지환의 칭찬에 머쓱해진 선아는 고개를 돌렸다.

번화가에서 멀리 떨어져 있는 작은 카페. 남의 눈에 띄지 않을 장소를 고르다 보니 오게 된 이곳은 다방이라고 불리는 편이 더 나을 법한 곳이었다. 혹시나 지난번 마주친 파파라치라도 있지 않을까 작은 창문으로 계속해서 밖을 살피고 있자니, 불륜이라도 저지르는 듯한 찜찜한 기분이 들었다.

"저기…… 차준이는 잘 지내죠?"

"너희 아직 연락 안 해?"

"네."

"곧 있을 방어전 때문에 훈련하느라 정신없을 거야. 나도 강 선수 진료 본 지 꽤 돼서 잘은 모르겠어."

"방송도 잘 안 하는 거 보니 바쁘긴 한가 봐요."

선아는 이미 식어 버린 커피가 담겨 있는 잔을 꼭 쥐었다.

딱히 할 말이 떠오르지 않아 하염없이 커피만 내려다보고 있는데, 지환의 손이 다가와 커피 잔을 쥔 그녀의 손등을 감쌌다.

"선아야, 이렇게 가끔 날 만나 주는 거…… 강 선수 때문이지?"

다정한 말투로 묻는 그에게 선아는 아무런 대답도 하지 않았다. 할 수 없었다.

"잠깐만 나 좀 봐 줄래?"

줄곧 지환의 눈을 의식적으로 피해 왔다. 그를 보면 자꾸만 죄책감이 솟아올라 괴로웠다. 선아는 끝내 고개를 들지 못했다.

"그래. 그냥 듣기만이라도 해 줘. 내가 아직 널 좋아하고 있는 건 눈치챘을 거야. 지금 당장 나에게 와 달라는 것도, 부담 주려는 것도 아니야. 강 선수 소식이 궁금해서 날 만나는 거라도 좋아. 하지만 적어도 내 마음은 알아줬으면 해. 아주 작은 공간이라도 네 안에 내가 있어 준다면 그걸로 됐어."

지환의 말을 듣고 있자니 견딜 수 없어진 선아는 잡힌 손을 빼내고 자리에서 일어났다.

"죄송해요."

"선아야."

지환은 그녀의 손목을 잡으려 했지만 선아는 뿌리쳤다. 그대로 도망치듯 카페를 빠져나와 골목길을 달렸다.

이대로 휩쓸리다간 정말로 감당하기 힘든 상황이 생겨 버릴 것만 같아서 두려웠다.

✤　　✤　　✤

오전 수업을 마치고 도착한 에디터 실은 평소보다 어수선하고 정신이 없었다. 직원들이 하나같이 분주한 탓에 물어볼 엄두도 나지 않았다.

귀를 쫑긋 세우고 돌아가는 상황을 곁눈질해 보니 대충 상황 파악이 되었다. 이번 호에 특집으로 실릴 요즘 가장 핫한 남자 배우 홍준기와의 인터뷰 스케줄이 펑크가 난 듯했다.

"당장 일주일 뒤가 발행일인데 이제야 파리에 가서 인터뷰를 따오겠단 말이야? 두 달 전부터 잡혀 있던 인터뷰인데 홍준기 스케줄 하나 제대로 파악 못 했니?"

얼굴이 벌겋게 달아오른 박 팀장이 고래고래 소리치자 담당 에디터가 고개를 푹 숙이고 입을 우물거렸다.

"그게 홍준기 쪽에서도 갑자기 잡힌 스케줄이었다고 매니저한테 연락이……."

"시끄러워! 홍준기 쪽은 재끼고 새로운 사람으로 대체해! 국내에 있는 스타로 알아봐서 촬영장이든 집 앞에서 밤을 새우든, 무조건 한 페이지 이상 인터뷰 따와."

"당장 누구를 섭외해야 할지……."

눈물을 꾹 참는 에디터의 모습이 애처롭기까지 했다. 박 팀장은 허리춤에 손을 얹고 책상 앞을 왔다 갔다 하길 반복하

187

며 생각에 잠긴 듯 두 눈을 질끈 감았다.

쥐 죽은 듯이 고요해진 사무실 안은 또각거리는 팀장의 구두 소리만이 채우고 있었다. 모두가 박 팀장의 심기를 거스르지 않기 위해 구두 소리가 멎을 때까지 숨을 죽였다.

이윽고 탁, 소리와 함께 구두가 멈췄다.

"작년에 조사했던 안기고 싶은 싱글남 1위가 누구였지?"

"강차준 선수요."

꿀꺽. 선아는 깜짝 놀라 딸꾹질이 날 뻔했다. 다행히 딸꾹질을 하진 않았지만 놀란 마음에 목이 아플 정도로 마른침을 깊게 삼켰다. 설마 옆 사람이 들은 건 아니겠지. 눈치를 살폈지만 모두의 관심은 팀장과 불쌍한 에디터에게 쏠려 있었다.

"걔 올해 결혼했지?"

"네."

꿀꺽꿀꺽. 제 발 저린 선아는 또다시 애먼 침만 삼켜 댔다. 토끼 귀라도 단 것처럼 온 신경을 대화에 집중했다.

잠시 대화가 끊기고 팀장이 노트북을 두드리는 키보드 소리가 들려왔다.

"곧 세계 선수권 대회네. 잘됐다. 강차준 인터뷰 따와."

"네? 하지만 강차준은 이제 싱글이 아닌데요."

"우리 잡지 평균 구독 연령이 어떻게 되지?"

"35세요."

"지난번 섹시한 품절남 특집 했을 때 잊었어?"

"아……."

"강차준 비주얼 좋으니까 아줌마들이 좋아할 만한 상의 탈의 사진 몇 장 찍고…… 아니다. 콘셉트는 내가 협찬사들이랑 알아서 정할 테니까 수진 씬 인터뷰할 내용이나 정리해서 와. 경기랑 아내 얘기는 최소화! 결혼 후에도 싱글과 다름없는 부분이 뭔지, 혹은 가장 로맨틱했던 경험이라든지. 싱글남이랑 품절남 버전을 적절히 섞어. 실패하면 알지?"

말을 마친 팀장은 들고 있던 볼펜으로 자신의 목을 긋는 시늉을 해 보였다. 흰자위를 치켜뜨며 이를 반쯤 드러낸 저 여인의 위협적인 자태를 보고 떨지 않을 인간은 세상에 몇 안 될 게 분명했다.

"참, 그리고 인터뷰 갈 때 인턴도 데리고 가."

"네?"

에디터 대신 선아가 대답을 해 버렸다. 거기다가 딸꾹질까지 덤으로 얹어서.

직원들의 시선이 그녀에게 쏠렸다.

"죄송합니다."

팀장은 잠시 황당하다는 표정으로 그녀를 쳐다보았지만 곧 시선을 거두고 지시를 내렸다.

"선아 씨도 백날 심부름만 할 거 아니잖아. 수진 씨 따라다니면서 일 배우도록 해. 옆에서 지켜보는 후배가 있으면 일도 더 잘하겠지."

비단 선아에게만 향한 말이 아니었다. 팀장의 뼈 있는 말에 수진은 선아를 보며 민망한 듯 어색하게 웃었다.

"선아 씨 맞지? 이수진이라고 해."

"네. 안녕하세요."

"점심에 약속 따로 없으면 같이 먹을래? 일 얘기도 할 겸."

외근도 많고 비교적 자유로운 분위기라 직원들은 점심도 각자 해결하는 경우가 많았다. 입사한 지 얼마 되지도 않은 데다 하나뿐인 인턴인 선아에겐 딱히 함께 식사를 할 사람이 없었다. 그래서 오전 근무가 있는 날이면 회사 앞 편의점에서 미리 사 온 샌드위치나 빵으로 끼니를 대충 때워 왔다.

드디어 기대했던 직장 선배와의 점심을 같이 먹게 되다니! 선아는 조금 벅차올랐다.

두 사람은 사무실에서 가까운 초밥집으로 들어가 자리를 잡았다. 30분 정도 늦게 출발해서인지 한차례 회사원 무리들은 빠져나간 뒤였다.

"늦게 나오길 잘했다. 여기 가격도 싸고 맛도 좋아서 점심 시간에는 줄을 길게 서야 하거든."

주문과 동시에 1인용 초밥 세트 두 개가 놓였다. 왜 바쁜 직장인들이 줄까지 서는지 이해가 가는 서빙 속도였다.

선아가 초밥을 보며 눈을 반짝이자 수진은 어서 먹어 보라며 재촉했다. 눈앞의 초밥들을 하나하나 입에 넣을 때마다 사르르 녹는 맛에 선아는 어쩔 줄 몰라 했다. 항상 빵이나 간단한 도시락으로 때우던 점심과는 차원이 달랐다. 그녀의 모습을 이해한다는 듯 수진은 살포시 웃어 보였다.

어느덧 식사가 끝나고 두 사람은 자리에서 일어났다.

"우와, 여기 되게 맛있어요."

"먹을 만하지? 오늘 점심은 내가 살게."

"아니에요. 저 현금도 있고……."

"거절하지 마. 어차피 한 번뿐이니까. 어린 친구랑 친해져 보려는 노력 정도로 받아 줘."

수진은 윙크하며 코끝을 함께 찡긋거렸다. 활기 넘치는 사람. 선아에게 수진의 첫인상은 그랬다.

"선아 씨는 어디 살아? 난 집이 지방이라 회사 근처에서 자취해."

수진의 질문에 선아는 멈칫했다. 차준의 집에서 지내고 있어 선뜻 말이 나오지 않았다. 우물쭈물하자 수진이 왜 그러냐는 듯 눈썹을 슬쩍 추켜올렸다. 계속 망설이다간 수상한 사람으로 몰릴 것 같았다.

"청담동이에요."

"오, 거기 무지 비싼 동네 아니니? 선아 씨 부자구나?"

"절대 아니에요."

"흐음…… 뭐, 좋아. 개인적인 얘기는 그 정도로 하고. 취재는 한 번도 나가 본 적 없지?"

"네."

"아까 봤다시피 지금 완전히 비상사태라, 강차준 스케줄 비는 시간이라면 언제라도 우리가 맞춰야 할 지경이야. 아직 매니저 하고 얘기가 안 됐어. 오늘내일 중에 연락되면 밤이든 새벽이든, 뭣하면 집이라도 찾아가서 인터뷰 따와야 해. 그

191

점 미리 이해 부탁해."

"알겠습니다."

수진의 얘기를 듣는 내내 가슴이 콩닥콩닥 뛰었다. 강차준의 아내란 사실을 말해야 할지, 아니면 끝까지 숨겨야 할지 고민이 됐다. 만에 하나 먼저 그 사실을 얘기한다면, 남들처럼 회사 생활을 하기 힘들 건 불 보듯 뻔했다. 수진 선배도 다른 팀원들도 틀림없이 편하게 대하기 어려울 테지.

게다가 재미로 일을 하는 거냐고 오해를 살 수도 있는 사안이었다. 남들 눈에는 부자 남편 만나 편하게 놀고 즐기는 여자로 보인다는 걸 잘 알고 있다.

하지만 이미 끝이 정해진 결혼이었다. 이혼 이후에 돌아갈 삶을 대비해야 했다. 적어도 직접 나서서 판도라의 상자를 열고 싶지는 않았다.

✤　　✤　　✤

이틀 뒤 차준과의 인터뷰가 잡혔다. 퇴근 시간에 맞춰 인터뷰하게 되어서 수진은 신이 나 있었다.

"생각보다 일찍 잡혀서 다행이야. 요즘 훈련 기간이라 다른 스케줄은 없대. 오래 안 걸릴 테니까 긴장하지 말고."

"네."

인터뷰를 할 장소는 매니저의 집이라고 했다. 막상 주소에 적힌 동네에 도착해 보니 차준의 체육관에서 10분 거리가량 떨어진 장소였다.

그가 체육관 근처에 오피스텔을 얻었다는 사실이 떠올랐다. 아무래도 지금 가는 곳은 매니저가 아닌 차준의 오피스텔인 듯했다.

딩동. 수진이 현관 벨을 누르자 잠시 뒤 인터폰에서 차준의 목소리가 흘러나왔다.

—누구세요.

"W.M지 에디터 이수진입니다. 취재차 방문 드렸어요."

수진의 뒤에 있던 선아의 모습은 아마 인터폰에선 보이지 않았을 거다. 현관 잠금장치가 열리는 소리가 나고 곧이어 문틈 사이로 차준의 팔과 어깨가 드러났다.

선아는 떨리는 손으로 취재 파일을 꼭 붙잡고 머리를 숙였다. 그리고 묵묵히 수진의 뒤를 따라 집 안으로 들어갔다.

"안녕하세요. 우와, 역시 실물이 훨씬 멋있으시네요."

차준은 수진의 칭찬에 아무런 답이 없었다. 그저 그녀의 뒤에 서 있는 선아에게 타는 듯 뜨거운 시선을 보낼 뿐이었다.

선아는 고개를 푹 숙이고 끝내 시선을 마주하지 않았지만 그가 자신을 쳐다보고 있다는 확신이 들었다. 그가 말없이 서 있자 당황한 수진은 차준의 눈치를 보다가 말을 돌렸다.

"인터뷰는 어디서 진행하면 좋을까요?"

"……소파에서 해도 되는데, 두 분이시니까 불편하실 수도 있으니 식탁에서 하는 건 어떠세요?"

"네, 좋습니다."

인터뷰는 사전에 정리한 내용대로 잘 진행됐다. 선아는 둘의 이야기를 빠짐없이 받아 적는 것 외에는 딱히 할 일이 없었다. 수진은 베테랑답게 차분하고 조리 있게 질문을 이어 나갔고, 간간히 준비된 대본이 아닌 세세한 질문을 통해 차준의 생각을 끌어내려 애썼다.

그도 인터뷰에 침착히 응하는 듯했다. 선아의 등장에 잠시 당황했지만 인터뷰가 시작된 후에는 전혀 내색하지 않았다.

선아는 죄지은 사람처럼 고개를 푹 떨구고 필기에 집중했다. 사실은 당장이라도 얼굴을 들어 차준을 보고 말을 걸고 싶었다. 잘 지내고 있는지, 몸 상태는 어떤지, 왜 연락은 없었는지 화라도 내고 싶었다.

하지만 마음을 다잡고 필사적으로 참았다. 만약 지금 여기서 그를 마주 본다면 절대 태연하게 일을 끝마치지 못할 게 분명했다. 감정이 어떤 식으로든 폭발할지도 모른다. 만일 수진이 보는 앞에서 눈물이라도 터져 버린다면……. 그 후의 일은 상상하고 싶지도 않았다.

인터뷰는 한 시간이 채 되지 않고 끝났다. 선아에게는 하루처럼 길고 긴 한 시간이었다.

"선아 씨, 오늘 너무 긴장한 거 아니야?"

"조금 그랬던 것 같아요."

"처음엔 그럴 수 있어. 유명인도 한두 번이나 조금 달라 보이고 어렵지, 계속 보다 보면 괜찮아. 우리랑 같은 사람인걸. 잠깐 옆길로 샜던 말들까지 세세하게 다 적어 줘서 고마워. 수고 많았어."

"에디터님이 고생 많으셨죠."

"이제 집에 가서 편집할 일만 남았네. 내일 주말인데 선아 씨는 오늘 뭐 해? 약속 있어?"

"아니요. 저도 집에 들어가 보려고요."

"그럼 간단하게 편의점 앞에서 맥주라도 한 캔 어때?"

사실 몹시 피곤했지만 상사의 제안에 아니라는 대답을 할 수 없었다.

두 사람은 버스 정류장 근처에 있는 편의점에서 맥주와 안 줏거리를 샀다. 편의점 앞 테이블에 안주로 산 버터구이 오징어를 놓고 각자 맥주 한 캔씩 들고 앉았다.

"가끔 여기서 한잔하는 것도 좋더라고."

수진은 오늘 차준과의 인터뷰가 잘 끝나서인지 기분이 무척 좋아 보였다. 선아는 이야기를 듣는 입장이었지만 이런저런 대화를 나누다 보니 어느새 맥주 한 캔을 다 비웠다. 휴대폰을 들어 시간을 확인하니 버스가 끊길 시간이 다 되었다.

지하철로 향하는 수진과 작별 인사를 나누고 선아는 버스 막차에 올라탔다. 긴장이 풀린 탓인지 뒤늦게 알딸딸함이 몰려와 졸다 보니 어느덧 집에 도착해 있었다.

습관처럼 아파트 단지 안을 살폈다. 파파라치가 숨어 있을까 싶어 발걸음을 재촉해 아파트 안으로 들어가 엘리베이터에 올라타자 그제야 긴장이 풀렸다.

선아가 거주하고 있는 차준의 펜트하우스는 층 전체가 한 세대였기 때문에 들고 나갈 때 이웃의 눈치를 볼 필요가 없었다. 그 점은 참 좋았다.

엘리베이터 문이 열리고 복도를 지나 현관 앞으로 걸어가는데, 옥상으로 올라가는 계단 옆에서 인기척이 느껴졌다. 옥상은 펜트하우스에 속해 있었기에 주인이 아니면 접근할 수 없도록 잠겨 있는 상태였다.

커다란 그림자가 보이자 무서워진 선아가 서둘러 비밀번호를 누르는데 계단 쪽에서 남자의 낮은 목소리가 들려왔다.

"너 지금 장난하냐?"

목소리의 주인공이 계단 위에서 일어나 다가오는 것이 느껴졌다. 하지만 돌아보지 않아도 선아는 알 수 있었다. 그가 누군지.

"류선아. 고개 돌려."

그는 그녀의 바로 뒤까지 다가와 있었다. 차준이란 걸 안 순간 비밀번호를 누르려던 손에 힘이 풀렸다.

"오늘 일은 정말 미안했어. 연락도 없이 찾아가서 많이 놀랐지……."

"미안하다면 다야? 내가 어떤 심정이었는지 알기나 해? 그동안 어떻게 지냈는지 미칠 정도로 궁금했어. 이젠 적어도 네가 무슨 일을 하고 있는진 알게 됐네."

현관문 위로 선아의 키를 훨씬 웃도는 차준의 그림자가 미동 없이 서 있었다.

"그 일 이후 너한테 아무렇지 않게 연락하는 게 힘들었어. 나도 네가 어떻게 지내는지 궁금했고, 다시 예전처럼 좋은 사이로 돌아갔으면 해서."

"너 아까부터 날 안 쳐다보는 건 알아? 눈조차 안 마주치려고 하더라. 그런데 뭐, 좋은 사이?"

"미안해. 네가 그러니까 더 어떻게 해야 할지……. 나는 다시 친구로 잘 지내고 싶어."

선아는 현관문을 짚고 힘겹게 말을 이어 갔다. 바보처럼 등을 돌리지 못하는 자신이 한심스러웠다. 한 걸음만, 한 번만 몸을 돌리면 되는 거였다.

더 이상 이러고 있을 수만 없다는 생각에 선아는 용기 내서 몸을 돌려 그를 마주 보려 했다. 반쯤 몸을 돌리던 찰나, 무거운 것이 그녀의 어깨 위를 쓰러지듯 짓눌렀다.

"그러기 싫다면. 더는 친구로 지내기 싫어."

차준은 살며시 그녀의 허리를 감싸 안았다. 따뜻하지만 다소 거친 숨소리가 그녀의 귓가에 닿았다.

얼마나 그렇게 있었을까. 선아는 그에게 안긴 채 천천히 몸을 돌렸다. 몸을 돌리는 동안에도 차준은 끌어안은 팔을 풀지 않았고 그녀도 빠져나오려 하지 않았다. 수도 없이 궁금해 했던 차준의 얼굴이 바로 코앞에 있었다.

"……오랜만이네, 강차준."

"바보. 할 말이 그거뿐이냐."

"바보는 너야."

선아의 말에 차준이 힘 빠진 얼굴로 피식 웃었다. 그녀의 몸을 당겨 조금의 틈도 없이 세게 끌어안았다.

"다음 주에 시합이야. 그 전에 한 번 보고 싶었어. 아니, 널 안고 싶었어."

"차준아, 나는……."

"아무 말도 하지 마. 잠깐만 이렇게 있자."

선아는 차준의 어깨 위에 살포시 손을 올렸다. 두 사람은 시간이 멈춘 것처럼 한동안 말없이 서 있었다.

"이길게."

"분명 이길 거야. 이기고 다시 돌아와."

"그래."

마지막 말을 남긴 채, 차준은 그녀를 끌어안은 손을 놓고 복도 끝으로 사라졌다.

14. 쓰라린 처음

유럽에서 열리는 세계 선수권 대회에 선아는 관람하러 갈 수 없게 되었다. 경기는 주말이었지만 차준의 매니저로부터 돌아오는 노선 티켓은 구하지 못했다는 소식을 들었다. 당장 월요일부터 학교 수업과 오후에는 출근해야 하는 선아로선 기약 없이 타지로 나간다는 건 꿈도 못 꿀 일이었다.

"어쩌죠. 일단 기다려 보실래요? 취소된 티켓이 나올 수도 있고, 웃돈 얹어서 사는 방법도 있으니까 다시 알아볼게요."

"괜찮아요. 출근도 해야 하고, 학교 시험도 안 끝나서 할 일이 많은걸요. 여기서 응원할게요. 차준이 잘 부탁드려요."

"네. 걱정 마세요."

언론에서는 앞다투어 차준의 경기 일정과 상대 선수의 전력 등을 방송했다. 대한민국에서 최초로 세계 1위의 타이틀을 가진 선수라 국민들의 관심도 대단했다. 경기 시작 며칠을 앞두고 TV를 틀기만 하면 차준의 얘기가 빠지지 않고 언급될 정도였다.

덩달아 차준의 인터뷰와 화보가 실린 잡지도 불티나게 팔려 나갔다. 팀장의 예상이 적중한 셈이었다.

큰일을 해낸 건 아니었지만 선아도 뿌듯함을 느꼈다. 시합이 끝나고 돌아올 그에게 선물로 줄 이번 호 잡지를 챙겨 놓는 것도 잊지 않았다. 서로에게 잊지 못할 추억을 남긴 인터뷰가 실려 있으니 분명 의미 있는 선물이 될 거라 생각했다.

✦   ✦   ✦

함께 모여서 응원하자는 가족들의 성화에 선아는 가볍게 짐을 챙겨 친정으로 향했다.

도착해 보니 현관에는 신발들이 수북이 쌓여 있었고, 왁자지껄하게 떠드는 소리가 아파트 복도까지 울릴 정도로 많은 사람들이 모여 있었다. 동네에서 몇 번 마주친 적 있는 아주머니들부터 가까운 친척들, 선우의 친구들까지 작은 집에 사람들이 꽉 들어차 있었다. 놀란 선아가 황급히 부엌에 있는 엄마의 팔을 잡아끌고 방으로 들어왔다.

"엄마, 무슨 사람들을 이렇게 많이 불렀어?"

"동네 사람들이 이 집 사위 경기 나온다고 음식까지 해 들고 찾아왔는데 난들 어떡하니. 가라고 할 수도 없고."

"어휴. 못 살아, 정말."

집 안은 거의 마을 잔치라도 하는 분위기였다. 아빠를 비롯한 동네 아저씨들은 이미 맥주에 거나하게 취해 벌건 얼굴로 오프닝 경기를 시청 중이었고, 아주머니들은 싸 온 음식들을 내오느라 바빴다. 제일 신이 난 건 선우와 친구들이었다.

모인 사람들은 저마다 선아에게 한마디씩 건네며 차준이 우승할 거란 격려를 아끼지 않았다. 자신에게 쏠린 관심이 쑥스럽기도, 부담스럽기도 해서 선아는 웃음으로 대답을 대신했다.

곧이어 본 경기가 시작되고 챔피언인 차준의 이름이 호명되었다.

"오, 매형 나온다!"

선우의 호들갑을 필두로 모여 있는 사람들 사이에서 박수가 터져 나왔다. 선아는 두근대는 마음으로 조용히 화면 속 차준의 모습을 지켜보았다.

도전자인 멕시코 선수는 차준보다 나이는 많았지만 권투 선수로 활동할 당시 세계 챔피언 타이틀을 거머쥔 적이 있는 실력파였기에, 매우 노련했다.

경기가 시작되고 1라운드는 서로 탐색전을 펼치는 것으로 종료되었다. 차준의 평소 경기 스타일에 비하면 소극적인 플레이였다는 캐스터와 해설자의 평이 이어졌다. 그때까지만 해도 선아를 비롯한 모두가 그의 승리를 믿어 의심치 않았다.

하지만 2라운드가 시작되고 예상치 못한 상황이 펼쳐졌다.

유도 선수 출신인 차준은 상대를 잡아 강한 힘으로 누르거나 암바를 걸어 꼼짝하지 못하게 만드는 것이 특기였다. 일단 잡히면 끝이었기 때문에 외신에서 차준은 아나콘다라는 별명으로 불려 왔다. 하지만 권투 선수 출신의 상대 선수는 빠른 발놀림으로 차준의 기술을 피하며 요리조리 빠져나갔다.

보는 사람들은 애가 탈 지경이었다. 차준의 하반신 공격이 무력화되면서 2라운드 역시 끝이 났다.

—오늘 강차준 선수의 플레이가 좀 이상하네요.

—네. 1라운드 때부터 저도 느꼈는데요. 왼쪽 어깨가 잘 올라가질 않고 있습니다. 부상이 있었는지 힘이 들어가지 않는 것 같네요. 저렇게 되면 메치는 데 성공하더라도 굳히기 기술에서 실패할 확률이 높죠. 섣불리 초크(Choke)*나 조이기를 시도했다간 더 큰 부상의 위험도 있습니다.

해설자의 말과 고전을 면치 못하는 차준의 경기에 집 안의 분위기가 급속도로 가라앉았다. 불안해진 선아는 두 손을 꼭 쥐고 차준의 승리를 위해 염원을 담아 기도했다.

3라운드 중반. 드디어 상대 선수의 발을 잡아 넘어뜨린 차준은 허벅지와 팔로 선수의 몸을 감아 굳히는 기술에 성공했

---

*Choke:상대방이 상체를 일으키지 못하도록 겨드랑이와 목을 압박하여 움켜쥐는 기술.

다. 하지만 해설자의 말대로 팔에 힘이 잘 들어가지 않았는지 상대 선수는 간단히 자신의 목을 조인 차준의 팔을 풀어냈다.

당황한 그는 중심을 잡지 못한 채 그대로 멕시코 선수의 공격을 허용하고 말았다. 연속으로 훅을 맞고 가드를 올렸지만 차준의 왼쪽 어깨 부상을 눈치챈 상대 선수는 계속해서 그의 왼쪽 팔과 어깨를 공격했다. 결국 내려앉은 왼쪽 가드 사이로 들어온 어퍼컷에 정통으로 머리를 맞고 쓰러지고 말았다.

심판의 손짓에 경기 종료를 알리는 휘슬이 울렸다. KO패였다. 차준은 휘슬이 울린 뒤에도 쓰러진 자리에서 일어나지 못했고 결국 들것에 실려 나갔다.

새로운 챔피언의 탄생이었다.

선아는 방금 제 두 눈으로 본 장면을 도저히 믿을 수 없었다. 링 위에는 아직도 차준이 쓰러져 흘린 핏자국이 선연히 남아 있었다.

멍하니 TV 화면을 응시하던 선아가 몸을 일으켰다. 풀린 다리에 애써 힘을 주고 천천히 걸어가 현관문을 밀어젖혔다.

"너 어디 가니?"

뒤따라 나온 엄마가 선아를 잡아 세웠다.

"지금 차준이한테 가야 해서……."

"얘가 정말! 너 지금 맨발이야. 선아야, 정신 좀 차려 봐."

어깨를 잡고 흔드는 엄마의 거친 손길에 제 발밑을 보니 먼지와 흙이 잔뜩 묻은 발이 보였다. 그제야 발바닥을 타고

찬기가 느껴졌다.

가족들의 만류에도 선아는 무작정 뛰쳐나가 택시를 잡아탔다. 집으로 가는 길에 차준의 매니저에게 수십 통은 족히 넘게 전화를 걸었지만 신호음만 갈 뿐 연결되지 않았다. 깊이 생각할 틈도 없었다. 통장 잔고를 털어서라도 차준이 있는 곳으로 가야겠다는 생각뿐이었다. 당장 짐을 챙겨야 했다.

집에 들어서자마자 참았던 눈물이 하염없이 흘렀다. 자꾸만 이 집에서 차준이와 함께했던 날들이 떠올랐다. 각자 방에서 생활하며 마주친 것도 몇 번 없었는데, 집 안 어디를 보아도 그가 있었다.

처음으로 집에서 마주 앉아 밥을 먹었던 아침. 소파에 누워 TV를 보던 모습. 아프다고 간호해 달라며 징징거리던 목소리. 모든 곳에 그가 있었다.

선아는 차준의 상태를 확인하기 위해 TV를 켰다. 모든 뉴스 채널에서 그의 이야기를 떠들어 대고 있었다.

—경기 중 부상을 당한 강차준 선수의 상태가 호전되지 않고 있다고 합니다. 강 선수가 입원한 병실을 취재하고 있는 외신에 따르면 아직 의식이 돌아오지 않은 상태로…….

선아는 뉴스를 끄고 방으로 달려가 노트북을 켰다. 지체할 시간이 없었다. 항공권을 예매하기 위해 사이트에 접속하려는데 휴대폰이 울렸다. 차준의 매니저였다.

"왜 이제 전화를 주세요!"

속상한 마음에 버럭 화부터 나왔다. 수화기 너머 사람들의 시끄러운 말소리와 사이렌 소리가 엉겨 몹시 시끄러웠다.

—죄송해요. 정신이 없어서…….

"차준이는 어떻게 됐어요?"

—아직 의식이 안 돌아왔어요. 의사들도 의식 돌아오기 전엔 어떤 조치를 취할 수 없다고 하네요.

"제가 갈게요. 병원 주소 좀 보내 주세요. 지금 항공편 알아보고 있어요."

—잠시만요. 차준이 내일 새벽에 한국으로 이송될 거예요. 하루만 기다려 주세요. 어차피 지금 오셔도 면회도 안 되고, 선아 씨까지 몸 상해요. 무슨 일 있으면 바로 연락드릴 테니까 내일 한국에서 봐요.

"……알겠어요. 계속 연락 주세요."

새벽녘, 차준은 극비리에 입국해 담당의가 있는 병원으로 이송되었다. 그가 입국했다는 소식에 한달음에 달려간 선아는 중환자 대기실에서 밤새 그의 의식이 돌아오길 기다렸다.

"선아야, 이것 좀 마셔."

대기실로 찾아온 지환이 따뜻한 차를 내밀었다.

"고마워요."

"괜찮을 거야. 기운 내."

지환은 바쁜 와중에도 틈틈이 찾아와 선아를 챙기며 차준의 상태에 관해 말해 주었다.

긴 기다림의 시간이 이어졌다. 차준의 의식이 돌아온 건 오후가 한참 지나서였다. 어떻게 알았는지 병원 안팎으로 몰려든 취재진에 관계자들 모두가 곤욕을 치르고 있었다.

"차준이 깨어났어요. 면회가 가능하긴 하지만 오래 볼 순 없다니까 잠깐 얼굴만 보고 나오세요."

병실 앞은 취재진과 극성팬들의 접근을 막기 위해 경호원들이 지키고 서 있었다. 선아가 다가가자 경호원들이 그녀가 들어갈 수 있도록 비켜섰다. 떨리는 마음으로 병실 문을 열었다.

머리에 붕대를 감고 누워 있는 차준을 보자 또 울컥 감정이 복받쳤다. 멍투성이가 된 얼굴은 퉁퉁 부어올라 있었다.

눈물을 눌러 삼키며 차준에게로 다가갔다. 인기척을 느낀 그가 힘겹게 눈을 뜨고 선아를 바라보았다.

"미안해."

차준이 건넨 첫마디였다. 힘없는 그의 말에 억지로 참고 있던 선아의 눈물이 결국 터져 버렸다. 한 번 터진 눈물은 쉴 틈 없이 양 볼과 턱을 타고 계속해서 흘렀다.

"왜 울어."

"혹시라도 못 깨어나면 어쩌나 얼마나 걱정했는데."

"이리 와."

아이같이 소리 내 울고 있는 그녀에게 차준이 손을 내밀었다. 선아는 침대 곁으로 가까이 다가가 그의 손바닥 위에 손

을 올려놓았다. 평소 거칠었지만 따뜻했던 차준의 손이 오늘
은 얼음장처럼 차가웠다.

"멋있게 챔피언 자리 지키고 돌아가려고 했는데 제대로 모
양 빠졌다."

"지금 그런 말할 때야? 그딴 거 아무 상관 없어. 빨리 낫기
나 해, 바보야."

"걱정 많이 했어?"

"당연하지."

차준은 부은 얼굴로 물끄러미 그녀를 바라보았다. 표정은
알 수 없었지만 선아는 분명 그의 웃음을 본 것 같았다.

"다 나으면 한 번 더 안아 봐도 돼?"

"……응."

"다른 것도?"

"다른 거라니?"

"안는 거 말고 다른 거 해도 되냐고."

능청스런 차준의 말에 선아는 살짝 눈을 흘겼다.

"환자 주제에 엉큼하긴. 알겠으니까 다 낫기나 해."

"분명 알았다고 했다. 나 기억한다."

막상 차준과 이야기하니 선아는 속상했던 마음이 한결 편
안해져 눈물을 손등으로 닦았다. 조금 더 함께 있고 싶었지
만, 노크 소리가 짧은 면회 시간의 끝을 알렸다.

"또 올게."

선아는 차준을 안심시키기 위해 잡은 손을 놓기 전 꼭 감

싸 쥐었다. 차준도 손끝을 움직여 그녀에게 반응했다.

병실 밖을 나가는 선아의 뒷모습을 확인한 그는 긴장이 풀렸는지 스르르 잠에 빠져들었다.

✤   ✤   ✤

선아는 퇴근 후 회사 앞에서 자신을 기다리던 지환을 따라 근처 카페에 들어갔다. 갑작스런 만남이 달갑지는 않았지만 오히려 잘됐다는 생각을 했다. 그에게 제대로 전해야 할 말이 있었기 때문이다.

"선아야."

"선배, 제가 먼저 얘기하게 해 주세요."

"……그래."

지환은 그녀가 할 말을 이미 알고 있다는 듯 얼굴엔 이미 체념의 빛이 서려 있었다.

"저랑 차준이, 선배도 알고 있듯이 잠깐 틀어졌던 건 사실이에요. 솔직히 선배에 대한 마음 정리도 제대로 못 했던 것도 사실이고요. 그 점은 정말 잘못했다고 생각해요."

"아니, 오히려 내가 창피하지. 이미 남의 아내가 된 널 잊지 못하고 맴돌았으니까."

"차준이 지금 많이 힘든 상황인 것 아실 거예요. 제가 곁에서, 아내로서 힘이 돼 주고 싶어요."

"그럴 거라고 생각했어."

"차준이 곁에서 신경 써 주신 점 감사합니다. 하지만 앞으로 선배와 저는 따로 만나는 일이 없었으면 좋겠어요."

"응……."

"지환 선배는 정말 좋은 사람이에요. 꼭 좋은 여자 만나서 행복해질 거예요. 그러길 바라고요."

올바른 눈으로 진심을 전하는 선아에게 지환은 아무 말도 할 수 없었다. 행복을 빌어 주는 게 서로에 대한 예의겠지만 입이 떨어지지 않았다. 실은 줄곧 그녀가 행복하지 않길 바라 왔다. 그래서 다시 자신에게 오기를 바랐었다.

지환은 끝내 고개를 떨구었다. 떨어지지 않는 입술로 아무렇지 않은 척, 가벼운 안녕을 말했다.

"잘 지내."

이게 그가 내보일 수 있는 최선이었다.

인사를 마치고 선아는 주저 없이 자리에서 일어났다. 지환의 시선이 닿고 있는 게 느껴졌다. 그래서 더 당당한 척 등을 곧게 펴고 앞을 향해 걸었다. 조금이라도 머뭇거리는 모습을 보이고 싶지 않았다.

떠날 때는 미련 없이. 한때 사랑했던 이에게 보여 줄 수 있는 최소한의 예의였다.

15. 곁에 있을게

회식 자리를 간신히 빠져나온 선아는 서둘러 병원으로 향했다. 차준이 일반 병실로 옮긴 뒤 면회 시간은 자유로워졌지만 빨리 만나고 싶은 마음에 발걸음이 급해졌다.

병원 앞 편의점에서 음료와 먹을거리들을 사서 올라가는데 스포츠카 한 대가 선아의 옆을 지나 입구 앞 주차장에 섰다. 차준의 차 이외에는 좀처럼 보기 힘든 종류였기에 저절로 눈이 갔다.

대수롭지 않게 지나가려는데 운전석에서 내리는 여자를 본 선아의 발이 그대로 굳어졌다. 밤중임에도 선글라스에 커다란 꽃다발을 손에 들고 있는 여자는 효원이었다.

그녀를 볼 때마다 느껴지던 묘한 위화감이 전율하듯 온몸을 훑었다. 효원이 누구를 찾아 왔는지 불 보듯 뻔한 일이었다. 그녀는 특유의 자신감 넘치는 걸음걸이로 병원 안으로 들어갔다.

선아의 발은 어쩐지 움직여지지 않았다. 이대로 차준의 병실에 찾아간다 해도 어색해질 게 분명했다. 무엇보다 효원과 마주치고 싶지 않았다. 선아는 근처에 있는 벤치에 앉아 효원의 차를 주시하며 그녀가 나오기를 기다렸다.

하지만 10분이 지나고 20분, 30분이 넘도록 나오지 않았다. 병원에도 들어가지 못하고 기다리고 있는 모양새가 스스로도 우스워 화가 났다. 잘못을 저지른 것도 아닌데 눈치 볼 필요가 뭐 있냐는 생각이 들자 용기가 솟아났다. 선아는 벤치에서 일어나 곧장 병실로 올라갔다.

기다리더라도 병실 앞에서 기다리겠노라 마음을 굳히고 나니 가라앉았던 기분도 말끔히 사라졌다. 그렇게 병실 앞에서 기다리기를 잠시, 드르륵 소리를 내며 문이 열렸다. 바로 앞에 서 있는 선아를 보고 그녀도 다소 놀란 듯 정적이 흘렀다.

"안녕하세요. 또 뵙네요."

먼저 인사를 건넨 건 선아였다. 평소 같았으면 하지 못했을 대범한 행동이었지만 이상하게 오기가 났다.

"아, 네."

효원은 선아의 눈을 피해 시선을 내리깔았다. 지난번 노골적으로 노려보며 경계 태세를 보내던 그녀가 맞나 싶을 정도로 누그러져 있었다. 이해할 수 없는 행동에 자세히 들여다보니 효원의 눈가가 막 운 것처럼 붉게 물들어 있었다. 순간 당황한 선아는 무슨 말을 해야 하나 고민했지만 말도 꺼내기 전에 그녀는 그대로 지나가 버렸다.

"뭐야, 저 여자."

선아는 효원의 뒷모습을 돌아보며 중얼거렸다. 병실에서 울며 나온 것도 그렇고, 잘못이라도 한 사람마냥 서둘러 자리를 뜨는 모양새가 오해하기 딱 좋은 상황이 아닌가.

"왔어?"

선아는 침대에 누운 차준을 본체만체하고 병실을 살폈다. 사람들이 보내온 선물이며 음료와 음식들이 가득 쌓여 있었다. 그중 눈에 들어오는 건 선아가 장식한 화병 바로 아래 놓인 효원의 꽃다발이었다.

"김효원 씨 왔다 갔더라? 방금 마주쳤어."

"응."

"둘이 되게 각별한 사인가 봐."

"별로."

차준의 표정과 말투는 평소와 다름없었다. 반응이 없다 못해 심드렁해 보이기까지 했다. 선아는 침대 옆 침상에 걸터앉아 넌지시 물었다.

"나가면서 울던데?"

"김효원이 울었다고?"

"그래. 무슨 일 있었어?"

"글쎄."

"얼버무리는 거 보니 뭔 일 있었네. 네가 울린 거 맞지? 예나 지금이나 변한 게 없네."

"이제 찾아오지 말라고 한 것 때문에 그런가?"

차준은 여전히 심드렁한 표정으로 하품을 하며 말했다. 그의 말에 왜인지 아까부터 곤두서 있던 신경이 순식간에 누그러지는 기분이 들었다.

"근데 왜 히죽거리고 있냐. 서방님이 아파서 누워 있는데 웃음이 나?"

"나 안 웃었는데."

"웃었어, 방금. 꽃분이마냥."

바보같이 웃음이 새어 나온 모양이다. 선아는 애써 얼굴 근육에 힘을 주면서 말을 돌렸다.

"언제쯤 퇴원할 수 있대?"

"아직 몰라. 내일 의사 들어오면 물어보려고."

"퇴원 날짜 정해지면 꼭 문자해. 그리고 이건 선물."

선아는 가방에서 잡지 한 권을 꺼내 접어 두었던 페이지를 펼쳐 보여 주었다. 차준의 인터뷰와 화보가 실린 페이지였다.

"지난번에 찍은 그거야?"

"응, 반응 완전 좋았어. 내 첫 직장에서 나온 결실이니까 별 감흥 없더라도 버리지는 마."

"책꽂이에 고이 모셔 놓겠습니다. 그나저나 미안해서 어쩌냐."

"뭐가?"

"내가 경기에서 지는 바람에 너희 회사 이번 호 매출 떨어지는 거 아냐?"

"왜 그런 소릴 해."

차준은 농담처럼 웃음을 머금고 말했지만, 선아는 도무지 가볍게 받아들일 수 없었다. 그녀의 냉담한 반응에 공기가 급속도로 무거워졌다.

"아냐. 내가 졸려서 그러나 보다."

"어서 자. 난 이만 가 볼게."

선아는 마음이 무거웠지만 내색하지 않기로 했다. 지금 가장 힘들고 괴로운 건 차준일 테니까. 그저 아무렇지 않은 척 곁에 있어 주는 게 최선일 거라 생각했다.

"들어갈 때 택시 타. 어두워서 위험해."

조명을 줄여 주고 조용히 병실을 나가려는데 그가 나지막하게 말했다.

"알겠어. 잘 자."

❖   ❖   ❖

언론에서는 매일같이 차준에 관해 자극적인 기사들을 쏟아 냈다. 스타들의 가십이나 근황을 소개하는 토크쇼선 강 선수의 복귀가 불가능할 거란 의견을 내놓기도 했다. 눈살 찌푸려지는 수위 높은 비난과 조롱도 오갔다.

"거지 같은 새끼들."

자신을 잘 안다는 듯이 떠들어 대는 언론의 행태에 신물이 올라왔다. 마침 회진 중인 의사가 레지던트들과 병실로 들어오자 차준은 보고 있던 TV를 껐다.

"어디 불편하신 곳은 없으시죠? 시야가 뿌옇게 보이는 현상은 좀 어떠신가요."

"어제보단 뚜렷이 보여요."

"다행히 의식이 돌아온 뒤, 머리와 몸의 외상은 회복이 아주 빠릅니다. 이대로라면 다음 주에는 퇴원하실 수 있겠어요."

"선수 생활을 계속하는 데는 무리가 없겠죠?"

차준의 관심사는 딱 하나였다. 하지만 차트를 살피던 주치의의 표정이 급속도로 어두워졌다.

"그건 확답하기 어렵습니다. 왼쪽 팔의 부상은 정도가 심각해서 퇴원 후에도 추후 경과를 봐야 합니다. 이런 말씀 드리기 조심스럽지만, 경우에 따라선 운동을 포기하셔야 하는 상황이 올 수도 있습니다."

욕지거리가 튀어나올 뻔했다. 차준은 이를 악물고 주치의와 간호사가 나갈 때까지 밀려오는 감정의 소용돌이를 참아냈다.

절망적인 소식에, 가장 먼저 떠오른 건 선아의 얼굴이었다.

그는 창가에 놓인 화병에 담긴 꽃다발에 시선을 고정시켰다. 환자의 회복에 꽃이 도움 된다는 얘길 듣고 선아가 사 온 꽃다발. 여자한테 꽃다발을 받아 보긴 난생처음이었다.

선아를 떠올리니 자꾸만 한숨이 나왔다. 한때는 미래를 꿈꾸기도 했고, 위장이긴 하지만 결혼하게 됐을 땐 열 번 찍어 안 넘어가는 나무 없다는 속담에 힘입어 무작정 들이대기도 했다.

하지만 그건 언제까지나 선아를 행복하게 해 줄 수 있다는 믿음에서 나온 자만이었다. 이렇게 무기력한 모습을 보이게 될 줄 알았으면 그런 짓 따위 하지 않았을 것이다.

선수 인생마저 마감하게 된다면……. 과연 그녀의 얼굴을 똑바로 볼 수 있을까.

차준의 퇴원이 결정되자 병원과 그의 아파트 단지 안에 취재진들이 몰려들었다. 선아는 그의 회사로부터 상황 정리가 필요하니 당분간 병원으로 찾아오지 말라는 통보를 받았다.

알고는 있었지만 자신의 위치를 확인받는 것 같아 씁쓸했다. 계약 결혼이란 걸 알고 있는 회사 식구들은 차준의 일에 있어 그녀를 별로 염두에 두지 않았다. 꼭 필요한 일이 아니고는 그의 스케줄도 어느 이상 오픈하지 않았다.

당연하다곤 생각하고 있다. 허울뿐인 아내. 그들에게도 선아는 그랬다.

병원에 가지 않는 대신 선아는 차준을 기다리며 집 안을 청소하고 서툰 요리 솜씨로 음식도 준비했다. 이윽고 도어록이 열리는 소리에 그녀는 쏜살같이 현관으로 뛰어나갔다.

미소를 머금었던 선아의 얼굴이 순식간에 굳어졌다. 현관 앞에 서 있는 건 차준이 아닌 그의 매니저였다.

"차준이는요? 혹시 또 무슨 일 생긴 건 아니죠?"

"무슨 일 생긴 건 아니고요. 차준이 옷 좀 챙기러 왔습니다."

"그게 무슨 소리예요?"

"차준이가 선아 씨 부담 주기 싫다고 치료 끝날 때까지 오피스텔에서 생활하겠대요. 병원이랑 더 가깝기도 하고……."

매니저는 멋쩍은지 뒷머리를 쓱쓱 긁으며 집 안으로 들어와 차준의 방에서 옷가지를 챙겼다. 선아는 그가 옷을 챙겨 나올 때까지 현관문 앞에 그대로 서 있었다.

"그럼 가 보겠습니다."

매니저는 물건을 챙긴 박스를 든 채 선아의 대답도 기다리지 않고 떠났다.

선아는 그를 위해 차려 둔 식은 저녁밥을 혼자 먹었다. 잘 준비를 마치고 침대에 누웠지만 도저히 잠이 오지 않았다.

한참을 엎치락뒤치락 이불과 씨름하던 그녀는 벌떡 일어나 불을 켜고 외출복으로 갈아입었다.

아파트 안까지 들어오지 못한 취재진들은 아직까지 주변에 진을 치고 있었다. 선아가 공동 현관문을 열고 나가자 일순 시선이 쏠렸다. 평소 그렇게 신경 쓰이던 카메라를 든 사람들이 지금은 전혀 무섭지 않았다. 아니, 눈에 들어오지도 않았다.

주민의 인터뷰라도 담아 가려는 몇몇 기자들이 그녀에게

다가왔지만, 선아는 고개를 숙인 채 빠른 걸음으로 지나쳐 택시를 잡아탔다.

"리버스 오피스텔로 가 주세요."

머리보다 발이 먼저 움직였다. 무조건 차준을 만나야 한다는 생각 외에 중요한 건 아무것도 없었다.

오피스텔에 도착한 선아는 빠르게 계단을 뛰어 올라갔다. 초인종을 눌렀지만 대답이 없었다. 선아는 쾅쾅 주먹으로 현관문을 두드렸다. 오기로라도 나올 때까지 버틸 생각이었다.

그렇게 한참 문을 두드리자 부스스한 얼굴의 차준이 드디어 모습을 드러냈다. 선아는 열린 문 틈새로 손을 넣어 세게 젖히고 몸을 비집어 넣었다.

"왜 이러는데."

"뭐?"

잔뜩 화가 난 그녀를 보며 차준은 영문을 모르겠다는 듯한 표정이었다. 평소답지 않게 부은 얼굴엔 피곤이 가득 묻어 있었다.

"밤늦었어. 그만 돌아가. 나중에 다시 얘기해."

선아는 방으로 들어가려는 그의 앞을 막아섰다.

"선아야, 나 피곤해."

"그럼 집에 가서 자. 원래 돌아오기로 했었잖아. 매니저 보내서 통보하고 여기로 와 있는 게 어딨어?"

"못 가."

"왜?"

차준은 애써 선아의 눈을 피했다.

"꼭 이기고 돌아가겠다고 약속했었는데 보기 좋게 KO패를 당했어. 거기다 언제 나을지도 모르는 부상까지 당한 한심한 상태라고. 너한테 민폐 끼치고 싶지 않아."

"그게 왜 민폐라고 생각해? 이기든 지든, 부상을 당했든 괜찮아. 내가 괜찮다고. 그럼 된 거잖아. 왜 혼자서 생각하고 멋대로 결정 내리는 거야? 나 좋아한다며."

"넌 아니잖아."

차준의 한마디에 선아의 말문이 막혀 버리고 말았다. 갑자기 오만가지 생각들이 머리 위에 둥둥 떠올랐다.

영화관에서 잡았던 손. 처음 들었던 이상한 고백. 경기 전등 뒤로 속삭였던 말들.

그런데 난?

차준의 말이 옳았다. 한 번도 그의 마음에 제대로 대답한 적 없었다. 거절을 한 것도 아니었다.

"지금은 내 인생 최대 침체기야. 솔직히 더 이상 미래가 없는 것처럼 막막하기까지 하다. 내가 좋다는 이유로, 특히나 이런 시기에 곁에 있어 달라는 자체가 이기적인 거지. 더 이상은 괴롭히지 않을게. 네 인생만 생각하면서 살아. 계약 기간만 채워 주면 금액은 차질 없이 지급될 거야. 부탁해. 혼자 있고 싶으니까 돌아가."

차준은 힘없이 몸을 돌려 방으로 돌아갔지만 선아는 도저히 이대로 돌아갈 수 없었다. 하지만 다음 행동을 어떻게 해야 할지 감도 잡히지 않았다.

그가 들어간 방을 바라보며 선아는 거실 소파에 앉아 생각에 잠겼다. 아파하는 차준을 보며 슬펐고, 덩달아 마음이 아팠다. 지금도 그랬다. 그에게 느껴지는 감정이 뭔지 그동안 진지하게 생각해 본 적 없었다. 아니, 너무 복잡해서 콕 집어 하나의 말로는 설명할 수 없다고 하는 편이 맞았다.

하지만 지금 이 순간, 차준을 잃고 싶지 않다는 마음만큼은 확실했다. 그를 혼자 두고 싶지 않았다.

선아는 마음을 다잡고 차준이 들어간 방문 앞에 서서 귀를 기울였다. 아무런 소리도 들리지 않았다. 문고리를 살살 돌리자 끼익 소리와 함께 문이 열렸다. 휑한 방 안에 가구라고는 구석에 놓인 매트리스가 다였다.

열린 문 틈새로 어두운 방 안에 빛이 들자 매트리스 위에 누워 있는 차준의 모습이 어렴풋이 눈에 들어왔다. 천천히 다가갔지만 그새 잠들었는지 인기척에도 미동이 없었다.

그가 덮고 있는 얇은 이불을 사이로 살그머니 몸을 밀어넣자 그제야 차준이 움찔했다.

"……어?"

반쯤 눈을 뜬 차준은 눈앞에 있는 선아를 보고 믿을 수 없다는 듯, 눈을 질끈 감았다 뚫어지게 쳐다보기를 반복했다.

"아무 말도 하지 마. 쫓아내지도 말고. 나 안 갈 거야."

선아는 그의 품으로 더 깊숙이 파고들었다. 몸이 밀착되자 쿵쿵거리는 차준의 심박 수가 그대로 전해져 왔다. 더 가까이 듣고 싶어 차준의 가슴팍에 귀를 갖다 대자 아까보다 더 큰 소리로 심장 박동이 울려 퍼졌다.

"자장가 소리 같아."

선아가 작은 목소리로 속삭였다. 차준이 그 소리를 들었는지는 알지 못했다. 다만 그는 조용히 그녀를 품속으로 끌어안았다.

✤   ✦   ✤

커튼이 없는 창문을 통해 아침 햇살이 적나라하게 방 안으로 들어왔다. 눈을 비비며 일어난 선아가 옆자리를 더듬거렸지만 차준은 없었다.

몸을 일으켜 주변을 확인하고 제 모습을 보니 외출복을 입은 채로 잠이 든 바람에 아끼던 셔츠가 엉망진창으로 구겨져 있었다.

선아는 구겨진 옷깃을 손으로 몇 번 털어 내고 시야가 뿌옇게 보일 정도로 잔뜩 낀 눈곱을 떼어 냈다. 이 모습을 차준이 보지 않은 게 다행이라고 생각하던 찰나 벌컥 방문이 열렸다.

"이제 일어났어? 나와. 아침 먹어."

웃는 얼굴로 건네는 인사에서 행복이 넘쳐흘렀다. 고개를 들어 보니 그는 언제 잠을 잤냐는 듯 샤워를 마치고 말끔해진 상태였다.

"어우, 깜짝이야."

놀란 선아는 부스스한 머리카락을 움켜쥐었다. 너저분한 몰골을 보이고 싶지 않은 본능적인 움직임이었다.

"샤워할래?"

"샤, 샤워?"

어색해하는 선아의 반응을 눈치챘는지 차준은 짓궂게 덧붙였다.

"난 한 번 더 해도 상관없는데. 같이할래?"

"됐거든!"

선아는 도망치듯 욕실로 들어가 문을 잠갔다. 대충 욕실 안을 둘러보니 한숨만 나왔다. 예상했던 대로 거울 속 수납장은 텅 비어 있었다. 수건과 비누, 여행용 세면도구가 전부였다. 하는 수 없이 세면대 위에 놓인 비누로 세수를 하고 부스스한 머리에 물을 묻혔다.

대충 정돈을 끝내고 가만히 거울을 들여다보니 어제의 일들이 하나둘 떠올랐다. 술을 마신 것도 아닌데 어쩜 그런 당돌한 짓을 했는지. 새삼 떠올릴수록 창피해 소리라도 지르고 싶었다.

겨우 마음을 가다듬고 주방에 나가 보니 차준은 이미 테이블 위에 아침 메뉴를 세팅해 놓고 그녀를 기다리고 있었다.

"딱히 집에 요리할 것도 없고 해서 앞에 패스트푸드점에서 모닝 세트로 사 왔어."

"나 패스트푸드 좋아해."

"뭐 한다고?"

"패스트푸드 좋아한다고."

"패스트푸드를 뭐?"

눈살을 찌푸리며 계속 물어오는 차준을 보며 선아는 답답한 마음에 한 글자씩 또박또박 크게 강조해 말했다.

"좋아한다고!"

"역시 그럴 줄 알았어."

"아까부터 뭐야. 혹시 머리 맞은 거 때문에 잘 안 들리는 거야?"

설마하니 그런가 싶어 선아의 동공이 확장되자 차준이 키득거렸다. 예의 능글맞은 표정을 지은 채였다.

"고백 잘 받을게."

"아 씨."

그제야 선아는 또 놀림 받았다는 사실을 깨달았다.

"은근히 화끈한 구석이 있어. 겁도 없이 이불 속으로 들어오고."

"어젠 나도 내가 왜 그랬는지 모르겠어. 취한 것도 아닌데 반쯤 정신이 나갔었나 봐. 너를 혼자 두고 싶지 않았어."

"동정인가."

"동정인지, 사랑인지, 우정인진 확실치 않아. 하지만 힘들어하는 널 두고 떠나라는 말은 하지 마. 혼자 두고 싶지 않다는 것만은 확실하니까."

담담하지만 솔직하게. 선아는 자신이 느끼고 있는 마음을 전했다.

"넌 의리 있는 여자야."

"으흠. 웬만하면 좋은 여자라고 해 줄래?"

"네가 내 옆에 있겠다고 선택한 거다."

"응."

"좋아. 그럼 나도 더는 놓아줄 생각 없어. 후회하지 마."

차준의 눈동자가 먹이를 목전에 둔 맹수처럼 번뜩였다.

후회라니? 뼈가 있는 말인가 싶어 선아는 갸웃했지만 환자에게 공연히 트집을 잡고 싶지 않아 되묻지 않았다.

아침 식사를 마치고 짐을 챙기는 차준을 돕기로 했다. 그는 아직 왼팔을 잘 쓰지 못했다.

선아는 차준의 만류에도 불편한 그를 대신해 짐을 챙겼다. 개인 용품들만 정리해 차에 싣고 나머지는 이사 업체에 맡기기로 결정했다.

늘 혼자 드나들던 이 집에 몇 달 만에 차준과 함께 현관문으로 들어서니 기분이 이상했다.

"집에 오니까 어때?"

선아의 질문에 차준은 대답 대신 물었다.

"혼자 무섭진 않았어?"

"어린애도 아니고 무섭긴. 큰 집에서 혼자 살아 본 적이 없어서 적응 안 되긴 했지. 그래도 부자 기분 만끽하면서 나름 잘 지냈어."

"착하네."

차준은 피식 웃으며 선아의 머리를 한 번 쓰다듬었다.

선아의 잘 지냈다는 말은 사실 거짓말이었다. 방 안에 있어도 저녁이면 200평이 넘는 실내의 어둠과 적막이 무서워 거실과 주방의 불을 켜 놓고 생활하기 일쑤였으니까.

하지만 사실대로 말한다면 차준은 죄책감을 느낄 게 뻔했다. 이미 힘든 그를 더 힘들게 하고 싶지 않았다.

✛   ✛   ✛

운동을 시작한 이래 처음으로 차준은 한가한 생활을 즐기고 있었다.

다치고 난 뒤 좋은 점은 선아가 마치 진짜 아내처럼 아침 식사를 챙겨 주기 시작했다는 것이다. 차준이 일어날 때면 그녀는 이미 학교에 가고 없었지만, 주방으로 내려가 보면 식탁 위에는 선아가 차려 놓은 밥상이 있었다.

식사를 마치고 옥상에 올라가 스트레칭 겸 가벼운 홈 트레이닝을 하거나, TV나 영화를 보내는 게 요즘 일과의 전부였다.

〈오늘 몇 시에 들어와?〉

선아는 차준에게 온 문자를 보자마자 입 밖으로 웃음이 터져 나올 뻔한 걸 간신히 참아 냈다. 집에 돌아온 후 그는 부

225

쩍 달라졌다.

"좋을 때다, 좋을 때야. 아주 수업 중에도 깨가 흘러요."

옆자리에 앉은 경혜가 몰래 문자를 훔쳐보고는 선아에게만 겨우 들릴 정도로 중얼거렸다. 머쓱해진 그녀는 답장 없이 휴대폰을 가방 안으로 밀어 넣었다.

사실 어색한 게 당연했다. 친구로 지냈을 때도 연락을 자주 하는 사이는 아니었고, 결혼하고 나서도 마찬가지였다. 꼭 해야 할 말이나 스케줄에 관한 이야기가 아니면 이런 식의 연락은 서로 주고받아 본 적 없었다.

요즘 집에만 있더니 많이 심심한가 보네. 가볍게 생각한 선아는 곧 이어지는 수업과 업무 때문에 차준의 메시지를 까맣게 잊어버리고 말았다.

야근까지 마치고 나니 밤 9시를 훌쩍 넘긴 시간이었다. 목욕 후 잠자리에 눕기 전 마실 생맥주 두 캔을 사 들고 집으로 들어가는데, 계단 입구에 모자를 눌러 쓴 덩치 큰 남자가 쪼그려 앉아 있었다.

뭐야, 무섭게. 담배라도 피우러 나왔나? 그냥 지나치려는데 뒤에서 '야' 하고 낮은 목소리로 누군가 그녀를 불렀다. 주변을 둘러봤지만 계단 입구에는 자신과 남자뿐이었다. 고개를 들어 자세히 보니 차준이었다.

"어? 너 여기 나와서 뭐 해?"

"폰은 장식으로 들고 다니냐?"

차준이 버럭 소리쳤다.

"아니, 제대로 쓰고 있는데."

"근데 왜 답장은커녕 전화도 한 통 없어."

그제야 선아는 아까의 문자를 떠올리곤 얼버무렸다.

"아, 수업 중이라서……."

"언제 올지 연락은 줘야 할 거 아냐."

"설마 밖에서 나 올 때까지 기다린 거야? 파파라치 어슬렁 거리는 거 알잖아."

"몰라, 그딴 거."

"집에 있기 심심했구나. 안 하던 짓을 다 하고."

선아가 차준의 곁에 앉아 살짝 볼을 꼬집자 그는 선아의 손을 튕겨 냈다.

"하지 마라. 나 네 동생 아니다."

"답장 없으면 전화라도 하지 그랬어."

"그건 자존심 상해."

"하여간 쓸데없이 자존심은 세 가지고."

"어째 너무 당당하다?"

"미안. 다음부턴 답장 제대로 할게. 밥은 먹었어?"

"아니. 배고파."

마침 차준의 배에서 희미하게 꼬르륵하는 소리가 들려왔다.

"집에 벌써 먹을 게 다 떨어졌어? 오면서 사 온 맥주 있는 데, 우선 이거라도 마실까?"

"맥주는 나중에. 넌 밥은 제대로 먹고 다니냐."

"대충 샌드위치로 때웠어. 사실 나도 배고파."

"잘됐네. 여기서 기다려."

"어디가?"

"금방 올게."

곧 주차장에서 차준의 차가 나와 선아의 앞에 섰다.

"타."

"어디 가려고, 이 시간에?"

"타 보면 알아."

차준의 차가 멈춘 곳은 대로변에서 조금 떨어져 있는 포장마차였다. 꽤 규모도 크고 분위기가 좋아서 지나가다 한두 번씩 멈춰서 보곤 했던 곳이었다.

"혹시 저기 포장마차가 목적지야?"

"응."

근처 주차장에 주차를 하고 두 사람은 차에서 내려 걸었다.

"의외네. 이런 곳을 좋아할 줄이야."

"딱히 좋아하는 건 아니야. 너랑 한번 와 보고 싶었어."

"나도 여기 지나다니면서 볼 때마다 와 보고 싶었는데, 왠지 신난다."

주말을 앞두고 있어서인지 포장마차 안은 붐볐다. 다들 함께 온 이들과 도란도란 이야기 중인 분위기라 차준을 신경 쓰지 않아 더 마음이 놓였다. 둘은 짠 듯이 제일 구석에 있는 자리로 향했다.

"이모, 여기 오돌뼈 하나랑 소주 한 병 주세요."

"계란말이도요."

차준의 주문에 선아가 재빨리 계란말이를 추가시켰다.

"역시 포장마차에선 계란말이를 먹어 줘야 해."

"어째 많이 와 본 말투네?"

"나도 대학 새내기 땐 술 좀 마셔 본 여자라고."

"남 힘들게 운동할 때 놀러 다닌 걸 자랑이라고."

주문한 지 10분이 채 되지 않아 안주가 한 상 가득 차려졌다. 맛있는 냄새에 군침을 삼킨 선아가 재빨리 커다란 계란말이 한 조각을 입속에 집어넣었다.

"맛있다. 너도 빨리 먹어. 참, 근데 너 술 마셔도 돼?"

"그 정도로 환자는 아니다."

사람들의 왁자지껄한 소리며 포장마차 특유의 분위기가 좋았다. 무엇보다 늘 바빴던 차준과 시간 걱정 없이 함께한 게 언제인지 기억조차 나지 않았으니. 처음으로 남편과 함께하는 밤 나들이에 신이 난 선아가 술잔을 들어 건배를 청했다.

"한 잔 쭈욱 마셔 봅시다."

원샷을 하고 탁자에 소주잔을 탁 소리 나게 내려놓는데 차준이 그녀를 보곤 피식 웃음 지었다.

"오늘 귀엽다, 류선아."

"뭐, 뭐야. 갑자기."

"진작에 데려올걸."

순간 화끈 선아의 얼굴이 달아올랐다.

"아, 이상하다. 한 잔밖에 안 마셨는데 갑자기 확 더워지네."

선아는 몇 번 손부채질을 하고는 두 손으로 볼을 마구 비볐다.

"자. 마셔."

그런 모습을 바라보던 차준이 살짝 미소를 지으며 선아의 잔에 소주를 가득 채웠다.

"야, 이렇게 많이 따르면 어떡해. 나 취하라고?"

"응."

"응?"

"너 취하게 해서 잡아먹으려고."

차준의 눈빛은 과하게 진지했다. 농담인지 아닌지 모를 그의 말과 흔들림 없는 눈빛에 선아는 또 어찌할 바 모르게 되어 버렸다.

차라리 무시하는 게 상책이라 생각했다. 어쭙잖게 대응했다간 분위기가 어색해질 게 뻔했다.

그녀는 차준이 가득 따라 준 소주를 원샷하고 안주를 뒤적이며 어떻게 말을 돌릴지 고민했다.

"그, 그래서 오늘은 집에서 뭐 했어?"

"늦게 일어나서 네가 차려 준 밥 먹고, 옥상에서 운동하고, TV 보면서 빈둥거렸어."

TV에서 차준에 대해 떠들어 대는 걸 그도 알고 있겠지. 선아는 조금 걱정스러웠다.

"저기…… 차준아. 사람들이 너에 대해 하는 얘기들 심각하게 받아들이지 마. 사람들 원래 잘 알지도 못하면서 떠들어 대는 거 좋아하잖아."

"전부 틀린 말은 아니야. 다시 링 위에 서지 못할 수도 있어."

"그건 모르는 거야. 치료 잘 받고 쉬면 금방 나을 거라고. 너만큼 체력 좋은 사람도 없잖아."

"이 일을 겪고 느꼈어. 그동안 바쁘다는 핑계로 내 주변을 돌볼 시간이 너무 없었단 걸. 나 자신에게도 마찬가지였어. 막상 시간을 때우려 해도 그동안 흔한 취미조차 없이 살아왔더라. 꿈을 이루는 것에만 집중했지, 그 외에 것들은 아무것도 신경 쓰지 않았어. 정상에 오르고 난 뒤엔 그걸 지키기 위해 안간힘 쓰며 버텼고. 이젠 내려오는 법을 배워야 할 때가 아닌가 싶어."

차준은 힘없이 웃어 보이곤 단숨에 소주잔을 비웠다.

어쩐지 자신이 알던 차준이 아닌 것 같았다. 어른스러운 말을 담담하게 이어 가는 그가 동갑내기 친구가 아닌 오빠처럼 느껴졌다. 어느새 그는 성숙한 남자가 되어 있었다.

돌이켜 보면 차준과 이렇게 마주 앉아 진지한 이야기를 나눈 적이 있었던가.

"운동선수가 아닌 강차준을 생각해 본 적은 없지만, 다른

231

미래에 관해 생각해 보는 자체는 나쁘지 않다고 생각해."

"그 미래에 너도 있을까?"

"뭐라고?"

순간 주변이 시끄러워 그의 말을 제대로 듣지 못한 선아가 되물었다.

"아니다. 술이나 마시자."

이런저런 이야기를 하며 소주 한 병과 안주들을 다 비우고 난 뒤 대리 기사를 불러 집으로 돌아갔다.

선아가 샤워를 마치고 나오자 차준은 소파에 앉아 있었다.

"안 자고 있었어?"

"너 나올 때까지 기다렸어. 할 말이 있어서."

할 말이 있다는 그의 말에 선아는 젖은 머리카락을 수건으로 감싼 채 차준의 곁에 앉았다. 뜨거운 물로 샤워를 마친 터라 몸의 온기가 아직 가라앉지 않은 상태였다. 이대로 그와 가까이 있자니 아까 잡아먹겠다던 차준의 말이 떠올라 얼굴이 달아올랐다.

"할 말이 뭔데?"

젖은 머리를 타월로 꾹꾹 누르며 선아가 아무렇지 않은 척 밝게 물었다.

"너한테 무리한 요구는 하지 않을 거야. 솔직히 지난번에 네가 이불 속으로 들어왔을 때 참느라 정말 힘들었어. 앞으로도 언제까지 난 참을 수 있어. 겨우 다가온 널 다시 도망가게 하고 싶지 않으니까. 네가 준비될 때까지 기다릴 거야. 나라는 사람에 대해 정말 확신이 서면 그땐 나한테 안겨. 대신 또 말없이 이불 속에 들어오면 이젠 안 참는다."

차준은 이렇게 말하고 일어나 거실을 가로질렀다. 선아는 2층 계단을 오르는 그의 뒷모습을 향해 크게 소리쳤다.

"잘 자. 차준아."

그렇게 말해 줘서, 상냥하게 대해 줘서 고맙다고 덧붙여 말하고 싶었지만 입술이 떨어지지 않았다.

16. 엄마가 둘?

예기치 못한 일은 갑자기 찾아왔다.

토요일 오전, 차준과 아침을 먹고 방에 들어와 영상 편집 작업에 한창 몰두해 있을 때였다. 선아의 휴대폰으로 모르는 번호로 전화가 걸려 왔다. 평소 모르는 번호를 잘 받지 않지만 잡지사 인턴을 시작한 뒤로 무조건 받고 보는 습관이 생겼다.

"네. 여보세요."

—어, 선아니? 엄마야.

"엄마?"

수화기 너머 자신을 엄마라 말하는 여자는 선아의 엄마와 전혀 다른 목소리였다. 분명 누군가의 장난일 거란 생각이 들어 그녀의 기분이 나빠졌다.

"장난치지 마세요. 끊습니다."

—잠깐만, 나 차준이 엄마야.

"어머님이세요? 저는 누가 장난치는 줄 알고…… 죄송합니다."

—사과하지 않아도 돼. 이제부터 내 목소리 제대로 기억해 두면 되지. 지금 집이니?

"네. 집에 있어요."

—엄마 지금 한국이야.

차준의 부모님은 5년 전 LA에 이민을 가신 걸로 알고 있다. 상견례와 결혼식 당일에 잠시 뵌 부모님, 특히 어머님은 선아에게 무척 어려운 존재였다.

"차준이도 지금 집에 있는데 바꿔 드릴까요?"

—아니. 아들보다 며느리 먼저 보고 싶어서 전화했어. 부담스러운 건 아니지?

"네. 그럼요."

—지금 시간 괜찮지? 차준이한테 말하지 말고 잠깐 나와. 같이 점심 먹자.

느닷없는 어머님의 부름에 선아는 외출 준비를 서둘렀다.

차준에게는 잠시 친구를 만나고 오겠다며 둘러대고 나오자 입구 옆 갓길에 세워진 흰색 차가 클랙슨을 울렸다. 다가가 보니 어머님이 창문을 열고 선아에게 타라는 손짓을 보내고 있었다.

"어머님, 안녕하세요."

"우리 며느리 오랜만이다. 결혼식 하고 나서 이렇게 보는 건 처음이네. 요즘 애들이 자주 가는 곳이 가로수길이라던데 선아도 자주 가니?"

"자주는 아니고 한두 번 정도 가 본 적은 있어요."

"그럼 잘됐다. 신사동이면 여기서 멀지 않으니까, 거기 가서 밥 먹고 데이트할까?"

데이트. 선아는 쭈뼛거리며 고개를 끄덕였다. 아까부터 통 무슨 상황인지 적응이 안 돼 멍한 상태였다. 차준의 엄마는 일반적인 시어머니들과는 달라도 아주 다른 사람임이 틀림없었다.

선아를 태운 차는 시내를 달려 가로수길의 작은 이탈리안 레스토랑 앞에 멈춰 섰다. 어머님이 한국에 오면 함께 가려고 인터넷 검색을 통해 골라 둔 식당이라고 하셨다.

가정집처럼 포근한 분위기를 풍기는 레스토랑은 이탈리아의 가정식을 전문으로 하는 곳이었다.

평소 레스토랑은커녕 외식이라곤 분식집에서 간단하게 때우는 게 고작이었던 선아는 어떻게 주문을 해야 할지 난감했다. 그녀의 마음을 알아차리기라도 한 듯 어머님은 선뜻 선아에게 메뉴를 추천해 주었다.

최종적으로 주문한 음식은 새우가 들어간 로제 파스타와 이탈리아의 해물탕 격인 치오피노, 그리고 고르곤졸라 피자였다.

"잘 먹겠습니다."

"그래, 많이 먹어. 찾아보니까 아가씨들이 파스타나 피자 같은 이탈리아 음식들을 좋아한다고 하더라고. 차준이랑도 가끔 이런 데 오고 그러니?"

"네? 아, 그게…… 차준이가 많이 바쁘고 저도 요즘 학교 랑 일을 병행하느라 서로 시간이 많이 없어서요."

"걔가 원래 무심한 구석이 좀 많아. 아무리 결혼을 했어도 가끔씩 데이트 신청도 하고 해야지. 그치만 선아도 바쁘다니까 엄마가 그걸로 잔소리할 순 없겠어. 우리 아들이 고생시키는 건 아니지?"

쉴 틈 없이 다다다 이야기하는 어머님의 질문에 선아는 먹던 피자가 얹힐 뻔했다. 차준에 관한 이야기가 주가 될 줄은 알았지만, 막상 시작되니 음식이 어디로 들어가는지도 모를 만큼 머릿속이 복잡했다.

"고생은요. 그런 거 없어요. 잘 대해 줘요, 상냥하게."

"사실 지난 경기 때문에 애가 맘에 큰 상처를 입지나 않았을까 걱정이야. 애 아빠랑 차준이 입원해 있을 때 한국에 잠깐 병문안 다녀갔었거든. 내가 너무 걱정이 돼서 차라리 미국에 가게를 정리하고 한국에 들어오는 게 어떻겠냐고 했더니, 애 아빠가 결혼까지 한 아들을 너무 싸고도는 거 아니라더라. 와이프가 어련히 곁에서 잘 보살펴 주지 않겠냐고 하는데 갑자기 울컥하더라고. 새삼 일찍 며느리가 생긴 게 얼마나 다행이던지."

촉촉하게 젖은 어머님의 눈동자를 보니 죄책감이 밀려왔

237

다. 어머님을 속였다는 사실에 죄인이라도 된 것처럼 고개가 숙여졌다. 만일 이 결혼의 시작이 하나의 쇼에 불과했다는 사실을 알면 얼마나 실망을 하실지 눈에 선했다.

"오면서 보니까 예쁜 액세서리 가게며 옷가게들도 많던데 엄마랑 구경하고 갈래?"

"어머님 뭐 사고 싶은 거 있으세요?"

"어머님은 무슨, 편하게 엄마라고 불러. 아직 그러기엔 어색한가?"

어색하기도 했고 염치가 없기도 했다. 선아가 대답을 잇지 못하자 어머님은 인자한 얼굴로 편할 대로 불러 달라며 다독여 주었다.

식사를 마치고 식당과 가까운 곳에 위치한 액세서리 겸 잡화를 파는 가게에 들어갔다. 평소 선아는 아기자기한 액세서리를 하지 않지만 어머님은 귀여운 물건들을 좋아하시는 듯했다.

"어머, 이 악어 모양 스탠드 너무 귀엽다!"

"아…… 그런 것 같아요."

"이 리본 핀은 선아가 하면 잘 어울릴 거 같아."

눈을 반짝이며 가게를 휩쓸고 다니다 보니 어느새 어머님의 장바구니엔 물건들이 가득 쌓였다. 선아의 머리에 대 보며 어울릴 것 같다고 했던 액세서리들도 함께였다.

"너무 나만 고른 거 아니니? 선아도 사고 싶은 거 있으면 골라. 사 줄게."

"전 괜찮아요. 어머님이랑 구경하는 것만으로도 재밌어요."

잡화점을 나와서 옷가게 몇 곳을 더 구경하고 아까의 식당으로 돌아와 발레파킹을 시켰던 차를 찾았다. 갑작스레 전화를 받고 나와서 식사를 할 땐 어쩔 줄 모르게 어색하고 어려웠던 어머님이 조금은 편해진 기분이었다.

차준의 집 앞에 도착하자, 어머님은 아까 잡화점에서 산 물건들이 담긴 봉지를 선아의 무릎에 올려놓았다.

"자. 이건 선물."

"예? 이렇게 안 주셔도 되는데. 아니, 이럴 줄 알았으면 제가 사 드렸어야 하는데……."

"난 자식이라곤 아들 하나뿐이라 친구들이 딸이랑 쇼핑도 하고 밥도 먹고 친구처럼 지내는 걸 보면 늘 부러웠어. 오늘 소원 풀게 돼서 너무 좋은걸. 고마운 건 엄마 쪽이야."

예상했던 것보다 너무 좋으신 어머님 덕분에 선아는 가슴이 먹먹해졌다.

"너무 감사합니다. 오늘 저도 즐거웠어요. 아 참, 차준이는 오신 걸 아직 모른다고 하셨죠. 여기 있지 마시고 지하 주차장에 차 세우고 잠깐이라도 올라가세요."

"오늘은 너랑 데이트하러 들른 거야. 너희들 집은 내일 애 아빠랑 같이 다시 오려고. 월요일 오전 비행기라 그 전에 아들 내외 집에 하룻밤 묵고 싶어서. 우리 재워 줄 수 있지?"

"네, 그럼요. 제가 차준이한테도 말해 놓을게요."

"그래. 그럼 내일 다시 보자, 아가."

"조심히 들어가세요."

선물 받은 커다란 봉지를 들고 어머님의 차가 사라질 때까지 손을 흔들었다. 집에 올라가서 차준에게도 이야기해 주고 함께 물건들을 꺼내 볼 생각에 콧노래가 나왔다.

아파트 안으로 들어와 엘리베이터를 기다리던 중 12층에 멈춰 있던 숫자가 내려오는 걸 멍하니 바라보다던 선아가 갑자기 퍼뜩 정신이 들었다.

어머님, 아버님이 내일 집에 오신다. 그것도 하룻밤 주무시러 오신다. 우리는 지금 각방을 쓰고 있다. 집은 차준이 혼자 쓰던 때와 그대로였으며 당연히 신방이랄 것도 없는 상태였다.

식은땀이 날 지경이었다. 선아는 황급히 엘리베이터에 올라 층을 누르고 연속해서 닫힘 버튼을 눌렀다.

"강차준! 집에 있지? 어떡해, 큰일 났어!"

현관에서부터 시작된 선아의 호들갑에도 차준은 평화롭게 창밖을 바라보았다. 그는 평소 별것 아닌 걸로 오버를 잘하는 그녀의 성미를 잘 알고 있었다.

차준은 서울 시내가 훤히 내려다보이는 창 앞에 놓인 1인용 소파에 앉아 여유로운 오후의 커피 타임을 즐기고 있던 참이었다.

"방해해서 미안한데 진짜 일 났어."

"무슨 일인데 그래."

"나 방금 너희 어머님 만나고 왔어."

"우리 엄마를? 왜 나한테 말도 없이."

"어머님이 나랑 둘이 시간 보내고 싶다 하셔서. 문제는 그게 아니야. 내일 너희 부모님 여기서 하루 묵고 가신대."

"그래?"

"그래? 가 아니라고. 우리 각방 쓰고 있는 데다 집에 웨딩 사진 하나 안 걸려 있잖아. 너 살던 그대로 내가 몸만 들어와서 얹혀사는데 부모님이 와서 보면 이상하단 생각 안 하시겠어?"

그제야 차준의 표정이 심각하게 변했다.

"어떡하지?"

"뭐라도 해야지. 우선 웨딩 사진부터 걸자."

막 찍긴 했지만 걸어 놓고 생활하기엔 어색해서 창고에 넣어 두었던 웨딩 사진을 꺼내 원래 그림이 걸려 있던 거실 가운데에 걸어 놓았다. 웨딩 사진 하나에 집 안 분위기가 정말 신혼집처럼 바뀐 느낌이 들었다.

"이제 신방. 어떤 식으로 꾸미지."

"네 방은 너무 작으니까 내 방으로 해. 침대도 킹사이즈고, 대충 시트 정도만 바꿔도 되지 않을까."

"당장 살 만한 곳이 어디에 있지? 마트에 가 봐야 하나."

"너 장 보러 가야 한다고 하지 않았냐."

"응. 마침 잘됐다. 이제 저녁 시간이라 사람 많아질 거야. 빨리 가 보자."

차준의 방을 신방으로 꾸밀 계획을 세우고 둘은 근처 대형 마트로 갔다. 화사한 분위기 연출을 위해 칙칙한 회색인 그의 침대 시트를 교체하고, 벽에 귀여운 스티커나 시트지를 붙여 꾸미기로 했다.

2층의 이불 코너에 들어서니 각양각색의 시트와 침대가 줄 지어 놓여 있었다.

"아무래도 핑크가 좋겠지?"

"핑크는 좀……."

"신방이면 시트가 화사하고 여성스러워야 하지 않을까? 핑 크가 딱이잖아."

"흰색은 어때?"

"안 돼. 호텔 방도 아니고. 이 노란색 꽃무늬 시트도 괜찮 을 것 같다."

"너 좋을 대로 해."

선아의 눈이 이글거리며 타오르는 걸 보니 얘기가 들리지 않는 상태가 되었구나 싶어 차준은 빠르게 체념했다.

선아가 침대 시트 이것저것을 만져 보며 재잘거릴 때마다 그는 뭐라 대꾸할지도 고민이었다. 그도 그럴 것이 차준의 눈 에는 하나같이 별다를 게 없이 비슷해 보였기 때문이다.

"손님. 신혼이신가 봐요?"

구원자가 나타났다. 멀리서 둘을 지켜보던 점원이 만면에 미소를 띤 채 다가와 말을 걸었다. 차준은 마스크를 좀 더 올

려 쓰고 선아의 옆에 점원이 가까이 갈 수 있도록 한 발 뒤로
물러났다.

"네. 어떤 시트를 써야 좀 더 화사한 느낌이 들지 고르는
중이에요."

선아가 옆에 선 점원에게 말했다.

"방금 보셨던 꽃무늬도 신혼부부들께 인기가 많아요. 아니
면 이건 어떠세요?"

점원이 보여 준 건 스트라이프 패턴이 있는 시트였다. 선
아는 유심히 보더니 고개를 저었다.

"색깔이 좀 우중충해요."

부모님 눈을 속이기 위해 고르는 것치고 너무 열중하는 게
아닌가 싶었다. 대충 고르자고 싶은 마음이 굴뚝같았지만, 차
준은 그녀의 심기를 거스를까 그림자처럼 우두커니 점원과
선아의 뒤를 따랐다. 점원은 어차피 묵살될 거란 걸 알고 있
기라도 한 건지 차준의 의견 따위는 애초에 묻지도 않았다.

이불 코너 전체를 샅샅이 돌고 나서야 선아는 만족스러운
표정으로 고른 시트를 집어 들었다.

"이거면 될 거 같아."

결국 선아가 선택한 건 도착한 지 얼마 안 돼서 집어 들었
던 노란 바탕에 꽃이 수놓아진 시트였다.

"여자랑 쇼핑하는 걸 싫어하는 남자들의 심정을 알 거 같
아."

"뭐?"

"아, 아니야. 잘 골랐다고."

소심한 웅얼거림은 그렇게 제대로 묻혀 버렸다.

벽을 꾸밀 시트지를 고를 때에도 마찬가지였다. 다행히 홈 데코가 있는 코너에는 바로 옆에 전자기기 코너가 있었다. 차준은 선아의 허락을 받고 그곳에 따로 가서 게임기와 새로 나온 TV 등을 구경했다. 이불을 고를 때와 달리 시간이 쏜살같이 지났다.

문득 현실의 신혼부부가 된 착각마저 들었다. 여자랑 이렇게 쇼핑을 오는 것도 처음이었고 눈치를 본 것도 처음이었다. 힘들긴 해도 나쁘지 않은 기분이었다.

"이제 지하로 가서 식료품만 사면 끝이야."

"뭐 살지 적어 왔어?"

"대충 머릿속에 들어 있어. 내일 어머님 아버님께 대접할 거랑 이따가 우리 저녁 먹을 거."

"부모님 음식까지 만들 필요 없어. 외식시켜 드리면 돼."

"하루 동안 계실 건데 계속 밖에서만 때울 순 없잖아."

"괜히 미안한데."

"그런 말 하지 마. 요즘 요리 실력도 꽤 늘었고, 나도 며느리로서 할 건 해야지."

그렇게 말하며 카트를 끌고 앞장서 나가는 선아의 뒷모습은 든든하다 못해 꽉 끌어안아 주고 싶을 정도였다. 귀여운 건지 멋진 건지 헷갈리게 하는 여자다.

"사진이 너무 예쁘게 잘 나왔구나."

어머님은 집에 들어오자마자 거실 벽에 걸린 웨딩 사진을 보고 감탄하셨다. 차준의 아버님은 그를 꼭 닮은 얼굴에 키도 훤칠한 미중년이셨다. 무뚝뚝해 보이던 첫인상과 마찬가지로 말수가 적은 분이라 주로 어머님께서 말씀하시면 가만히 고개를 끄덕이는 걸로 의사 표현을 대신했다.

일요일 오전에 도착한 부모님께 선아는 손수 만든 식사를 대접했다. 우려했던 대로 어머님은 식사 후 집과 신방을 구경하자고 말하셨다.

자세히 살펴보지 않고 한 바퀴 둘러보시고는 흡족한 미소를 지으셨다. 어젯밤 차준과 급히 꾸민 신방은 완벽하진 않았지만 어머님께선 의심 없이 받아들이신 것 같았다.

"그런데 집은 전체적으로 차준이 혼자 살 때랑 크게 변한 건 없구나. 선아가 배려했니?"

뜨끔했다. 어떻게 답해야 할지 고민하던 찰나 차준이 끼어들었다.

"네. 선아가 워낙 제 생각을 많이 해 줘서요."

양심에 찔리긴 했지만 적절히 끼어들어 준 차준 덕에 선아는 상당히 안심했다.

"그래. 이 큰 집에 둘만 살긴 적적하지 않아? 아이들이 있으면 딱인데."

"엄마, 그 문제는 저희가 상의할게요."

"오호호, 내가 주책을 떨었구나. 너희들이 어련히 알아서 하겠어."

차준이가 우리 엄마를 상대할 때 이런 기분이었을까. 좋은 분들인 건 확실했지만 역시 어려웠다.

저녁은 차준의 의견에 따라 근처 유명한 한식집에서 외식하기로 했다. 차준의 부모님과 선아는 둘의 어린 시절 이야기로 꽃을 피우며 코스 요리를 배불리 먹었다.

식사를 마친 뒤 부모님을 모시고 집으로 돌아오자마자 완전히 녹초가 된 선아는 침대에 몸을 던지고 싶은 마음이 굴뚝같았다.

시간은 언제 이리 쏜살같이 지났는지 밝은 별 한 점 없는 깜깜한 밤이 되어 있었다. 드디어 제일 큰 문제에 직면할 시간이 다가왔다. 피곤하시다며 일찍 잠자리에 들겠다던 부모님이 너희들도 어서 들어가 자라며 부추기기 시작한 것이다.

"네, 저희도 들어가 볼게요. 안녕히 주무세요."

인사를 마치고 방에 들어오긴 했으나 몹시 뻘쭘한 분위기가 감돌았다.

"어, 어떡하지."

"어떡하긴 뭘 어떡해. 넌 침대에서 자. 내가 바닥에서 잘게."

"그렇지만……."

"싫어?"

"내가 바닥에서 잘까."

집주인을 바닥에 재우는 게 미안한 선아는 선뜻 그의 제안에 동의할 수가 없었다.

"장난하냐."

차준은 어이없다는 듯 말하고 이불을 꺼내 바닥에 깔았다. 또다시 한방에서 자게 될 줄이야. 이러다 없던 병도 생기지 싶었다.

"불 끌게."

차준이 눕는 걸 확인한 선아가 불을 껐다. 몸은 고단했지만 쉽사리 잠이 오지 않았다. 눈을 감고 양을 세 보기도 하고 더 편한 자세를 찾기 위해 뒤척여 보기도 했다.

하지만 갈수록 정신이 맑아졌다. 덩달아 정적 속에서 차준의 숨소리가 규칙적으로 들려왔다. 잠들었다고 생각했는데 그가 깊은숨을 몰아쉬며 몸을 몇 번이고 뒤척였다.

"안 자?"

선아는 조심스레 차준에게 말을 걸었다.

"아직."

"무슨 생각해?"

"비밀이야."

"오히려 너무 피곤한 날은 잠이 안 오는 것 같아."

"그러게."

"너희 부모님 좋은 분들 같아. 오늘 걱정했는데 문제없이 잘 지나가서 다행이야."

"네 덕분이지 뭐."

차준은 베개에 팔을 넣어 머리를 받치고 천장을 올려다보았다. 방 천장이 이렇게 높았었나. 선아 녀석, 아무 생각 없이 바로 곯아떨어질 줄 알았는데 잠 못 드는 걸 보니 신경이 쓰이긴 하나 보다.

"차준아."

"응."

"지난번에 기다려 주겠다고 한 말 고마워."

"진심이니까. 고맙다는 말 같은 거 하지 마."

"내가 너무 느려서 미안."

"자꾸 이상한 소리 하면 침대로 올라간다."

그의 협박에 선아는 살며시 웃어 보이고는 이불 속에 얼굴을 파묻었다. 아까까지만 해도 뭘 해도 오지 않을 것 같던 잠이 찾아와 스르르 선아의 두 눈을 감겼다. 새로 산 시트의 향기가 좋았다.

17. 걱정 좀 시키지 마

"나 이번 주말에 워크숍 가."

"어디로 가는데?"

"속초."

"강원도? 뭘 그리 멀리 가?"

"등산도 하고, 회도 먹고, 단합도 할 겸."

"회사에 남잔 없어?"

"있지. 에디터 실에 계신 두 분은 유부남이고, 나머지는 타 부서 사람들이라 잘 모르겠네."

"흐음. 그거 줘 봐."

차준은 선아가 들고 있던 워크숍 계획표를 뺏어 들고 유심 히 살핀 뒤 돌려주었다.

"넌 주말에 뭐 할 거야?"

"집에만 있기도 심심하고, 나도 오랜만에 친구들 좀 만나러 나가려고."

"술은 많이 마시지 마."

"아내로서 하는 말이야?"

"공식 와이프 겸 친구로서의 충고!"

"수식이 너무 많다."

"너나 가서 바람피우지 마."

"네. 염려 놓으세요."

선아는 그의 농담에 적당히 장단을 맞춰 주고 방으로 들어와 필요한 짐들을 챙겼다. 혼자 남을 차준이 걱정되긴 했지만 빠질 수 있는 처지가 아니었다.

무엇보다 요즘 들어 답답한 마음에 여행이라도 가고 싶다고 생각한 적도 많았다. 가서 바람 좀 쐬고 사람들과도 어울리면 분명 기분 전환이 될 거라고 생각하니 마음이 조금은 가뿐해진 것 같았다.

✦　　✦　　✦

터미널에 도착하니 단체 버스 안에 먼저 도착한 사람들이 앉아 있었다. 선아도 짐칸에 짐을 싣고 버스에 올라탔다. 멀리 여행을 가는 건 수학여행 이후로 처음이었기에 기대감으로 마음이 부풀었다.

선아를 위해 자리를 비워 두었던 수진의 옆에 앉아 과자도

까먹고 이런저런 이야기도 하다 보니 잠이 들었다. 오랜 시간을 달려 차는 점심시간을 훌쩍 넘기고 나서야 리조트에 도착했다.

네 명씩 짝지어 방을 배정받고 모두 함께 근처 식당으로 가서 밥을 먹었다. 이후의 스케줄은 설악산 등반과 바비큐 파티, 그리고 담력 시험이었다. 등반은 장비를 챙겨 온 사람들만 하고 다른 사람들은 케이블카에 탑승해서 경관을 구경하기로 했다.

평소에도 등산을 즐겨하신다는 사장님과 부장님, 그리고 팀장을 포함한 윗선들과 직원 서너 명을 제외한 나머지 직원들은 모두 케이블카에 탑승하기로 했다.

높이 솟은 바위틈 사이로 아직 녹지 않은 눈들이 자리한 설악산의 풍경은 웅장하고도 멋졌다. 꼭대기에 올라서는 안개가 많이 껴서 카메라에 경관을 모두 담을 수 없었던 점이 아쉬웠다.

수진은 케이블카에서 내려다보이는 전경을 배경으로 남자친구에게 보내 줄 사진을 찍어 달라며 선아에게 부탁했다. 사진을 찍어 준 뒤 그녀도 자신의 휴대폰을 건넸다. 차준에게 사진을 찍어 보여 주고 싶었다.

나름 즐거웠던 케이블카 등반을 마치고 일찍 리조트에 돌아온 젊은 직원들은 등산을 갔던 상사들이 내려오기 전에 식사 준비를 하기로 했다.

"찌개는 제가 끓일게요. 재료 이리 주세요."

선아는 팔을 걷어붙이고 수진의 손에 있던 냄비를 넘겨받았다.

"오, 선아 씨 요리에 꽤 자신이 있나 봐?"

"요즘 들어 하기 시작했어요."

결혼 후에, 라는 말은 빼먹었지만.

"도와주면 나야 고맙지. 두 개 해야 되는데, 하나는 김치찌개로 하고…… 다른 하나는 선아 씨가 자신 있는 걸로 해."

"양파랑 호박, 돼지고기, 감자면 고추장찌개가 딱 아닌가요?"

"완전 좋지. 두 개 다 부탁해도 될까?"

"네."

수진에게 재료를 받아 든 선아는 자신만만하게 양파를 썰었다. 부족한 칼 솜씨였지만 최근 그녀의 음식을 잘 먹어 주는 차준 덕에 선아는 부쩍 자신감이 붙은 상태였다.

"제법 맛있는데?"

완성된 찌개를 맛본 수진이 엄지손가락을 치켜들었다. 이제껏 차준 이외의 사람에게 요리 칭찬을 들어본 적 없는 선아였기에 신이 났다. 결혼을 하면 요리 실력이 는다더니 정말인가 보다.

선아의 찌개는 꽤나 인기가 있어 다들 맛있게 먹어 주었다. 자신의 손으로 만든 요리를 남이 먹어 주는 게 기분 좋다는 걸 그를 만나고 처음 알았다. 그녀는 사람들을 바라보며 흐뭇한 얼굴로 미소 지었다.

야외 테이블에서 진행된 바비큐 파티에서 술에 거나하게 취한 사람들은 모두 즐겁게 떠들고 먹고 마셨다.

수진 외에는 딱히 직원들과 교류가 없던 선아도 이번 워크숍을 통해 한방을 쓰게 된 동갑내기 신입 사원 민영과 친해졌고, 타 부서 직원들과도 안면을 트게 되었다.

얼핏 전혀 다른 세계에서 성공적인 이중생활을 하고 있는 듯한 기분이었다. 다른 세계에서는 철저히 차준의 아내라는 정체성과 그와의 결혼으로 인해 발생하는 일들이 삶의 전부라면, 이곳에서는 류선아로서의 삶이 전부였기에 지금의 현실이 만족스러웠다.

준비해 둔 음식들이 동나갈 무렵 사장님이 자리에서 일어나 모두를 주목시켰다.

"자, 바비큐는 이쯤하고 더 마실 사람들은 올라가서 방 하나 잡고 거기 모여서 마십시다. 그 전에 계획했던 담력 시험 먼저 시작할까요?"

담력 시험은 선아가 제일 피하고 싶은 스케줄이었다. 하지만 즐거워 보이는 직원들 사이에서 혼자 하기 싫다고 말을 할 수도 없는 노릇이라 그녀의 얼굴에 난감한 기색이 스쳤다.

"여기서 멀지 않은 곳에 폐교한 중학교가 하나 있어요. 두 명씩 짝을 이뤄서 한 바퀴 돌고 오면 돼요. 정 가기 싫은 사람들은 안 가도 되는데, 신입들은 꼭 참가하도록 해요."

"으, 싫다."

선아는 몸서리쳤지만 옆에 있던 민영은 눈을 반짝반짝 빛

냈다.

"왜? 난 엄청 재밌을 거 같은데. 나랑 같은 조로 가자."

"나 무서운 거라면 딱 질색이야."

"어차피 가야 돼. 넌 신입도 아닌 인턴이잖아. 같이 가. 난 흉가 체험도 몇 번 해 본 적 있어."

"안 무서웠어?"

"조금 무섭지. 근데 그게 또 스릴이라니까. 사람들이 이렇게 많은데 별일 있겠어?"

결국 선아는 민영과 짝을 지어 폐교로 향했다.

담력 시험을 할 팀은 총 열 팀. 한 팀 출발하면 다른 팀이 10분 뒤에 출발해서 1층에서 4층까지 둘러보고 오기로 정해졌다. 제비뽑기를 통해 선아와 민영은 마지막 주자가 되었다.

"어둡기만 하지 별거 없는데?"

"난 무서워 죽는 줄 알았어."

"2층 창문에 검은색 형체 같은 거 있었는데 보셨어요?"

차라리 처음 출발하는 게 나았다. 미리 탐사를 마치고 돌아온 사람들이 하는 이야기에 불안감은 더 커져만 갔다. 아무렇지 않다는 사람들보다 무언가 보았다느니 소리가 들렸다느니 하는 사람들이 더 많았기에 선아는 정말 들어가고 싶지 않았지만, 반대로 민영은 몸이 달아 있었다.

"드디어 우리 차례다. 손전등 잘 챙겼지? 어서 들어가자."

폐교는 입구부터 스산한 기운이 감돌았다. 내부는 칠흑 같은 어둠으로 둘러싸여 있었다. 손전등에 비친 교훈과 먼지가 쌓인 교장 선생님의 사진이 걸린 액자는 무섭다 못해 흉물스럽기까지 했다.

"아, 너무 무섭다. 우리 그냥 여기 서 있다가 나가면 안 될까?"

"사람들 다 보고 있잖아. 1층 먼저 빨리 돌고 2층으로 가 보자. 거기서 이상한 소리 들었다는 사람들 많았어."

민영은 주춤하는 선아의 옷소매를 잡아끌었다. 2층으로 향하는 계단은 복도 맨 끝에 위치해 있었기 때문에 1층의 교실을 모두 지나가야 했다.

귀뚜라미 소리와 새소리들로 시끄러운 밖과 달리 이곳은 쥐 죽은 듯이 조용했다. 교실 안은 이상한 낙서와 쓰러져 있는 책상들, 깨진 창문의 파편들이 곳곳에 널려 있었다.

다행히 별일 없이 1층을 지나 2층으로 올라가는데, 나무판자로 만들어진 바닥이 삐걱거리며 소름 끼치는 소리를 만들어 냈다.

"소리가 너무 소름끼치는 것 같아. 으, 싫다."

"에이, 여기도 별것 없네."

2층에서도 사람들이 말한 것처럼 이상한 형체나 소리는 보이지 않았다. 눈이 어둠에 적응돼 어느 정도 사물을 식별하는 게 가능해졌다.

별일 없이 3층에 이르자 조금 따분해진 민영이 화장실에 가 보자며 선아를 끌었다. 울며 겨자 먹기로 화장실 안으로 발을 내딛는데, 갑자기 민영이 괴성을 지르며 뒤로 넘어졌다.

너무 놀란 선아는 발이 굳어 버렸다.

"선아야, 뛰어!"

민영은 잽싸게 몸을 일으키더니 그녀를 향해 소리를 치며 달려 나갔다. 몸이 굳어 버린 선아가 민영을 불렀지만 대답이 없었다.

그 순간 화장실 맨 뒷칸에서 끼기긱, 하는 소리가 났다. 등줄기에서 정수리까지 소름이 돋으며 다리에 감각이 돌아온 선아도 화장실을 나와 무작정 뛰었다.

계단을 뛰어 내려오는데 낡은 나무 계단이 우지끈 소리를 내며 무너지더니 그만 다리 한쪽이 빠져 버리고 말았다.

"민영아, 어디 있어? 다리가 안 빠져…… 거기 아무도 없어요?"

발목이 부러지기라도 한 건지 끔찍한 통증이 밀려왔다. 설상가상 몸에 힘이 들어가지 않아 나무판자 속에 낀 다리는 빠질 생각도 하지 않았다. 두려움과 아픔에 하반신이 완전히 풀려 버린 선아는 그 자리에 쓰러지듯 엎드려 엉엉 울음을 터트렸다.

"누가 좀 도와주세요."

한참을 울며 주저앉아 있는데 눈앞에 검은 형제가 빠른 속도로 뛰어올라 계단에 끼인 발을 쑥 하고 뽑아냈다. 순간적으로 몸 전체가 붕 뜨는 기분이 들었다. 이건 꿈인지도 몰라. 선아는 눈을 질끈 감았다.

몸에 닿는 흙의 감촉과 아까와는 확연히 다른 청량한 공기. 현실적인 감각에 눈을 뜬 선아는 자신의 앞에 선 커다란 형체를 올려다보았다.

"많이 다쳤어?"

지금 몸을 숙여 그녀의 다친 발을 매만지는 형체는 차준의 얼굴을 하고 있다.

"내가 지금 꿈을 꾸고 있는 건가?"

"꿈은 무슨 꿈이야. 너 진짜 사람 환장하게 할래?"

선아는 눈을 마구 비비고 다시 그를 쳐다보았다. 틀림없이 차준이었다.

"네가 여긴 어떻게⋯⋯."

"걱정돼서 따라와 봤더니 기어코 사고를 쳤네. 천천히 다리 움직여 봐. 안 아파? 움직일 수는 있지?"

"응⋯⋯ 움직일 수 있어."

차준의 다정한 말투에 긴장이 풀린 탓인지 다시 선아의 울음이 터져 버렸다. 얼굴은 이미 눈물 콧물로 범벅돼 있었다.

그때 학교 정문 쪽에서 사람들이 선아의 이름을 부르는 소리가 들려왔다.

"사람들이 찾고 있나 봐. 아얏."

땅을 짚고 일어나려는데 다친 다리가 아파 다시 주저앉은 그녀의 허리를 차준이 끌어당겼다.

"내 어깨 잡아."

"어깨까지 손이 안 닿아."

"그럼 그냥 안고 간다."

"안 돼. 사람들이 보면 이상하게 생각할 거야."

"넌 지금 딴 사람들이 어떻게 볼지가 중요해? 내가 네 남편인데 뭐 어때."

"나 너랑 결혼한 거 아무한테도 말 안 했어."

"왜?"

"사람들이 날 강차준의 아내로 대할까 봐……. 마음에 걸렸어. 미안해."

"너 땜에 내가 늙겠다. 일단 아무 데나 잡고 힘줘 봐. 일으켜 줄 테니까."

선아는 그의 허리춤을 부여잡고 간신히 몸을 일으켰다.

"선아 씨?"

차준이 선아를 부축해서 나온 학교 뒷문에서 그녀를 부르는 남자 목소리가 들렸다. 같은 부서의 남자 직원인 듯했다.

그는 선아를 찾아 여기저기 뛰어다녔는지 티셔츠를 땀으로 물들이고 가쁜 숨을 몰아쉬고 있었다.

"선아 씨, 여기 있었네요. 다들 찾고 있어요."

"죄송해요. 제가 뛰어 내려오다가 계단에 발이 빠져 버려서……."

남자 직원이 그녀에게 가까이 다가오자 차준은 무의식적으로 앞을 막아섰다. 그는 미처 의식하지 못했었는지, 차준을 보고 깜짝 놀라 한 발짝 뒤로 물러섰다.

"저기, 혹시 강차준 선수 아니에요? 아니죠? 너무 닮았는데…… 이런 분이 우리 회사에 있었나."

앞에 선 차준을 어둠 속으로 끌어당기고 선아는 혼란스러워하는 직원을 진정시켰다.

"저 괜찮아요. 지금 나가 볼게요."

"아뇨. 선아는 이대로 저랑 갈 겁니다. 많이 다쳐서 치료를 받아야 하니까 다른 분들께 그렇게 전해 주세요. 그리고 전류선아 남편 되는 사람입니다."

"아…… 선아 씨 결혼하셨구나."

남자 직원은 묘하게 실망스러운 얼굴로 대답하곤 쿨하게 그러겠노라며 반대편으로 되돌아갔다.

"잠깐만. 그렇게 멋대로 하는 게 어디 있어?"

"사실이잖아. 너 지금 다쳐서 걷지도 못해."

"적어도 인사는 하고 가야 될 거 아냐."

팔을 뿌리치고 정문으로 걸어가려는 선아를 차준은 그대로 번쩍 들어 올려 품 안에 안았다.

"난 상관없어. 가서 인사드리고 같이 올라가자."

"미쳤어, 정말!"

하는 수 없이 백기를 든 건 선아였다. 차준은 자신만만한 얼굴로 그녀를 품에 안아 들고 차를 세워 둔 학교 뒤 공터로 향했다.

주변 나무가 우거져 잘 보이지 않는 갓길에 그의 차가 세워져 있었다. 차준은 먼저 조수석을 열어 그녀를 눕히듯 앉히고 운전석에 앉아 시동을 걸었다.

"어디로 가?"

"응급실."

"응급실? 그 정도로 심각하진 않아. 편의점에서 파스 사서 붙이면……."

"말 좀 들어!"

차준이 운전대를 꽉 쥐고 소리쳤다. 잔뜩 찌푸린 얼굴에 고함까지 내지른 그는 평소의 모습과 많이 달랐다. 버럭 화를 내는 차준이 싫고 기분 나빴지만, 섣불리 맞받아칠 수 없었다. 오히려 엄청난 잘못을 저질러 버린 기분까지 들었다.

그는 가까운 종합 병원의 응급실로 선아를 데리고 갔다. 야밤에 무슨 사람이 그리 많은지 응급실은 진료를 기다리는 환자들로 버글거렸다.

관광지답게 놀러 와서 술을 마시고 넘어져 다치거나 급작스럽게 사고를 당한 사람들이 많았다. 한 시간을 넘게 기다리고 나서야 겨우 진료를 받을 수 있었다.

"당분간 걸을 때 조심해 주시면 됩니다. 큰 상처는 아닌데 찢어진 부위를 조금 꿰매야겠네요."

다행히 상처가 깊진 않았지만 복숭아뼈 위로 피부가 찢어져 일곱 바늘 정도를 꿰매야 했다.

치료를 마치고 잠시 쉬어 갈 겸 병원 안의 24시 카페에서 커피 두 잔을 테이크아웃한 뒤 야외의 벤치에 앉아 홀짝이며 마시고 있을 때였다.

"넌 이제 워크숍 금지야."

아까부터 침묵을 지키던 차준이 한 시간 만에 드디어 입을 열었다.

"뭔 말 같지 않은 소리를 해."

그의 기분이 나쁜 것 같아 눈치를 보고 있던 선아는 지친 상태에서 갑작스럽게 들려온 말에 덩달아 기분이 다운되어 퉁명스럽게 말했다.

"혼자서 어디 갈 생각하지 말라고."

차준은 굽힐 생각이 조금도 없는 듯했다.

"나 성인이거든."

"애도 폐교에 들어가서 다치진 않는다."

"잠깐, 지금 중요한 건 그게 아니잖아. 내가 아까는 너무 정신이 없어서 제대로 물어보질 못했네. 너야말로 어떻게 된 거야? 어떻게 갑자기 폐교 안에서 나타난 거냐고. 설마 나 미행했어?"

선아가 다그쳤지만 그는 얼굴색 하나 변하지 않고 대답했다.

"응."

"뭐야, 그 아무렇지 않은 태도는?"

"어쩔 수 없었으니까."

"어쩔 수 없었다니?"

"반사 신경처럼 일어난 일을 어떻게 설명해. 네가 나 없이 먼 곳으로 갈 생각하니까 불안했어. 그냥 몸이 저절로 움직인 걸 어떡해."

"뭐야……."

차준은 고개를 들어 정확히 선아의 눈을 뚫어져라 응시했
다.

　"네가 좋아."

　갑작스런 고백과 진지해진 차준의 눈빛에 쑥쓰러워진 선아
가 고개를 숙이고 볼멘소리로 말했다.

　"걱정시켜서 미안해……."

18. 2막도 너와 함께

오랜만에 소속사의 회의에 참석한 차준의 표정은 마음만큼이나 무거웠다. 소속 선수들 중 차준이 가장 높은 급의 스타였고 벌어들이는 소득 또한 엄청났기에 이번 일로 대표가 맞은 직격탄은 어마어마했다.

회의의 주제는 차준의 향후 활동에 관해서였다.

"재활은 어떻게 돼 가고 있어?"

임 대표는 마음고생을 많이 했는지 얼굴이 부쩍 상해 있었다.

"완전한 수준은 아니지만 점차 회복되고 있어요."

"스폰서 측에서도 그렇고, 언론에서도 재경기에 관해 관심이 많아."

"재경기는 아직 잘 모르겠습니다."

"모르겠다니?"

"다행히 링 위에 설 수 없을 거란 위험은 비켜났습니다. 옛날의 저였으면 챔피언 벨트를 탈환하는 거에 미쳐 있었을 거예요. 근데 요즘은 생각이 좀 많네요."

"설마 은퇴라도 생각 중인 거야?"

"아니라고는 말씀 못 드리겠습니다."

회의실의 분위기는 찬물을 끼얹은 것처럼 순식간에 얼어붙었다.

"너 아직 한창이야. 처음 겪은 패배라 충격을 받은 건 이해하지만 아무리 그래도 은퇴라니? 부상이 완전히 회복된 것도 아니니까 그 얘기는 미루자고."

"대표님, 저는 생각이 좀 달라요. 차준 선수는 스포츠뿐 아니라 다른 여러 방면으로도 스타성이 있잖아요. 은퇴 후 연예계 진출도 나쁘지 않다고 생각해요."

홍보 및 선수들의 스포츠 외적인 활동을 담당하고 있는 유 실장이 말했다. 그녀의 말에 회의실의 상당수 사람들은 긍정적으로 고개를 끄덕였다.

"실장님, 연예계 진출은 더 생각해 본 적이 없습니다. 제가 방송하고 화보를 찍는 이유는 운동선수로서 해 왔던 겁니다."

"하지만 지금은 여러 방면의 생각을 해야 할 때예요."

유 실장이 설득 조로 말했지만 그는 단호했다.

"선수로서의 복귀가 어렵다면 은퇴 수순을 밟겠습니다."

"네 입장이 그러면 우린 따르는 수밖에 없다만, 아직 확실한 건 아니잖아?"

"네."

"당분간 더 쉬면서 생각해 봐. 차준이는 회복을 가장 최우선으로 두고. 언론 쪽은 우리가 알아서 통제할게. 머리 좀 식히면 생각이 달라질 거야. 그때 다시 상의해 보자고."

"연예계 진출 고려한다는 식의 언론 플레이는 삼가해 주세요."

"알았다. 회의는 이 정도로 하지. 다들 할 일이 태산같이 쌓였으니까 다시 업무 들어가고, 차준이는 집에 돌아가 봐. 지금은 머리 식히는 걸 일이다 생각해."

❖   ❖   ❖

선아는 휴일을 맞아 경혜를 만나기 위해 그녀가 사는 동네를 찾았다. 늘 학교 안에서만 보던 친구와 다른 곳에서 만날 생각에 기분이 들떴다.

"안 추워? 이 날씨에 무슨 팥빙수야."

어릴 때부터 경혜는 겨울에도 팥빙수를 만들어 먹을 정도로 빙수 마니아였다.

"이열치열을 몸소 실천하시는 중이지. 너도 한 입 먹어 봐. 맛있어."

"아냐. 난 뜨거운 커피가 좋아."

"그나저나 차준이 퇴원했다는 소식 들었어. 모르고 있는 게 더 이상하겠지만. 걔 요즘 잘 지내고 있니?"

"응. 퇴원하고 팔도 점차 회복되고 있고. 요즘은 집이랑 병원 다니면서 재활 치료만 하고 있어."

"얼른 나았으면 좋겠다."

학창 시절로 돌아간 듯 이런저런 수다를 떨면서 시간을 보내던 중 경혜가 휴대폰을 들여다보며 피식거리는 게 수상했다.

"너 혹시 남자 친구 생겼어?"

선아가 묻자 경혜의 입꼬리가 하늘 끝까지 올라갔다.

"한 달 정도 됐어."

"네가 애인을 사귀다니. 축하해!"

"어떻게 말해야 하나 고민이었는데 먼저 물어봐 주다니. 역시 넌 못 속이겠어."

"자세히 얘기 좀 해 봐."

그녀는 경혜의 러브 스토리를 듣기 위해 의자를 당겨 앉아 눈을 반짝였다.

경혜는 기다렸다는 듯 남자 친구와의 일들을 술술 풀어냈다. 어느새 분홍빛으로 물든 뺨을 하고 신나게 남자 친구의 자랑을 하는 경혜의 얼굴이 빛나 보였다.

"부럽다."

생각만 한다는 게 입 밖으로 튀어나오고 말았다. 그러자 경혜가 생기발랄하게 웃으며 선아를 나무랐다.

"멋진 남편이랑 살고 있는 네가 날 부러워하면 안 되지."

"그런가……."

선아가 쓸쓸한 미소를 띤 채 말끝을 흐리자 이상한 점을 눈치챈 경혜가 물었다.

"이거 분위기 왜 이래?"

"뭐가?"

"차준이 얘기하니까 급 어두워지는데? 무슨 문제라도 있는 거야?"

"문제는 무슨. 아니야, 그런 거."

결혼의 실체와 속사정에 대해선 죽어도 말할 수 없었다. 대신 경혜에게 요새 들어 어딘가 달라진 차준의 태도나 얼마 전 워크숍에서 있었던 일을 털어놓았다.

"너희 부부 아니야?"

"그게 무슨 소리야?"

"연애하니, 지금? 아니 연애도 아니야. 이건 뭐 부부끼리 썸을 타는 것도 아니고. 애들 진짜 웃기네."

혼자 빵 터진 경혜가 깔깔거리며 배를 잡고 웃었다. 선아가 당황스런 눈빛을 보냈다.

"야, 웃지 마. 난 심각해."

"내 입장에선 달달한 신혼 커플이 염장 지르는 걸로 들릴 정도야. 아무리 와이프가 좋다고 해도 강원도 속초에서 하는 워크숍까지 따라가는 남자는 드물잖아. 실제로 큰일 날 뻔한 거 차준이가 마침 있어서 도와주기까지 했고. 거의 세기의 사랑 아냐?"

"좋게 받아들여도 되는 걸까?"

"죽어라 운동만 하던 애잖아. 걔 좋다고 따라다니던 여자들 예나 지금이나 수십 트럭은 됐을 거고. 난 오죽했으면 걔게이 사건 터졌을 때 설마 진짜였나 하는 생각도 했었어. 그런 애가 너한테만은 달라. 그리고 진심이니까 결혼까지 한 거 아니겠어?"

"걜 너무 오랫동안 친구라고만 생각했나?"

"하긴, 너도 대학 다닐 때 연애 한 번 한 거 말고는 숙맥이나 다름없으니까 그럴 수 있어. 생각을 좀 바꿔 보는 건 어때? 걔가 평소에도 너한테 집착하고 옭아매는 애는 아닐 거고."

"그건 아니야. 방어전 이후에 안 하던 전화도 자주 하고 워크숍 일도 그렇고, 안 하던 짓을 하니까 이해가 안 갔던 거지."

"너도 차준이 좋아하잖아."

커피 잔을 든 선아의 손가락에 무심코 힘이 들어갔다. 슬쩍 경혜의 눈치를 보다가 체념한 듯 뜨거운 잔을 탁자 위에 내려놓고 말했다.

"이제 내 얘기는 그만하고, 아까 하던 네 연애 얘기나 해 줘. 더 듣고 싶어."

"그럴까?"

경혜는 마지못한 척 얘기를 계속했지만 내심 선아가 다시 물어봐 줘서 기분이 좋은 눈치였다.

경혜의 연애담을 듣고 있자니 차준이 생각났다. 지금 뭐 하고 있는지, 밥은 먹었는지. 우리가 만약에 연애를 했다면 어땠을까. 지금과 조금은 달라져 있었을까.

경혜와 헤어지고 집으로 돌아오는 길에 선아는 차준에게 전화를 걸었다.

"차준아. 집이야?"

─어? 아직. 이제 회의 끝나고 집에 가려고. 웬일이야? 먼저 전화를 다 하고.

"그냥 해 봤어."

어색한 정적이 흘렀다. 그냥 전화했다는 말에 차준도 적잖이 당황한 듯했다. 그녀는 차라리 빨리 전화를 끊는 게 나을 것 같아 수화기에 입술을 가까이했다.

"집에서 보자!"

얼굴과 목 머릿속까지 김이 오를 정도로 뜨거워졌다.

전화가 이렇게나 어려운 거였나? 전에 연애할 땐 이렇지 않았는데 이상하게 차준에겐 뭐든지 처음처럼 어색해졌다.

선아는 달궈진 머릿속을 식히기 위해 버스 창문을 조금 열고 시원한 바람을 맞았다.

"나 왔어."

현관 앞에 놓인 차준의 신발을 보고 선아는 집 안을 향해 소리쳤다.

"응."

그는 여느 때처럼 창문 옆 긴 1인용 소파에 앉아 야경을 내려다보고 있었다.

"오늘 저녁에 약속 같은 거 없지?"

선아가 묻자 차준은 의아하다는 듯 짙은 눈썹을 꿈틀며 그녀 쪽으로 상체를 돌렸다.

"딱히 없는데."

"그럼 있다가 심야 영화나 보러 갈까?"

제발. 심장이 조여 왔다. 대놓고 데이트하자는 말과 다름 없는데.

선아는 떨리는 마음으로 차준의 표정을 살폈다. 조금 웃은 것 같기도 하고 아닌 것 같기도 하고……

"그래."

다행히 그는 흔쾌히 답하고 소파에서 몸을 일으켰다.

"무슨 영화 볼까?"

"네가 보고 싶은 걸로 골라 놔."

"응, 알겠어!"

달달한 영화를 좋아하는 선아는 새로 개봉한 로맨틱 코미디 영화를 보기로 결정했다.

간단히 외출 준비를 한 두 사람은 영화관에 도착해 제일 먼저 팝콘을 파는 매점 앞으로 갔다.

"치즈 팝콘이랑 콜라 라지 사이즈로 하나 주세요."

늦은 시간이라 사람이 별로 없어 느긋한 마음으로 테이블에 앉아 입장이 시작될 때까지 기다렸다.

처음 영화관에 갔을 때 차준과 로맨스 영화를 보았던 게 생각이 났다. 왠지 모르게 가슴이 두근두근 뛰었다.

"살다 보니 별일도 있다. 너한테 데이트 신청을 다 받고."

차준은 테이블 위에 한쪽 팔을 올려 턱을 괴고, 선아를 물끄러미 바라보았다.

눌러 쓴 모자와 마스크 탓에 표정은 보이지 않았지만 언뜻언뜻 보이는 눈빛은 여전히 강렬했다. 오래 마주치고 있기 힘든 저 미친 눈빛.

선아는 괜히 영화관 이곳저곳을 둘러보는 척 눈을 돌렸다.

"흐음. 이 시간엔 사람이 별로 없구나."

선아가 말을 돌리건 말건 차준은 그녀에게 몸을 가까이 한 채 같은 자세로 얼굴만 뚫어져라 보고 있었다. 그러다 나지막이 말했다.

"손잡을 거야."

"응?"

"영화관에서 손잡을 거라고. 빼면 죽는다."

"손에 땀 차도?"

"땀 차도."

차준은 미리 경고한 대로 영화관에 들어가자마자 덥석 손을 잡았다. 몇 번이고 잡아 보았던 거칠거칠한 손이 이젠 많이 익숙해졌다.

1시간 40분의 러닝 타임 동안 차준은 정말 한 번도 손을 놓지 않았다. 영화가 끝나고 손을 놓았을 땐 두 사람의 모두 물이 담갔다 뺀 것처럼 손 전체가 땀으로 젖어 있었다.

"손 완전 축축해."

"내 옷에 닦아."

"더럽잖아."

"안 더러워."

손을 닦으라는 듯 차준은 자신의 티셔츠를 쭉 늘여 그녀의 앞에 댔다. 선아는 웃으며 그의 팔을 밀고 화장실로 가 물로 손을 닦았다.

그는 선아가 나올 때까지 화장실 앞에 서서 기다리고 있었다. 여자 화장실 앞에 기다리고 서 있는 남자들 사이에 인상을 팍 쓰고 끼어 있는 차준을 보니 자꾸만 웃음이 나왔다.

"배는 안 고파?"

"별로. 넌?"

"난 조금 출출한 정도."

"어쩌지. 이 시간에 문 연 식당 거의 없을 텐데."

"집에 가기 전에 편의점에 잠깐 들르자."

"바로 집에 가는 거야?"

"왜, 아쉬워?"

차준의 목소리가 능글거렸다. 솔직히 아쉬운 마음이 들었던 건 사실이었다. 금방 속내를 들켜 버린 게 창피해 선아는 조금 퉁명스럽게 대답했다.

"아니. 딱히 그런 건 아니야."

"가기 전에 드라이브나 할까."

"한강은 어때?"

세웠던 콧대도 잠시, 선아의 입가에 미소가 돌았다. 차준은 그 모습을 흐뭇하게 내려다보다가 다시 덥석 그녀의 손을 잡았다.

"가자."

한강 주차장에 차를 세우고 잠시 바람을 쐬기 위해 내렸다. 늦가을 강가의 바람은 꽤나 매서웠다.

"춥지 않아?"

차준이 걸치고 있던 얇은 점퍼를 벗어 주려 했지만 선아는 손사래를 쳤다.

"안 벗어 줘도 돼. 너 점퍼 안에 반팔 차림이잖아. 이거 니 트라서 그렇게 춥지 않아."

넌 환자잖아. 이 말을 하면 그가 자존심 상해할까 덧붙여 말하진 않았다.

천천히 강둑을 따라 걷다 보니 목이 말라 근처 편의점에 들렀다.

"너도 커피 마실래?"

차준이 온장고 안에 있는 커피 두 개를 꺼내며 물었다.

"난 맥주 마시고 싶어."

"와, 치사하다. 나도 맥주 마시고 싶은 거 꾹 참고 있는데."

"안 돼. 넌 운전해야 하잖아."

하는 수 없이 차준은 따뜻한 캔 커피를, 선아는 시원한 맥주를 손에 들었다.

"캬. 역시 밖에서 먹는 맥주는 최고야."

"류선아, 아저씨 같아."

"기왕이면 맥주 한 캔의 여유를 즐기는 커리어 우먼이라고 해 줄래?"

차준과 웃고, 떠들고, 장난도 치면서 걷다 보니 친구였을 때로 돌아간 것처럼 편안했다.

한참 걷던 그들은 강가의 바람이 차 잔디 위로 올라가서 조금 쉬기로 했다. 벤치와 농구대가 설치되어 있는 공터에 중·고등학생들로 보이는 아이들 몇 명이 농구를 하고 있었다.

"여기 앉아서 잠깐 쉬었다 가자."

농구대에서 얼마 떨어지지 않은 벤치에 앉아 맥주를 마시며 학생들의 경기를 구경하던 중 한 학생이 놓친 농구공이 차준의 발 앞으로 굴러 왔다.

차준이 공을 잡자 학생들 중 한 명이 눈 깜짝할 사이 두 사람 앞으로 뛰어왔다.

"어? 혹시 강차준 아니에요?"

공을 건네받은 학생이 차준을 알아보았는지 얼굴을 들이대고 물었지만 그는 아무런 대답 없이 묵묵히 공을 건네주었다.

학생은 다시 무리로 뛰어가 그들이 있는 벤치 쪽을 쳐다보며 뭐라 말을 했다. 일제히 뒤를 돌아본 무리 학생들의 시선이 두 사람에게 쏠렸다.

"강차준 맞네. 저 새끼 하베스한테 완전히 발렸잖아."

"쪽팔려서 은퇴한 거 아니었어?"

"훈련은 안 하고 여자랑 노닥거릴 시간은 있나 보지."

"어차피 쟤 팔 망가져서 이제 경기 못 뛰어."

"크크. 병신."

"야, 짜증 나니까 딴 데로 가자."

이쪽을 흘끔거리며 큰 소리로 조롱하는 학생들의 목소리와 낄낄대는 웃음소리가 공터를 가득 메웠다.

"뭐 저런 애들이 다 있어? 야!"

결국 욱해 버린 선아가 벤치에서 일어나 학생들을 향해 걸음을 옮겼다. 그러자 차준이 그녀의 팔을 잡았다.

"선아야, 그러지 마. 모른 척해."

"너무하잖아. 어떻게 저런 말을 할 수가 있어?"

"일일이 대응하다 보면 끝도 없어. 그리고 애들이잖아."

차준은 차분하게 말했지만, 너무 화가 난 그녀의 몸은 바들바들 떨렸다. 눈물이 핑 돌았다. 태어나서 저런 조롱 섞인 말과 눈초리는 처음 받아 보았다.

하지만 자신을 진정시키는 차준의 태도는 분명히 처음 겪어 본 게 아니었다.

그동안 어떤 삶을 살아온 걸까. 그것도 모르고 차준은 모든 이에게 사랑만 받을 거라 어림짐작해 왔다. 마냥 유명인이라 좋겠다며 입버릇처럼 말하곤 했다.

"미안해. 괜히 내가 한강에 오자고 해서……."

"왜 네가 사과해. 별거 아닌 일로."

"아, 진짜. 나 왜 이렇게 화가 나지? 저 쪼그만 것들이 어디서 함부로 입을 놀려! 정말 괜찮은 거야?"

"괜찮아. 네가 화내 주니까 나는 화 안 나. 이리 와."

차준은 선아를 당겨 꽉 끌어안았다.

"윽, 숨 막혀."

"숨 막히라고 하는 거야."

"그런 게 어디 있어. 조금 풀어 줘."

"난 너랑 있으면 숨 막히니까. 너도 그렇게 만들려고."

짧은 호흡을 내쉬던 선아는 체념한 듯 눈을 감고 두 팔로 차준의 어깨를 감쌌다. 학생들이 사라진 공터에는 차준과 선아, 둘만이 남아 있었다.

딱딱한 손과 팔, 그리고 넓은 어깨와 손. 어느덧 너무도 익숙해져 버린 너라는 사람.

집으로 돌아가는 차 안에서 차준이 물었다.

"나 은퇴할까."

"은퇴라니? 갑자기 무슨 말이야? 설마 아까 그 애들 때문에……."

"아니. 고민한 지는 꽤 됐어. 네 생각이 궁금해."

"내가 뭐라고 말할 수 있겠어. 네 인생이잖아."

"너도 있어. 내 인생에."

"……."

"정상에서 내려오고 난 뒤에 생각이 많아졌어. 시간이 많아지니까 여유도 생기고, 하고픈 것도 많아졌고. 이전처럼 치열하게 이기기 위해서만 사는 삶이 과연 좋은 걸까 싶어."

"다시 링 위에 서고 싶지 않은 거야?"

"서고 싶어. 이겨서 관중들의 환호도 받고 싶고. 하지만 평범한 남자로서의 삶도 살아 보고 싶어."

"평범한 강차준이라…… 상상이 잘 안 돼."

"다시 예전처럼 바빠진다면 네가 또 외로워질 테니까."

나를 위해 인생을 바꾸고 싶다는 남자 때문에 선아는 기뻤다. 허나 동시에 걱정스러웠다. 누가 뭐래도 그는 링 위에서 가장 빛나는 사람이다. 아무렇지 않은 척하지만 분명 이 상황이 견디기 힘들 정도로 괴로울 것이다. 쓰라린 패배로 끝난 마지막 경기는 차준에게 후회로 남을 게 뻔했다. 많은 이들이 패배자라며 그를 조롱할 것이다.

"좀 외로워지면 어때? 그런 어린애 같은 이유로 무작정 내 곁에 있어 달라고 할 줄 알았니? 난 네가 다시 경기장에 서길 원해. 이겨서 원래의 챔피언 자리로 돌아가. 내려와도 그렇게 내려왔으면 좋겠어."

"선아야……."

"이대로는 너무 억울하잖아. 사람들이 너를 패배자로 기억하고 조롱하는 것도 너무 싫어. 넌 그런 취급 받을 사람이 아니야, 챔피언이잖아. 난 믿어."

선아의 반응은 의외였다. 크게 뒤통수라도 얻어맞은 기분이었다. 당찬 눈매로 그렇게 말하는 그녀 앞에서 어쩐지 어리광을 부리고 만 것 같아 그는 조금 창피해졌다. 차준은 운전대를 잡고 있던 한 손으로 선아의 머리를 쓰다듬었다.

"고맙다, 류선아."

19. 남자를 몰라

차준은 그날 밤 쉽사리 잠을 이룰 수 없었다.

아직 모두 회복되지 않은 팔. 부상을 안고 출전한 건 프로로서 명백한 실수고 잘못이었다. 마음 깊은 곳에서는 당연히 이길 거란 자신감이 있었다. 패배의 원인은 자만이었다.

선아의 말에 차준은 큰 용기를 얻었다. 믿어 주는 그녀를 위해서 세상 앞에 제대로 자신을 증명하고 싶어졌다.

며칠간의 고민 끝에 용기를 낸 차준은 체육관을 찾았다. 퀴퀴한 남자들의 땀 냄새며 우중충한 풍경, 코치님의 호통 소리로 가득 찬 체육관은 그가 떠나기 전과 다름없었다.

"코치님."

신인들의 스파링을 봐 주고 있는 코치에게 다가갔다. 그는 반색하며 차준을 맞아 주었다.

"마침 어떻게 지내나 싶어 연락 한번 해 보려던 참인데 잘 왔구나."

"잠시 얘기 좀 할 수 있을까요."

코치는 부코치에게 스파링 지도를 넘기고 차준과 함께 체육관 사무실로 들어왔다.

"전에 손님들이 가져온 포도 주스가 있는데. 이거라도 마실래?"

"네. 아무거나 상관없습니다."

"그래. 팔은 좀 어떠냐."

코치는 작은 냉장고에서 꺼낸 포도 주스 두 개를 사무용 책상 위에 내려놓고 맞은편 의자에 앉았다.

차준은 다친 왼팔을 들고 그의 앞에서 이리저리 굽혀 보기도 하고 주먹을 꽉 쥐어 보였다. 팔의 척골이 거의 부서지다시피 했던 터였다.

"음…… 아직 주먹에 힘이 덜 들어가는데."

꽉 쥔 차준의 주먹 위에 손바닥을 놓고 눌러 보던 코치가 심각하게 말했다.

"챔피언 벨트를 다시 탈환하고 싶습니다."

코치는 한동안 팔짱을 끼고 자신의 턱수염을 손가락으로 쓰다듬기를 반복했다. 고심에 빠진 듯 같은 행동을 반복하던 코치가 결심한 듯 작은 눈을 반짝였다.

"일어나. 락커룸에서 옷 갈아입고 나와."

"넵!"

곧바로 차준의 고강도 트레이닝이 시작됐다. 재활하며 쉬는 동안 그의 몸은 이전이라면 상상도 할 수 없을 정도로 굳어 있었다.

코치는 당장 링에 올라가는 건 무리라며 굳어 있는 그의 몸을 푸는 것에 중점을 두었다.

줄넘기 2만 개와 펀치 연습, 팔굽혀펴기까지. 단순히 몸을 풀기 위해 가졌던 운동들이 이전보다 몇 배는 힘들었다. 온몸이 절인 무처럼 땀에 절여지고 나서야 훈련은 마무리되었다.

"몸이 완전히 퍼졌네. 아직 팔에 힘이 안 들어가니까 팔굽혀펴기나 펀치 연습할 때는 절대 무리하지 마. 완쾌될 때까지 기초 훈련을 반복하면서 몸 상태를 전성기 때로 되돌리는 게 우선이야. 앞으로 매일 나와."

"네. 알겠습니다, 코치님. 감사합니다."

차준은 이를 악물고 기초 체력을 올리기 위한 훈련에 몰두했다. 몸도 마음가짐도, 마치 첫 올림픽에 출전했을 당시로 되돌아간 것 같았다.

훈련을 마치고 나니 날은 어느덧 어둠이 깔려 있었다. 선아가 이미 퇴근했을 시간이어서 차준은 망설임 없이 그녀에게 전화를 걸었다.

"어디야?"

─이제 막 집에 왔어. 넌?

어디냐고 묻는 일상적인 통화가 제법 자연스러워졌다. 이젠 자신을 보는 눈빛도 예전과 달리 남자를 보는 듯하다. 가끔 선아를 뚫어져라 쳐다보며 짓궂은 말을 하면 여지없이 볼을 붉게 밝히고 눈을 피한다. 그 모습이 귀여워서 자꾸 골려주고 싶어졌다.

돌아가는 길. 횡단보도에서 서로의 손을 깍지 낀 채 신호를 기다리는 연인이 보였다. 여자는 남자를 올려다보고 쉼 없이 재잘대고, 남자는 그녀를 내려다보며 고개를 끄덕였다.

그는 연인들을 보며 문득 선아와의 데이트를 떠올렸다. 덩달아 학생들의 조소 섞인 비아냥들이 머릿속을 스쳤다.

선아의 앞에서 창피한 꼴을 당한 수치심보다 자신의 곁에 있었기에 그녀가 함께 비웃음을 당했다는 사실이 가슴 아팠다.

선아에 관해 깊이 생각하면 할수록 무엇이 옳은 길인지 알 수 없게 되어 버린다. 다만 확실한 한 가지, 그녀를 놓아줄 생각은 없다는 것.

차준은 운전석 창문을 반쯤 열고 쌀쌀한 늦가을의 바람을 맞았다.

현관문을 열고 들어가자 선아는 목욕을 마쳤는지 젖은 머리를 수건으로 감싸고, TV 앞에 앉아 무언가 몰두하는 중이었다.

가까이 다가가 보니 폐교에서 다친 다리의 반창고를 떼어내고 있었다.

"이리 와 봐. 내가 해 줄게."

"그냥 소독하고 반창고만 새로 붙이면 되는데, 뭘."

차준은 선아의 말을 못들은 체하고 그녀의 앞에 앉아 다리를 무릎에 올렸다. 그리고 약통을 끌어당겨 소독약을 솜에 묻혀 다친 부위에 살살 문질렀다.

"아프진 않아?"

"응. 실밥 뽑을 때도 안 아팠어. 선생님도 잘 아물었대."

그녀의 발목은 차준의 커다란 손으로 감싸 쥐고도 남을 만큼 가늘었다.

선아는 그에게 발목을 맡긴 채 아무런 위화감 없이 코미디 프로를 보며 낄낄대고 있었다. 젖은 머리카락을 한쪽 어깨에 모아 끝에 모인 물기를 수건으로 꾹꾹 누르면서.

묘하게 색기가 흘러넘치는 모습에 차준은 침을 꿀꺽 삼키고 애써 정신을 분산시켰다. 대체 저 여자는 어디까지 무방비해질 수 있는 건지. 그는 빠른 속도로 소독을 마친 상처 부위에 연고를 바르고 반창고를 붙였다.

"다 됐어. 나도 씻는다."

"큭, 저거 좀 봐. 너무 웃겨."

선아는 아예 TV에서 나오는 프로그램에 꽂힌 듯 차준은 쳐다보지도 않고 대답했다. 은근히 부아가 치민 그가 심통을 부렸다.

"야, 류선아."

"어?"

"앞으로 머리는 네 방에서 말리고 나와."

"왜. 자연적으로 말리는 게 두피에 좋단 말이야."

"바닥에 머리카락 떨어지잖아."

난데없이 한 방 먹은 선아는 2층 계단을 오르는 차준의 등을 째려보며 구시렁거렸다.

"쟨 또 왜 갑자기 시비야. 사춘기도 아니고 왜 저러나 몰라."

답답한 류선아. 쟤는 지 젖은 머리가 얼마나 섹시한지 모른다. 갓 샤워를 마치고 발갛게 달아오른 얼굴에 젖은 머리로 무방비하게 있을 때면 얼마나 인내심을 발휘해야 하는지 하나도 모른다. 그놈의 애국가를 4절도 모자라 처음부터 다시 불러야 하는 사실을 알기나 하고 저러는지.

차준은 샤워기 손잡이를 제일 끝으로 돌려 가장 찬물을 온몸에 쏟아부었다. 다행히 운동으로 에너지를 소비한 보람이 있었다.

오늘은 3절이면 되겠군.

✛   ✛   ✛

"매형!"

"어이. 처남!"

선우는 독서실 뒷골목에 차를 대고 기대선 차준을 향해 있는 힘껏 돌진해 와락 안겨 왔다. 다른 사람이 지켜봤다면 틀림없이 이산가족 상봉이라도 한 줄 알았겠지.

"형, 웬 서프라이즈한 방문이에요? 완전 감동스럽게."

"힘들게 공부하고 있을 처남이 생각나서 맛있는 거라도 사줄까 하고 들렀지."

"역시……."

선우는 감탄사와 함께 존경의 눈빛을 눈망울에 가득 담아 차준을 올려다보았다.

"근처에 유명한 소갈비 잘하는 집 있는데 거기 가자."

"형님! 사랑합니다."

"징그럽다. 사랑한다는 말은 빼 주는 건 어때, 처남?"

"좋아합니다."

차준은 미리 인터넷 사전 조사로 알아낸 맛집에 선우를 데리고 갔다. 4층으로 된 대궐 같은 한옥집의 외관은 입구부터 맛집이라는 신뢰감을 뿜어냈다.

직원은 차준과 선우를 미리 예약해 둔 창가 쪽 좌석으로 안내했다.

자리에 앉은 지 10분이 채 지나지 않아 선 분홍빛의 마블링이 매우 훌륭한 생 갈비가 서빙되었다. 직원이 직접 고기를 불판에 올리고 소금을 솔솔 뿌려 주었다. 불판에서 나는 지글지글 소리와 고소한 냄새가 침샘을 자극했다.

"와. 진짜 입에서 살살 녹네요. 살면서 이렇게 맛있는 고기는 처음 먹어 봐요."

"먹고 싶은 만큼 양껏 먹어. 돈 걱정은 하지 말고."

"제가 살다 살다 누나 잘 됐다는 소리가 다 나오네요. 그런데 형, 이제 편히 말씀하셔도 돼요."

"뭘?"

"할 얘기 있어서 오신 거잖아요. 이래 봬도 저 눈치 없는 놈 아니에요. 누나 얘기 맞죠?"

"어? 어……."

너무 티 나는 공작이었나. 훅 들어온 선우의 돌직구에 머쓱해진 차준이 말끝을 흐렸다.

"누나랑 싸웠어요?"

"아니. 싸운 게 아니고 이것저것 궁금한 게 있어서. 어떤 걸 좋아하는지 싫어하는지, 아니면 내가 모르는 재밌는 얘기들이 있나 하고."

"형, 우리 누나랑 어릴 때부터 친구였잖아요. 저보다 더 잘 알지 싶은데."

"친하게 지내긴 했어도 여자애들처럼 붙어 다니진 않았으니까."

차준은 열심히 고기를 구웠다. 분홍빛 핏기가 감도는 먹음직스러운 소갈비를 한입 크기로 잘라 선우의 접시에 먹기 좋게 담아 주었다. 서비스도 이렇게 좋은 서비스가 없었다.

"사소한 것도 상관없죠?"

"그럼, 그럼. 사소한 걸수록 더 좋아."

"우리 누나 돌고래 좋아해요. 어릴 때 부모님이랑 딱 한 번 동물원에 놀러 간 적이 있는데, 그때 돌고래 쇼를 보더니 감동받아서 눈물까지 흘렸다니까요. 그 이후로는 돌고래 그려진 노트며 인형을 사 모으고. 대학교 들어가서 산 인형도 몇 개 되니까 아직도 좋아할걸요?"

돌고래와 선아. 차준은 피식하고 웃음을 터트렸다, 어쩐지 너무 잘 어울렸다. 닮은 것 같기도 하고. 동그란 눈이며 살짝 웃음을 머금고 있는 듯 올라가 있는 입꼬리까지.

"다른 건 또 뭐 없어?"

"좋아하는 색은 흰색이고요. 꽃도 좋아하는 거 같은데 직접 선물 받아 오는 건 한 번도 못 봤어요. 아 참, 초등학교 땐 친구가 피아노 치는 걸 보고 오더니 한동안 부모님께 피아노를 가르쳐 달라고 하기도 했어요."

"선아가 피아노도 칠 줄 알아?"

"에이, 아니죠. 우리 집 사정 잘 아시잖아요. 레슨비도 레슨비지만, 애초에 피아노 한 대 값이 얼만데요. 엄마한테 공부나 열심히 하라고 혼만 났죠."

"아······."

차준은 선우에게서 나온 사소하지만 유용한 정보들을 머릿속에 메모하듯 하나하나 담아 두었다. 어릴 때부터 기억력 하나는 엄청났던 차준이었다.

"태어나서 이렇게 소고기 많이 먹어 본 적은 처음이에요. 진짜 우리 누나 덕에 호강하네."

"다음에 뭐 또 먹고 싶은 거 생기면 형한테 연락해. 대신 오늘 꼭 약속해 줘야 할 게 있다."

"뭔데요? 말씀만 하세요."

"오늘 나랑 만난 거 절대 누나한테 얘기하면 안 된다."

"그거야 누워서 떡 먹기보다 쉽죠. 걱정하지 마세요."

선우는 소갈비 5인분으로 가득 차 곧 터지기 일보 직전으로 부른 배를 두드렸다.

그는 선우를 독서실로 돌려보낸 뒤 근처 백화점을 돌아볼 생각으로 차를 돌렸다.

그녀의 생일은 11월 25일. 크리스마스 한 달 전은 잊으려야 잊을 수 없는 날짜였다. 주인을 닮아선지 생일도 존재감이 뚜렷했다.

친구로 지낼 땐 선아의 생일에 무얼 해 줘야 할지에 관해 별로 고민해 본 적이 없었다. 다른 친구들의 생일과 마찬가지로 문화 상품권 정도를 간단하게 챙겼었지만 이번엔 조금 특별한 선물을 해 주고 싶었다.

✛　　✛　　✛

그간 회복에 큰 차도를 겪은 차준은 챔피언 벨트를 탈환하기 위한 도전을 공식적으로 선언했다. 하베스와 강차준의 재대결은 세계적으로 엄청난 관심을 불러일으켰다.

언론에서는 언제 강차준을 퇴물 취급했었냐는 듯 인터뷰 요청이 쇄도했고 그의 일거수일투족은 관심의 대상이 되었다.

"어딜 가든 다 네 이야기뿐이야. 사람들 기대가 너무 커서 부담되진 않아?"

"부담이 안 된다면 거짓말이지."

오늘은 차준과 선아가 단둘이 집에서 저녁을 먹는 마지막 날이었다.

반찬은 선아와 차준의 어머니들이 각각 사랑을 담아 만들어 준 것들이었다. 이런 일반식을 먹는 것도 그에게는 오늘이 마지막이었다. 내일부터는 경기 준비를 위한 혹독한 훈련과 몸만들기에 돌입해야 했기에.

"아, 네가 만들어 주는 제멋대로인 밥도 당분간 못 먹겠네. 우울하다."

"제멋대로인 밥?"

"어느 날은 질고, 어느 날은 엄청 꼬들거리고……."

차준은 놀리듯이 리듬을 타 말하며 그녀의 반응을 힐끔 살폈다.

"그러네. 내 요리 실력은 영 늘지를 않는 것 같아."

화가 났다기보단 상당히 어둡게 그늘져 보이는 눈가가 기대했던 반응하곤 거리가 멀었다. 차준은 자신이 음식 실력으로 놀려 화가 난 건가 싶어 그녀의 눈치를 살폈다.

하지만 그의 생각과는 다르게 선아는 그저 차준이 느낄 혹독한 훈련과 시합의 중압감을 어떤 식으로 풀어 줘야 할지를 고민하고 있었다.

"선아야."

"응?"

"줄 게 있어."

"뭔데?"

선아를 보며 더는 지체할 수 없다고 느낀 차준은 그동안 몸에 지니고 있었던 작은 상자를 주머니에서 꺼냈다. 그녀는 손바닥 위에 놓인 작은 가죽 상자를 열어보았다.

상자 안에는 다이아몬드와 백금으로 만들어진 귀여운 돌고래 장식의 목걸이가 놓여 있었다.

"이게 웬 목걸이야?"

"며칠 있으면 네 생일이잖아. 그래서 준비했어."

"와, 예쁘다. 그런데 내가 돌고래 좋아하는 건 어떻게 알았어?"

"어?"

아뿔싸. 선아가 콕 집어 이런 질문을 할 줄 몰랐다. 선우에게 자신과 만난 사실을 말하지 말라고 했던 걸 떠올린 그는 머쓱하게 눈을 돌렸다.

"뭐야, 왜 당황하는 거야? 뭐 숨기는 거 있어?"

그녀가 입술을 삐죽거리자 차준은 하는 수 없이 털어놓았다.

"사실 선우를 만나서 네가 어릴 때 돌고래 좋아했다는 얘길 들었어. 그래서 따로 주문해서 만든 거야."

"그랬구나……."

갑작스런 선물에 선아는 뭐라 말해야 할지, 이 목걸이를 어떻게 해야 할지 감이 오지 않았다. 그녀의 마음을 눈치챈 차준은 일어나 그녀의 손에서 목걸이를 꺼내 들고 등 뒤에 섰다.

"목걸이는 상대와 하나가 되고 싶다는 마음을 전하는 선물이래. 앞으로 많이 바빠져서 널 혼자 두게 되어도, 어떤 일이 있어도…… 내 마음은 여기, 이 돌고래 안에 담겨 네 심장과 닿아 있어. 나라고 생각해."

목걸이는 선아의 목에 자로 잰 듯 딱 맞아떨어졌다. 쇄골의 아래, 심장이 뛰는 바로 위에 귀여운 다이아몬드 돌고래가 자리했다.

선아는 차준이 걸어 준 목걸이 위에 손가락을 올려놓았다.

"심장에 닿은 마음."

작게 중얼거리곤 차준의 손목과 옷깃을 잡고 자신의 쪽으로 끌어당겼다. 당겨지는 대로 허리를 숙인 그의 얼굴이 바로 앞으로 다가왔다.

선아는 눈을 감고 눈앞의 차준의 붉은 입술에 자신의 입술을 맞추었다. 그는 선아의 어깨와 등을 천천히 끌어안았다. 숨소리가 하나로 섞이며 입술이 닿은 자리가 뜨거워졌다.

"맛있어. 네 입술."

차준은 커다란 손으로 그녀의 뺨과 목을 어루만지며 코끝과 감은 눈, 귓불에 차례로 입을 맞추었다.

"잠깐, 차준아. 거긴……."

차준의 입술이 목으로 내려가려던 찰나 선아가 그의 팔목을 잡은 손에 힘을 주었다.

"여긴 안 돼?"

"기분이 너무 이상하단 말이야."

몸을 잔뜩 웅크린 채 강아지 같은 눈망울로 얘기하는 그녀를 본 순간 온몸에 끓던 용암이 뻥 터져 버린 기분이 들었다. 그는 자신의 팔을 잡고 웅크린 선아를 그대로 번쩍 들어 올렸다.

"더는 못 참아."

"갑자기 이러는 게 어디 있어!"

"나머지는 2층에서 하자."

정신이 어떻게 되어 버린 건 아닐까? 쇠도 씹어 먹을 혈기 왕성한 강차준에게 먼저 키스를 해 버리다니.

자신의 키스가 차준을 자극한다는 걸 모르는 게 아니었다. 그게 어떤 의미인지 선아도 알고 있었다.

온몸을 다해 마음을 내보이는 그의 손길이, 입맞춤이, 노골적으로 달아오른 뜨거운 눈빛이 싫지 않았다. 오히려 더 안기고 싶어 마음을 다잡고 행동한 것이었다.

선아는 내려오기 위해 발버둥 치는 대신 차준의 목과 어깨를 꼭 끌어안았다.

넓고 폭신한 침대. 희미하게 벤 남자 스킨 냄새와도 같은, 평소와 다른 아침의 향기. 무엇보다 살갗에 닿는 감촉이 뭔가 다르다. 맨살에 이불이 닿는 듯한……

잠에서 완전히 깨어나기 전 양쪽 팔로 이부자리를 비몽사몽 더듬거리던 선아가 번쩍 눈을 떴다.

현실로 돌아온 그녀는 몸 위에 반쯤 덮여 있던 이불을 끌어당겨 몸 전체를 숨기고 방 안을 살폈다. 차준은 고른 숨을 내쉬며 곤히 잠들어 있었고, 새벽이 밝아 오는 어슴푸레한 빛이 창문을 통해 들어오고 있었다.

어젯밤, 그에게 안겨 침대 위에 눕혀진 채 벌어졌던 일들이 머릿속에서 리플레이됐다.

선아는 창피함에 이불 위로 발을 구를 뻔했지만 옆에 차준이 있다는 것을 느끼곤 간신히 참았다. 살그머니 머리맡을 더듬거리며 제 속옷을 찾았다. 간신히 찾은 속옷을 이불 속에서 조심스레 챙겨 입은 선아는 바닥에 널브러진 옷을 줍기 위해 침대 밖으로 발을 내디뎠다.

"어딜 가게."

바닥에 발을 내딛기도 전에 이불 속에서 뻗어 나온 억센 손이 그녀의 팔을 잡아 휙 끌어당겼다. 차준은 그녀가 움직이지 못하도록 몸 위에 올라타 양 손목을 잡아 눌렀다.

"깜짝이야. 자고 있는 거 아니었어?"

"새벽에 몰래 일어나서 도망이라도 가려고?"

"그냥 추워서 입으려고 했던 거야. 놔 줘."

"못 놔. 추우면 내가 따뜻하게 해 줄게."

차준은 그녀를 꽉 안고 목덜미에 입술을 파묻었다. 머리카락 사이로 내쉬어진 뜨거운 입김이 피부에 닿아 선아의 몸을 간질였다.

"아홋. 간지러워. 하지 마."

"더 할 거야. 다른 곳에도, 네 몸 전부에 키스할 거야."

차준은 목덜미를 간질이는 것만으로는 만족할 수 없었는지 천천히 그녀의 쇄골 아래로 입술 도장을 찍으며 내려왔다.

공기가 점점 뜨거워질 무렵, 선아의 배에서 꼬르륵 소리가 울려 퍼졌고 달궈진 온도를 제자리로 돌려놓았다.

"우리 꼬맹이 배고팠구나?"

차준은 키스를 멈추고 아빠 미소를 지었다.

"누, 누가? 내가?"

선아는 창피함에 모른 척하려 했지만 차준은 그녀의 볼을 한 번 꼬집어 주고 침대에서 일어났다.

"아침 먹자. 쉬고 있다가 부르면 내려와."

침대에서 내려와 반바지만 걸친 차준은 콧노래를 부르며 방을 나섰다.

"저기, 웬만하면 티셔츠도 입어 주지."

방문을 빼꼼히 열고 티셔츠를 흔들어 보았지만 그의 콧노래 소리는 이미 2층을 벗어난 지 오래였다.

직접 내린 원두커피에 스크램블드에그. 차준의 단골 아침 식사 메뉴에 오늘은 햄이 들어간 김치볶음밥이 추가되어 있었다.

"웬 볶음밥이야?"

"밥 많이 먹고 힘내라고. 어제 우리 힘 많이 썼잖아?"

선아는 짓궂게 들썩이는 차준의 눈썹을 모른 척 넘기고 그에게 셔츠를 내밀었다.

"이거 입어."

"왜?"

"너의 헐벗은 상체를 보면서 밥 먹을 순 없으니 입어 달라고."

차준은 하는 수 없이 옷을 받아 들었다.

"집에선 내추럴하게 다니는 편이 더 좋은데."

"넌 그럴지 몰라도 난 집 안을 돌아다니는 살색엔 적응이 안 된 사람이야. 부부끼리도 지킬 건 지켜야지."

"어? 네 입에서 부부란 말 나온 거 오랜만이다."

차준은 선아가 말한 부부 소리가 좋은지 연신 미소를 머금은 채 주방 안을 날아다녔다. 직접 물을 세팅하고 수저를 놔주는 그가 낯설었지만, 선아는 기분 좋게 누리기로 했다.

"맛있어?"

"응. 맛있어."

차준은 선아가 먹는 모습을 빤히 쳐다보더니, 정작 자신은 볶음밥에는 손도 안 대고 스크램블드에그만 몇 술 뜨고 말았다.

"왜 더 안 먹어?"

"난 오늘부터 훈련이잖아. 탄수화물은 제한해야 해서."

"아, 훈련이 오늘부터였지. 깜빡 잊고 있었다. 벌써 7시 다 됐는데 훈련 시간 늦는 거 아니야?"

"이제 샤워하고 나가 봐야 해."

"뒷정리는 내가 할 테니까 어서 준비해."

"알았어."

일찍 헤어지는 게 서운했는지 살짝 풀이 죽어 보이는 차준을 선아가 잡아 세웠다. 그리고 뺨에 쪽 소리가 나도록 입을 맞췄다.

"이따 봐."

평상시라면 상상도 못 할 행동들을 지금껏 몇 번을 하는지 모른다. 선아 스스로도 세는 걸 잊어버릴 지경이었다.

차준이 나간 뒤, 홀로 식사를 마친 그녀는 그릇을 정리하며 생각했다. 이게 차준과의 결혼 생활이라면 이대로 쭉 지속해도 좋을 것 같다고. 계약서 따위 없던 걸로 해 버려도 좋을 것 같다고.

처음으로 그와 함께하는 1년 뒤, 2년 뒤, 그리고 더 머나먼 미래에 대해 하나하나 그려 보았다.

20. 미래는 지금부터

6개월 뒤.

차준은 하베스에게 KO승으로 이겨 보란 듯이 챔피언 벨트를 탈환했다. 스포츠 역사에 기록될 멋진 설욕전이었다.

하지만 승리 후 얼마 지나지 않아 발표된 은퇴 선언은 사람들을 충격에 빠뜨렸다. 마음먹었던 대로 정상에서 내려오기로 한 것이다.

차준의 팬들은 이른 은퇴를 아까워하고 슬퍼했지만 대범한 결정을 지지하기도 했다. 선아도 마찬가지였다.

그가 은퇴한 뒤로 두 사람은 자신들이 계약 부부란 사실을 잊고 진짜 신혼부부처럼 알콩달콩 지냈다. 근처 마트에서 함께 장 보러 가는 걸 두려워하지 않았고, 주말이면 침대에 꼭 붙어 나올 줄을 몰랐다.

이 행복이 영원히 깨어지지 않을 것 같았다. 둘은 '계약이야 없었던 거로 하면 되지. 어차피 우리끼리의 일인데'라고 생각했다.

그 안일함이 얼마나 바보 같은 생각이었던가.

강차준 선수 사기 결혼의 전말. 드러난 대국민 사기극.

순식간이었다. 불행을 준비할 시간 따위는 없었다. 감추고 싶던 치부는 빠른 속도로 세상 밖에 낱낱이 속살을 내비쳤고, 시작된 파장은 막을 수 없었다.

폭로 사건의 전말은 차준이 챔피언 벨트를 탈환하고 다시 정상에 올라 한창 주가를 올리고 있을 때, 생각지도 못한 계약 파기를 당해 앙심을 품은 임 대표가 저지른 짓이었다.

그는 차준의 계약 결혼에 관한 이야기를 찌라시로 흘렸으나 반응이 생각보다 미비하자 아예 기자들을 불러 모아 계약서 사본까지 공개해 일을 터트렸다.

증거가 나오자 사건은 눈덩이처럼 몸집을 불리며 커졌다. 기자들은 너도나도 달려들어 언론에 보도와 억측을 동시에 쏟아 냈고 강차준과 그의 가짜 부인을 매도했다.

—강차준의 전 소속사 대표가 공개한 계약서 사본에 의하면 계약 기간, 그러니까 약속된 기간 동안의 결혼 생활이 끝나면 총 2억 5천이라는 돈을 지급하기로 되어 있었다고요?

―네. 선계약금으로 1억 원을 지급하고, 합의 이혼으로 결혼 생활을 정리한 뒤에 1억 5천을 더 지급한다고 적혀 있었습니다.

―정말 충격적이네요. 우리나라를 대표하는 세계적인 선수가 어떻게 이런 짓을 벌일 생각을 했을까요.

―전 대표의 말에 의하면 작년에 터졌던 게이 스캔들을 무마하려는 시도였다고 합니다. 스폰서나 광고가 떨어져 나가기 시작하니까 궁여지책으로 쇼를 해서 이미지 회복을 꾀한 거죠.

―그렇다면 강 선수와 부인 둘 사이의 결혼 스토리로 화제가 되었던 사랑 이야기도 전부 거짓이었나요?

―거짓이죠. 한마디로 돈으로 여자를 사서 국민들을 농락한 겁니다. 그 이유도 돈을 잃기 싫어서였고요.

―가진 게 많은 사람일수록 욕심이 많아지나 봅니다. 강차준의 선한 이미지에 국민들이 깜빡 속아 넘어갔네요.

선아는 뿔테 안경을 쓴 남자 기자와 연예계 전문가라는 여자의 비아냥거림을 참기 힘들어 TV 전원을 껐다. 그거로도 모자라 TV와 연결된 전선을 뽑아 거실 바닥에 내동댕이쳤다.

"이제 끝났어. 다 끝이야……."

선아는 초점 없는 눈으로 거실 한복판에 우뚝 선 채 중얼거렸다.

폭로 후 아파트 입구와 현관 앞까지 발 디딜 틈도 없이 기자들이 몰려들었다. 선아의 직장과 학교, 부모님의 일터와 동생의 학교까지 찾아온 기자들은 그녀와 가족, 주변인들의 모든 삶에 침투했다. 집 안에 틀어박혀 있는 것 외에 할 수 있는 일은 아무것도 없었다.

모든 일상이 파괴됐다. 더 이상 일도, 학교도 나갈 수 없었고 가족을 포함한 누구도 만날 수 없었다.

모든 걸 잃은 건 차준도 마찬가지였다. 갑자기 찾아온 불행은 너무나 끔찍하게 삶을 덮쳤다. 사람들은 그들의 관계와 과거에 대해 마치 해부하듯 낱낱이 파헤치고 비난했다.

그렇게 차준은 국민 사기꾼, 선아는 돈에 눈먼 꽃뱀이 되었다.

✦   ✦   ✦

선우에게서 걸려 온 전화를 내려다보며 고민하던 선아는 떨리는 손으로 통화 버튼을 눌렀다.

─누나, 왜 전화 안 받아. 우리 학교랑 집 앞에 기자들이 쫙 깔렸어. 이게 어떻게 된 거야? 거짓말이지? 형이랑 누나, 사람들이 말하는 그런 관계 아닌 거지?

"선우야, 곧 다 설명할게. 조금만 잠잠해지면 누나가 직접 가서 설명할게."

─싫어. 지금 말해 줘. 애들이 누나 보고 꽃뱀이래. 진짜로 돈 받고 이혼하려고 한 결혼이야? 원래 친구 사이였잖아. 매형이 저번에 누나한테 선물해 주고 싶다면서 나한테 소고기도 사 줬단 말이야.

울음을 삼키기 위해 애쓰고 있는지 선우의 끅끅거리는 소리가 수화기 너머로 고스란히 들려왔다. 선아의 눈에 눈물이 핑 고였다. 가슴이 찢어질 것처럼 아팠다.

"미안해. 누나가 정말 미안해. 곧 연락할게."

악몽. 이건 너무 끔찍한 악몽이다.

전화를 끊은 그녀는 온몸에 힘이 빠져 바닥에 널브러지듯 누웠다.

차준은 며칠째 방 안에만 틀어박혀 있었다. 얼굴을 마주 본 게 언제였는지 기억도 나지 않았다.

2주가 지나고 나서야 사건은 점차 식어 갔다. 완전히 잦아든 건 아니었지만 집 앞에 진을 치고 있던 기자들도 하나둘 떠나갔고, TV에서 그들에 관해 언급하는 횟수가 줄어들었다.

사건이 터지고 2주 만에 마주한 차준의 얼굴은 생기를 잃은 지 오래였고, 본래의 건강미 넘치던 피부도 푸석푸석해 보였다.

"차준아, 이제 어떡하지? 좀 잠잠해지긴 했지만 해명을 원하는 사람들이 많아."

임 대표도, 소속사도 그의 곁에 없었다. 차준을 위해 일해 주던 사람들이 모두 적이 된 지금 남은 건 의리를 지키겠다는 매니저와 선아, 둘뿐이었다.

성심을 담아 썼던 자필 사과문에도 사람들의 싸늘해진 눈초리는 변함없었다. 그의 기사에는 실시간으로 어마어마한

악플들이 달렸고 모든 사람들이 손가락질을 했다.

　　―긴 개소리 잘 들었습니다.

　　―웃긴다. 사랑을 했대. 그냥 사기 쳐서 죄송하다고 하면 몰라. 말이 되는 소릴 해라.

　　―얘 얼굴 그만 보고 싶다. 은퇴했으니까 꺼져. 가짜든 진짜든 마음대로 하고 살아.

　　―정말 팬이었는데 실망입니다. 당신은 또 거짓말로 국민들을 기만하는군요.

아무도 그들의 사랑을 믿어 주지 않았다.

매니저와 통화를 마친 차준의 얼굴은 모든 것을 포기한 사람처럼 어두웠다.

"상황이 좋지 않아."

"매니저 오빠는 뭐라고 해?"

"자필 사과문도 여론에 소용이 없는 모양이야. 이제 남은 건 기자 회견뿐이래. 너도 함께 나오는 쪽으로 고민해 보라고 했어."

"좋아. 나 할래."

"난 반대야."

"왜?"

"기자 회견을 한다 해도 상황이 나아지리란 보장은 없어.

오히려 더 나빠질 수도 있고. 이미 전 세계에 얼굴이 팔린 나는 상관없지만 너는…… 사람들에게 네가 욕먹는 건 싫어."

차준을 알게 된 후 처음 보는 겁에 질린 눈동자였다. 어딘지 애처로워 보이는 그의 넓은 어깨를, 늘 안겨 있기만 했던 어깨를 이번엔 선아가 감싸 안았다. 그녀의 팔로는 모두 감싸 안기에 턱없이 넓었지만, 떨고 있는 그를 있는 힘껏 안고 품 안에 얼굴을 파묻었다. 조금씩 떨림이 멈추는 것이 느껴졌다.

"내가 널 위해 솔직해질 수 있게 기회를 줘."

선아의 진심 어린 눈을 본 차준은 결국 그녀와 함께 기자 회견장에 오르는 것을 결심했다.

❖　　　❖　　　❖

회견장 안은 전국의 모든 기자들이 모였다 해도 과언이 아닐 정도로 엄청난 인원수를 자랑했다.

차준과 선아는 비장한 얼굴로 문밖에서 호흡을 가다듬었다. 둘은 기자 회견 날을 잡은 뒤로 단 한 번도 말을 맞춰 보지 않았다. 오직 진실로만 대답하기 위해서였다.

기자 회견이 시작되기 몇 분 남지 않았을 때, 한쪽에 앉아 있던 매니저가 두 사람에게 다가왔다.

"차준아, 선아야. 실은 내가 어제 전화를 한 통 받았는데 너희들이 반대할까 봐 미리 얘기를 안 했다. 너희들이랑 같이 회견장에 들어가게 될 사람이 한 명 더 있어."

"뭐? 그게 누군데."

매니저는 당황한 차준에게 잠시 기다리라는 손짓을 하고 복도 끝으로 뛰어갔다. 잠시 후 검은 정장을 말끔히 차려입은 남자가 매니저와 함께 나타났다.

"선배."

"재선아."

"재선 씨가 여긴 어쩐 일로······."

"제가 없으면 이 기자 회견은 의미가 없잖아요. 모든 일의 시작이자 원흉이 저인데 두 분에게만 떠맡길 수는 없죠."

"온 국민 앞에서 커밍아웃이라도 하겠다는 거야?"

"네."

차준이 회견장에 입장하려는 재선의 앞을 가로막았다.

"잘 생각해. 네 미래가 완전히 바뀌게 될 거야."

그의 말에 재선은 차준과 선아에게 번갈아 한 번씩 눈을 맞추곤 온화한 웃음을 지었다.

"그래서 하려는 거예요."

평온하면서 확신에 찬 재선의 태도는 차준을 문 앞에서 물러나게 만들었다.

재선은 크게 주목받고 있는 선수는 아니었지만, 꽤 높은 승률로 미래가 기대된다는 평을 받고 있었다. 그는 지금 스스로 선수로서의 인생을 포기하려 한다.

한 명을 위한 의자와 마이크가 급히 추가되고 회견장에 가장 먼저 등장한 건 재선이었다. 뒤이어 차준과 선아가 회견장으로 들어섰다.

1년 전, 그 스캔들의 주인공이 재선이란 걸 알아보는 이들은 아무도 없는 듯했다. 기자들은 무슨 관련이 있기에 가장 먼저 등장했는지 궁금하단 표정으로 재선을 바라봤지만 셔터는 누르지 않았다. 중요하지 않은 인물에게 메모리카드의 용량을 낭비할 수는 없다는 듯이.

온 나라와 세계의 이목이 집중된 스캔들인 만큼 기자 회견은 전국에 생방송으로 중계되고 있었다. 말 한마디 한마디가 모두 낙인처럼 남게 될 것이다. 재선은 핏기 가신 창백한 얼굴로 마이크를 움켜쥐었다.

"제가 누군지, 왜 이 자리에 나왔는지 모르는 분들이 많을 거라 생각합니다. 저는 작년 강차준 선수와 게이 스캔들이 났던 상대이자, 그 스캔들을 일으킨 장본인이며 강차준 선배와 같은 UFC 선수로 활동하고 있는 황재선이라고 합니다."

마이크를 잡은 재선이 자신을 소개하자 회견장에 있는 기자들이 의아한 듯 쳐다보았다. 다시 한번 재선이 마이크를 잡고 말을 이었다.

"저는 게이입니다."

조용하던 카메라 감독과 기자들 사이에서 감탄사와 웅성임이 뒤섞여 터져 나왔다. 그리고 동시에 싸움이라도 하듯 재선의 앞으로 몰려와 셔터를 눌렀다. 플래시 세례에 제대로 눈을 뜨기 힘들 정도였다.

재선은 눈앞에 펼쳐지는 광경에 휩쓸리지 않기 위해 최대한 눈을 아래로 내리깔고 마음속으로 수백, 수천 번 연습했던 말을 이어 나갔다.

"저는 강차준 선수를 오랜 시간 동안 짝사랑해 왔습니다. 이루어질 수 없는 사랑이란 건 알고 있었고, 그래선 안 된다는 것도 알고 있었지만 마음을 멈출 수가 없었습니다. 선배는 제가 본인을 짝사랑하고 있다는 걸 전혀 알지 못했습니다."

"강차준 선수를 아직도 좋아하고 있습니까?"

맨 앞에 나와 있던 기자가 물었다.

"지금은 마음 정리를 한 상태입니다. 모든 일은 제 실수였습니다. 작년 이맘때쯤. 선배의 승리를 축하하던 파티에서 제가 술에 취해 고백을 하며 안겼고, 선배는 너무 놀라서 제대로 대응하지 못했습니다. 바로 그 장면이 찍혀 스캔들이 터지고 말았습니다."

"이제 와서 모든 걸 털어놓는 이유가 뭔가요?"

재선의 앞에서 기회를 노리던 기자는 질문할 타이밍을 놓치지 않았다.

"강차준이 실은 게이가 맞고, 그 때문에 여자 동창과 거짓 결혼을 한 거라는 소문이 파다하게 퍼져 있습니다. 모든 시작점인 저로 인해 선배와 선배가 사랑하는 이까지 고통 받는 것을 두고 볼 수 없었습니다."

"황재선 씨도 선수 생활을 하고 있으신데, 이런 커밍아웃이 향후 황재선 씨의 커리어에 악영향을 끼치진 않을까요?"

"그것 역시 이미 각오한 바입니다. 저는 이 기자 회견을 끝으로 선수 생활에서 은퇴하려 합니다."

재선은 은퇴 선언을 끝으로 발언권을 두 사람에게 넘겨주었다. 차준은 재선을 향해 고개를 살짝 끄덕이고, 눈빛으로 감사의 마음을 전했다.

뜻밖의 국면에 기자들은 흥분한 상태로 질문 세례를 퍼부었고 차준과 선아는 정신없는 와중에도 차분하게 성명서를 읽어 내려갔다. 결혼의 과정과 당시의 마음에 관해 솔직하게 적혀 있었다.

"그리고 이 자리에서 한 가지 더 밝혀야 할 게 있습니다."

낭독이 끝나고 차준이 돌발적으로 다시 마이크에 대고 말했다.

"제 아내에 대한 마음을 이 자리에서 제대로 밝히고 싶습니다. 여러분들과 TV를 시청하고 있는 모든 국민들을 증인으로 아내에게 프러포즈하고 싶습니다."

회견장 안 여기저기서 감탄 어린 함성들이 간헐적으로 터져 나왔다.

차준은 품 안에서 작은 상자를 꺼냈다. 안에는 눈부시게 아름다운 다이아몬드 반지가 들어 있었다.

"선아야, 사랑한다. 계약이 아니라, 진심으로 나와 결혼해 줘."

차준은 한 손으로 반지를 든 채 무릎을 꿇었다. 기자들을 그 광경을 담기 위해 서로를 밀치며 연단으로 뛰어올라 그들의 주변에 밀착해 카메라를 들이밀었다.

선아의 눈에는 수많은 사람들과 카메라들이 전부 커튼으로 가려져 있기라도 한 듯 다른 세계의 광경처럼 느껴졌다. 오로지 차준과 그의 손에 들린 반지만이 세상의 전부인 것처럼 빛났다.

선아는 홀린 듯 일어나 그의 손에 들린 반지에 네 번째 손가락을 끼웠다.

"응. 이번에도 결혼해 줄게."

그 순간 사람들은 기자와 스타, 스캔들의 주인공이 아니었다. 그저 모두가 한마음으로 눈앞에 아름다운 커플에게 박수를 보냈다.

브라운관 뒤에 있던 사람들의 마음도 현장에 있던 이들과 다르지 않았다. 그들을 향한 오해와 미움은 이미 사라진 지 오래였다.

차준이 프러포즈하며 반지를 꺼내 들었던 그때의 기자 회견장은 곧장 폭발적인 관심을 끌었고, 실시간으로 모든 언론사 사이트의 메인 기사를 장식했다. 사람들은 전 국민을 증인으로 새로이 부부의 연을 맺은 연인을 열렬히 지지하고 응원했다.

덩달아 용기 있게 커밍아웃을 한 재선의 인기도 치솟았다. 은퇴한 그는 인기에 힘입어 특유의 끼를 살려 방송인으로 전향하였고, 결과는 대성공. 모두의 사랑을 받으며 전성기를 맞게 되었다.

차준과 선아의 '두 번째' 결혼식은 많은 스타들과 팬들의
축하 속에서 성대하고 아름답게 치러졌다.

"신랑은 신부를 아내로 맞아 영원히 아끼고 사랑하겠습니
까."

"네."

"신부는 신랑을 남편으로 맞아……."

"영원히 변치 않고 사랑하겠습니다!"

성미 급한 신부의 우렁찬 맹세에 하객석에서는 웃음이 터
져 나왔다.

에필로그

"강차준. 너 여자애들 울리는 짓 좀 그만둬 줄래?"

복도를 지나던 차준을 발견한 선아가 어깨까지 오는 단발머리를 찰랑거리며 달려와 앞을 가로막았다.

"갑자기 뭔 소리야."

차준이 일부러 시큰둥하게 말하자, 선아의 눈초리가 매섭게 변했다.

"우리 반 여자애들 중 반은 네가 울렸잖아. 오늘도 고백 거절해서 한 명 울리고. 걔가 나한테 선물까지 주면서 너한테 얘기 좀 잘해 달라고 부탁하더라."

"무슨 선물을?"

"몰라. 받지도 않았어. 문제는 선물이 아니라 너 때문에 내가 매번 귀찮다는 거지."

"싫은 걸 싫다고 말했을 뿐이야."

"무작정 다 받아 주라는 소리가 아니잖아! 조금 더 부드럽게 거절할 순 없어? 누군가에게 고백을 한다는 게 얼마나 큰 용기가 필요한데."

"해 본 적도 없으면서 아는 척한다."

차준이 선아의 말투를 따라 하며 놀리듯 피식거렸다.

"지켜보는 것만으로도 알 수 있어."

얘기가 길어질 것 같다. 점심시간의 복도는 너무 시끄러워 대화에 방해가 되었다.

"조용한 데서 얘기해."

"할 말은 이게 다인데?"

"일단 따라와."

그는 선아의 손목을 잡고 학교 뒷문의 한적한 벤치로 갔다. 몇몇 여학생들이 둘을 보면서 수군거렸지만 그건 오로지 차준에 관한 이야기였다.

선아와 차준이 중학교 때부터 친한 친구 사이라는 걸 모르는 학생들은 없었다. 가끔 둘의 사이를 의심하는 아이들도 있었지만, 대다수는 둘이 그저 친구 사이일 뿐이라는 사실을 믿어 의심치 않았다.

교복 한번 고쳐 입지 않는 단발머리의 평범한 공붓벌레 선아와 이미 근방의 학교에서도 모르는 이가 없을 정도로 인기 스타였던 차준은 달라도 너무 달랐기 때문이다.

차준은 15살 처음 유도를 시작했을 때부터 남달랐다. 단단한 체구와 기술로 단숨에 유망주로 떠올랐고, 고등학교에 진학해서는 유소년 국가 대표로 발탁됐다. 하지만 여학생들 사이에서 그의 인기 비결은 단연 돋보이는 미모였다.

17세의 나이로 세계 청소년 유도 선수권에서 금메달을 거머쥐면서 차준은 국가적으로 관심받는 선수가 되었고, 3년 뒤에 열릴 올림픽의 기대주로 떠올랐다. 그는 남녀 불문 선망의 대상이었고, 이미 학교에는 차준의 팬클럽까지 있을 정도였다.

선아는 강차준이라는 잘난 친구를 둔 것에 뿌듯해했다. 그에게 차인 여자애들의 하소연과 부탁을 받아 주는 역할이 버겁기는 했지만.

"아, 좀 조용하니까 훨씬 낫다."

벤치에 나란히 앉은 차준이 크게 기지개를 켰다.

"그건 그러네."

"아까 어디까지 얘기했지?"

"여자애들 마음을 거절할 때 조금 더 부드럽게 거절해 달라고 했다. 너 때문에 고통 받는 내 생각도 좀 해 달라고."

"이상한 애들이네. 그런 부탁을 왜 너한테 해?"

"네가 들어 주지도 않으니까 그렇지."

"미안하지만 네 말대로는 못 하겠다."

"뭐?"

"관심 없는 여자들에게 친절할 생각 없어. 거절은 확실하게 해 두는 편이 나아."

"고집불통."

선아가 투덜거렸지만 차준은 아랑곳하지 않았다. 되레 기분이 좋은지 휘파람까지 불어 댔다.

"이 오빠 말 잘 새겨들어. 그럴 일 없겠지만 네가 언젠가 고백 비스무리한 거라도 받으면 그렇게 하란 말이야."

"고백이라면 며칠 전에 받았는데?"

"뭐?"

방금 전까지 여유롭던 표정은 온데간데없이 그가 버럭 하고 소리쳤다.

"뭘 그렇게까지 놀라? 모든 남자들이 다 너처럼 날 여자로 안 보는 건 아니다."

"어떤 새…… 아니, 누구야? 누가 고백했어?"

"2반에 박은규라는 애야. 알고 보니 같은 학원에 다니고 있었더라고. 올봄부터 쭉 지켜봤대. 난 정말 생각도 못 했지 뭐야."

선아의 두 볼이 살짝 붉어진 걸 눈치챈 차준은 부아가 치밀었다.

"그래서 사귈 거야?"

"모르겠어."

"몰라? 너 공부 안 하냐?"

"처음 받은 고백이라 설레기도 하고, 딱히 나쁜 애 같지는 않아서 일단 생각해 본다고는 했어."

"대학 떨어져서 재수하고 싶으면 사귀든가."

"아주 저주를 해라! 난 그만 교실에 들어간다."

선아가 떠나고, 차준은 벤치에 남아 수업 종이 울릴 때까지 생각에 잠긴 채 떠나지 못했다.

✦   ✦   ✦

방과 후에 차준이 2반 창문에 얼굴을 들이밀자 여학생들이 높은 함성을 내질렀다. 하지만 그는 눈길조차 돌리지 않고 창문 가까이 앉아 있던 남학생에게 말을 걸었다.

"여기 박은규라는 애 있냐."

"박은규? 걔는 왜?"

"잠깐 물어볼 게 있어서. 좀 불러 주라."

"야, 박은규. 강차준이 너 부른다."

"……나를?"

남학생의 말에 쭈뼛거리며 뒷문으로 나온 녀석은 한눈에 봐도 비리비리하기 짝이 없었다. 차준과 한 뼘 반은 차이 나는 키에 왜소한 덩치, 길거리에서 흔히 볼 수 있는 평범한 애였다.

그럼 그렇지. 차준은 속으로 녀석을 향해 비웃음을 날렸다.

"나를 왜……."

"잠깐 조용한 데서 얘기 좀 하자."

은규는 차준의 카리스마에 벌써부터 잔뜩 움츠러든 상태였다. 학생들의 왕래가 적은 위층의 과학실로 올라간 차준은 타이르는 말투로 조용히 말했다.

"너무 겁낼 것 없어. 그냥 좋게 얘기하려는 것뿐이니까."

"무슨 얘기를?"

"류선아한테 고백했다며."

"아…… 응."

"둘이 같은 학원 다닌다던데, 학원에서 마주치면 선아한테 말해. 고백한 건 실수였다고. 여자 친구를 사겨 보고 싶어서 아무한테나 한 고백이니 의미 없다고."

"그렇지만 난 선아를 진짜 좋아하는데."

그러자 순식간에 차준의 인상이 험악하게 일그러졌다. 은규는 두려움에 차준과의 거리를 벌렸지만 차준은 위협적으로 천천히 다가가 그를 코너로 몰았다.

"시키는 대로 해. 안 그러면 재미없을 줄 알아."

"아, 알았어."

"설마 선아에게 내가 시켰다는 말을 할 정도로 병신은 아닐 거라 믿겠다."

"절대 얘기 안 할게."

차준은 잔뜩 겁에 질려 후다닥 과학실 밖으로 뛰쳐나가는 은규를 보며 만족스럽게 입꼬리를 올렸다.

학원 수업을 마치고 집으로 가던 선아는 골목 어귀에 차준이 서 있는 걸 발견하고 환하게 웃었다.

"네가 여긴 어쩐 일이야?"

"오늘 훈련 일찍 끝나서 아이스크림이나 먹으러 갈까 하고."

"그래."

둘은 자주 가던 동네의 작은 생과일 아이스크림 전문점을 향해 걸었다. 다리가 길어 보폭이 큰 차준은 선아와 나란히 걷기 위해 언제나 속도를 늦추었다.

"맞다. 나 오늘 진짜 황당한 일 있었잖아."

"무슨 일?"

선아는 불현듯 생각난 것처럼 투덜거리며 입을 조잘거렸다.

"어제 말했던 나한테 고백했던 애 있잖아. 알고 보니 완전히 쓰레기더라."

"왜?"

차준은 짐짓 모르는 척하며 물었다.

"오늘 갑자기 와서는 고백을 취소하겠다는 거야. 그게 무슨 소리냐니까, 그냥 여자 친구를 사겨 보고 싶어서 아무한테나 한 고백이었다지 뭐야? 완전히 미친놈이야."

"별 웃긴 놈이 다 있네."

"기분 나빠 죽겠어."

"내가 누누이 그랬잖아. 남자는 믿을 놈 하나 없다고."

"너는 남자 아냐?"

"나 빼고 세상 모든 남자들 말하는 거야."

"웃겨. 우리 아빠랑 남동생이랑 같은 소리 하네."

"그럼 당분간 내가 네 오빠 할게."

"당분간?"

"그래. 당분간."

차준은 속으로 콧노래를 부르며 나란히 걷고 있는 선아의 옆모습을 내려다보았다. 강아지 같은 눈망울과 작은 코가 귀엽다.

언젠가 이 아이와 손을 잡고 걷게 되는 날이 오게 될까.

—fin

작가 후기

　독자 여러분 안녕하세요. 한송연입니다. 작년 이맘때쯤 구상하고 써 내려가기 시작한 작품이 한 해를 지나 드디어 끝을 맺었네요. 아쉬움도 많이 남고 홀가분하기도 하고, 한편으로는 걱정도 되는 복잡한 심정입니다. 재미있게 봐 주셨는지 모르겠어요.

　이전의 작품들이 조금 우울한 분위기였기에 다음은 유쾌한 이야기를 한번 써 보고 싶다는 생각으로 구상을 시작했습니다.

　이 글을 집필하던 작년, 그리고 재작년은 저의 인생에 큰 과도기였습니다. 개인적으로 아프고 괴로운 일도 있었고 행복한 일도 있었지요. 그러면서 작가로서의 인생을 어떻게 살아가야 할지에 관한 고민도 참 많이 했습니다. 글을 포기해야 하나 라는 생각이 들 때마다 아이러니하게도 절 잡아 준 건 글이었습니다.

힘든 시간을 함께했기에 이 작품은 저에게 특별히 소중한 자식이 되었습니다. 그런 아이가 이렇게 세상에 나오게 되어 정말 행복합니다.

좋은 편집자님을 만난 것도 저에겐 큰 행운이었습니다. 제 작품을 진심으로 대해 주시는구나 하고 느낄 수 있었어요. 감사드립니다.

수정 작업 중에 이름이 세 번이나 바뀌기도 했어요. 첫 제목인 '웨딩 스캔들'에서 '내 친구의 사생활'로, 최종적으로는 '내 친구의 스캔들'이란 제목으로 여러분을 찾아뵙게 되었습니다.

차준의 캐릭터는 정말 아주 우연히 만들어지게 되었답니다. 일요일 오후 간식을 먹으면서 TV를 돌리다가 UFC 경기 중인 선수들의 멋진 몸매에 이끌리듯이 채널을 고정했죠. 문득 당시 신작의 남주를 어떤 직업의 어떤 사람으로 만들까 고민하던 제게 멋진 근육 남들이 계시를 내려 주었습니다.(웃음)

일단 남주를 만들어 내고 하나하나 탑을 쌓듯이 주변 인물들과 설정, 그리고 여주를 만들어 냈습니다. 제가 가장 좋아하는 작업이에요. 본격적으로 글을 쓰기 전 공상을 하며 캐릭터를 만드는 게 가장 즐겁답니다.

세상 모두가 동경하는 멋진 남자 차준이 단 하나 가지지 못했던 선아. 아무래도 늘 스타로 살아온 남자는 도도해야 제

맛이죠. 그런 차준이기에, 어려서부터 마음을 터놓고 자연스레 마음에 스며든 상대가 좋을 거란 생각을 했어요.

독자분들이 일상의 골치 아픈 일들을 모두 잊고 편안하게 즐길 수 있는 글을 쓰기 위해 노력했습니다.

마지막으로 아버지에게 감사의 말을 전하고 싶습니다. 상처도 많고 탈도 많았던 가족이지만 결국 서로를 보듬어 주고 상처를 치유해 줄 수 있는 건 역시 가족이구나, 하고 느끼는 요즘입니다. 항상 저를 지지해 주고 응원해 주셔서 감사합니다. 앞으로 건강하게 오래오래 함께 꽃길만 걸어요.

독자 여러분들과 곧 다른 작품으로 다시 만나 뵙겠습니다. 언제나 행복하세요.

—유난히 쌀쌀한 어느 11월,
한송연 올림.